GENESIS

It has been three years since the dungeon had been made.
I've decided to quit job and enjoy laid-back lifestyle
since I've ranked at number one in the world all of a sudden.

AREA 12 INVESTIGATIVE REPORT

VOLUME : 04

TOP SECRET

This confidential document is under the control of JDA

PROJECT : D Genesis

WRITTEN BY :
Kono Tsuranori

ILLUSTRATION BY :
ttl

代々木ダンジョン：1層
ビギナーズフロア

「ステータスはありますよ」
それを断定する三好に、美川は、思わず食ってかかった。
「それはあなたの思いこみなどではなく――」
「一挙手、一質問でお願いします。次の方」

美川が訊こうとしたことは、科学系記者全員の疑問だった。
「東京ＴＶの簑村です。
三好さんの仰るステータスは、
存在が証明されたものなのですか？」
「世間の研究がどうなっているのかは知りませんが、
それがあることは事実です。
弊社の開発では、様々なイノベーションを予定していますが、
その第一弾は――」
三好がここぞとばかりに溜めた。狙ってやがったな、あいつ。
「――ステータス計測デバイスです」
「ステータス……計測?!」

JDA
Japan Dungeon Association

D
GENESIS
ダンジョンが出来て3年
WRITTEN BY Kono Tsuranori
ILLUSTRATION BY ttl
04
It has been three years since the dungeon had been made. I've decided to quit job and enjoy laid-back lifestyle since I've ranked at number one in the world all of a sudden.

CONTENTS

CHAPTER	PAGE
序　章　プロローグ	005
第05章　合同会社Dパワーズ	021
終　章　エピローグ	423
人物紹介	433

INFORMATION

この物語はフィクションです。
登場する人物・団体・イベント・商品その他の名称は架空であり、
それが、どんなにどんなにどんなに似ていたとしても、実在のものとは関係ありません。

This story is a fiction.
The names of individuals, groups, events, products and other indications are fictional,
and no matter how similar they are, there are no connection with actual things.

“fay çe que vouldras”

——— *Gargantua et Pantagruel / François Rabelais*

汝の欲するところを為せ

——— *ガルガンチュワとパンタグリュエル / フランソワ・ラブレー*

序章

プロローグ

It has been three years since the dungeon had been made.
I've decided to quit job and enjoy laid-back lifestyle
since I've ranked at number one in the world all of a sudden.

PROLOGUE

二〇一八年　十二月二十八日（金）

SECTION：港区　台場

「本日は、お時間を頂きまして、ありがとうございます」

　中央ＴＶの小会議室の一つで、爽(さわ)やか系に身だしなみを整えた男が、疲れた顔を隠すように笑顔を浮かべて頭を下げた。

「概要は高輪(たかなわ)から聞きましたが、ダンジョン探索の企画を持ち込みたいとか」

　たまたま年内に空いた時間は、ここしかなかったとはいえ、昨日、ＮＨＫの高輪から紹介の連絡があったかと思ったら、即アポでプレゼンに来るとは。焦ってるんだか、フットワークが軽いんだか……吉田陽生(よしだはるき)ね、元はタレントだっけかな。プロデューサーの石塚(いしづか)はそんなことをぼんやりと考えながら、彼の説明を聞いていた。

　確かに彼の言う通り、スキルオーブのオークションを皮切りに、センセーショナルな映像の公開や、ヒブンリークスなんてサイトの公開もあって、再びダンジョン界隈(かいわい)に衆目が集まる下地は十分にあるだろう。しかも業界じゃ半分オワコン扱いで、一部の報道以外は動きも鈍い。

　だが、人は未知に惹(ひ)かれるものだ。

　ダンジョンというコンテンツがオワコン扱いされるのは、安全に手に入り、一般人の興味を引けるような情報が出尽くしてフレッシュさを失ったからだ。奇跡のような現象や、まるでアニメや映画の中の世界がリアルに出現するというのなら話は別だろう。

もちろん人死にのリスクは避けられないだろうが、成功すればそれでよし、何かあっても、それは目の前の男に背負ってもらえれば問題はない。

この業界、美味(おい)しいところだけ美味しく頂くなんてことは、誰(だれ)もが多かれ少なかれそうしているし、自分だけがそれを律するなんて奴(やつ)は、この業界に向いていない。後から規制されたところで、結局はやったもん勝ちなのだ。

「――という訳なのですが、いかがでしょう?」

「ふむ……」

中央TVでは、来年度の上半期から『ライブニュース』を統一ブランドに大改編が行われる。それに合わせて、深夜帯の番組構成も相当入れ替わるはずだ。

内容次第だが、改編期特番に突っ込んでみて、動きが良ければ深夜帯の帯で三パーくらいは狙えるかもしれない。今ではダンジョン素材を使った製品を販売する企業も多いし、ある程度硬派なふりをした番組なら、スポンサーになろうという企業もありそうだ。

「お話は分かりました。仮にGOが出たとして、タイミング的には次の改編期に特番でスタートってことになるでしょう。ただ、扱う対象が今までなかったものだけに、何もなしでは編成も二の足を踏むと思うんですよ」

「パイロットを用意しろと?」

「時間がありませんから、無理にとは言いませんが――」

「いえ、来月の早いうちに提出させていただきます」

「そうですか。期待しています」

そう言って、石塚は手を差し出した。

§

吉田陽生との会談を終えた石塚は、明るい日差しが建物の隙間(すきま)から差し込んでいる中央ＴＶの入り口前の階段を下りながら、深夜帯のバラエティ枠にある細かな番組群のうち、切られそうなものと、その枠の大きさについて考えていた。

「ん？」

その思考を遮るように振動を始めた携帯を取り出して、かけてきた相手を確認すると、一瞬眉根(まゆね)を寄せて、手すりにもたれながら電話に出た。

「はい、石塚――」

「俺(おれ)は、降りるぞ」

しかし携帯の向こうから聞こえてきたのは、思いも掛けなかった不機嫌そうな一言だった。

「は？　氷室(ひむろ)ちゃん？　しばらく音沙汰(おとさた)がなかったと思ったら、藪(やぶ)から棒に何言ってんの？」

「何もくそもあるか、あんな化け物が相手だなんて聞いてないぜ！」

石塚は、あまりに突然すぎる氷室の言い草に、一体何を言っているのかまるで分からなかった。

可能性があるとしたら、先日局長から頼まれた一件だろうが、斎藤涼子のプロダクションから訴えられでもしたのだろうか？

「いや、ちょっと待ってよ」

「やかましい！　ともかく俺は――」

あまりに大声で何かをわめき続けている氷室に、石塚は思わず携帯から耳を遠ざけると、舌打ちをして顔をしかめた。

「いや、氷室ちゃん。ちょっと落ち着こうよ」

受話器の向こうから聞こえてくる声が少し静かになったところで、もう一度携帯を耳に当ててそう言ってはみたものの、氷室は相変わらず、デュランタの鉢がどうだの、メッセージカードがどうだの、意味不明だとしか思えない内容をわめきたてていた。その様子に、さすがの石塚もイラつきを感じて声を荒立てた。

「落ち着けっつってんだろ！」

その声に、大きな階段を上り下りしていた人の群れがびくりと反応してこちらを振り返る。

彼は、その人たちに向かって、なんでもありませんとばかりに柔和な笑顔を作ると、携帯を耳に当てたまま急いで階段を下りて、人のまばらなウェストプロムナードへと足早に歩いていった。

「で、リュージ。一体何があったんだよ？」

石塚は大学時代の友人として話をするように、当時の呼び方で彼に声を掛けた。氷室の名前は隆次だが、親しい連中はみんなリュージと呼んでいたのだ。

彼はしばらくの沈黙の後、ポツリと呟いた。

「……す、捨てたはずなんだ」

「何を？」

「それが、いつの間にか俺の部屋に……メッセージカードまで添えられて！」

「だから、何が？」

「鉢だよ！　デュランタの！」

「デュランタ？」

鉢と言うからには植物か何かだろうが、デュランタなどと言われても、石塚にはそれがどんなものので、どんな意味があるのかはまるで分からず、混乱が増しただけだった。

「……あれはダメだ」

「は？」

「いいか、まこっちゃん。同窓のよしみで忠告しておくが、あれからは手を引くんだ」

「あれ？」

「だから、お前が洗えって言った、あれだよ！」

「斎藤涼子の事務所から、何か言われたのか？」

「違う！」

そんな常識的な話をしてるんじゃないんだと、氷室が必死で説明しようとしているのを聞いて、石塚は強迫性障害を取材した時のことを思い出していた。

「おい、リュージ、お前大丈夫か？　医者に――」

「何で分からないんだよ！」

「何を？」

「だから！　あそこに棲んでいるあれは人じゃないんだって！」

「……」

どこからどう聞いても、石塚には、氷室が強迫性障害を患っているとしか思えなかった。一体何があったら、あの火の玉リュージがこうなるというのだろう。

「分かった。悪かったな。この件からはもう手を引いて――」

「手遅れなんだよ」

「――手遅れ？」

「だから、お前だけでも生き残れるよう、すぐに手を引くんだ。いいな？」

まるであの世から聞こえてくるような声でそう告げると、電話はそのまま沈黙した。

「……おい、リュージ？」

そう問い掛けた瞬間、プッという電子音を残して接続が切れた。

「生き残れるように、だと？」

明るかった日差しは、いつの間にか雲間に消え、彼は肌を刺すような冷たい風に身震いした。

「一体、何があったっていうんだよ」

忠告されたところで、この件は、すでに総務省のコネまで使って話が進んでいた。

「そういや最近、どうも何かに見られてるような感じが……」

石塚は、はっと顔を上げると、周囲を見回した。

ウェストプロムナードからは人影が消えて、まるで世界に自分一人が取り残されているような、そんな気分が押し寄せて来るにもかかわらず、どこかの窓から今も自分を見つめている何かの存在が感じられるような気がした。

彼は局長がいるはずの部屋を見上げて、まさか貰い事故じゃないだろうなと、この話を引き受けたことを後悔し始めた。

SECTION :

市ケ谷　ＪＤＡ本部

そろそろお昼になる頃、鳴瀬美晴はダンジョン管理課の広報セクションを訪れていた。

「あれ、美晴どうしたの？　今、課長いないよ？」

「え、ほんとに？」

「朝から、なんだかやたらと忙しそうに、あちこちの課を駆け回ってるみたい」

同僚の女性は、美晴に顔を寄せて小声で言った。

「あの会議嫌いの課長が、珍しくない？」

斎賀は会議嫌いで知られていたが協調性がないわけではない。そんな人間が管理職になれるはずがないのだ。彼は単に、無駄な会議が嫌いなだけだった。

「会議嫌いは酷いよ」

美晴は笑いながらそう言ったが、彼が朝から走り回っている理由には心当たりがあった。

§

「ミーティングルームの大きい方を賃借したい？」

「はい」

代々木ダンジョンのゲートは、実際のダンジョン入り口よりもかなり手前に作られていて、ダンジョンと呼ばれる部分は、その入り口を囲うように結構なスペースが取られている。その敷地内には、特別なロッカールームやシャワールームなどのレンタルスペースを持った建物が建てられていた。ミーティングルームの大きい方は、その建物の一階にある結構広い部屋だった。

「借りるって、普通に申込書を出せばいいだろ？」

「いえ、占有したいそうです」

「占有？」

確かに期間で部屋を貸し出すサービスも行ってはいるが、ミーティングルームはあくまでも共用施設だ。そこを誰かに貸し出すことは想定されていなかった。

「どうやら探索者を鍛えるためのプログラムを始められるようで、それ用の施設に使いたいとのことでした」

「何だそれ？　スポーツ選手が時々やっているダンジョン合宿みたいなものか？」

探索者をやっていると能力が高まると聞いた指導者が、それがダンジョンの影響だろうと考え、ダンジョンの中の比較的安全な場所で訓練を行うことがある。言ってみれば高地トレーニングのダンジョン版だ。もっともそれで、明確な結果が出たという話は聞いたことがないのだが。

「詳しいことはまだ分かりませんが、どうやら短期間に探索者の能力を引き上げるための何かのようです。三好（みよし）さんは、『ブートキャンプ』と呼んでいましたが」

「ブートキャンプ？」

ブートキャンプは、元々米軍の新兵訓練施設のことだ。

転じて、現在では軍隊式のトレーニング全般をそう呼ぶようになっている。短期集中型のエクササイズが、『ビリーズブートキャンプ』として有名になったのが日本で一般に知られるようになった切っ掛けだろう。

「初心者探索者の訓練施設ってことか」

「話していた感じでは、中堅以上の探索者向けのようでしたが……」

「中堅以上の能力を短期間に引き上げる？　そんなことが可能なのか？」

探索者は、ダンジョンに潜ってモンスターを倒すことで、長期的には様々な能力が上がっていくとされている。実際探索者を対象にした、健康診断や身体測定でも、それを裏付ける結果が得られている。だが短期間にそうなるわけではないのだ。

「分かりませんが、三好さんたちには自信があるようでした」

斎賀は椅子(いす)の背もたれに体を預けると、腕を組んで難しい顔をした。

連中のやる事だ。おそらく何らかの勝算はあるのだろう。

確かに興味はある。だが、問題は共用スペースの提供だ。

「それで、課長」

美晴が恐る恐るそう切り出した。

「どうした？」

「ええっとですね……実は三好さんから伝言がありまして……」

「伝言？」

斎賀は、美晴の遠慮がちな様子に、不穏な空気を感じながらそう尋ねた。

「『その部屋を都合してくれたら、例のデバイスが間に合うかも』だそうです」

「なんだと？　例のデバイスって……」

「Dカードチェッカーでしょう」

斎賀は思わず唸りを上げた。

「……そう来たか」

確かにその件では無理を通している自覚がある。そのバランスを取りに来たかと、斎賀は一つため息をついて内線の受話器を上げた。

「斎賀だ。悪いが、ミーティングルームの稼働状況と来年の予約状況を教えてくれ」

美晴は、その様子をちょっとバツの悪いような気分で見ていた。彼女はミーティングルームの利用状況を知っていたのだ。

小ルームと中ルームは非常によく利用されているが、大ルームの利用は、イベントでもない限りほとんどなかった。三好に相談された時、その部屋を推薦したのは彼女だったのである。

「分かった。その部屋は今後別の用途に使うから、来年の予約は停止しておいてくれ。うん、うん、そうだ。じゃあ、よろしく頼む」

斎賀は受話器を置くと、美晴の方を見て言った。

「部屋は適正な価格で提供しよう。その代わり、Ｄカードチェッカーの方は、悪いが無理を通させてもらうぞ」

「そう伝えておきます。明日の午前中にメーカーと打ち合わせをして、提供数等の詳細を詰める予定だそうです」

「年末年始はフル稼働ってことか？」

「かもしれません」

「こりゃ、高く付きそうだな……」

斎賀は力なく笑った。

Ｄパワーズに借りを作るとロクなことにならなそうだが、現実にはそうせざるを得ないのだ。

「じゃあ、借りは部屋の提供で返すって言っておきますね」

「そう願いたいね」

§

そんな話をしたのが、昨日のことだった。

朝から課長が走り回っているのは、大ルームの使用許可と、Ｄカードチェッカーの件だろう。

「それで、美晴は？」

「ちょっとね。課長への報告のついでに、サイトの更新をしようと思って」

「え、情報局ってこと？　もしかして、〈マイニング〉の？」

美晴は小さく頷いた。

「もう検証が終わったんだ。てか、うちで検証班なんか派遣したっけ？」

「そこはまあ、適当に」

「適当～？　最近の管理課って、秘密主義が蔓延してない？　今日の課長の件だってさ。報告とか言ってたし、あんた、何か知ってるでしょ」

「そう言われてもなぁ。ほら、私は一応専任管理監なんてやってるし、こっちの主要な業務については分からないわよ」

「ほっほー。怪しいなぁ」

「怪しくなんかありませーん」

笑いながら手を振って歩き始めた美晴の背中を、「ホウレンソウは大切なんだよー」と、同僚の声が追い掛けて来た。

Ｄカードチェッカーの件は特に急ぎのはずだ。何しろＪＤＡは今日で仕事納めなのだ。できることは今日やっておかないと、次に動けるのは来年の四日、下手をすれば七日ということになる。それから動き始めたところでセンター試験に間に合うとは到底思えなかった。

「三好さんたちは、午前中に生産可能な台数を相談しに行くとか言ってたけど……」

美晴が寄った時、まだ、アーシャは寝ていたようだったけれど、Ｄパワーズの二人は出掛ける準備をしていた。

　食べすぎがどうしたとか、明日のための充電がどうしたとか言って、「ダラダラしていたいのに、ＪＤＡのおかげで朝からお仕事ですよ」と、冗談めかしていたが、あれは半分本気だったなと美晴は苦笑した。この案件自体が一昨日の夜、突然発生したのだ。対応してもらえるだけありがたい。

　アーシャの護衛の人たちが、あちこち連絡を取りながら、もの凄く忙しそうに動いているのを見て、何事なのかと尋ねたら、三好さんが「あの人たち、明日は早朝から大ピンチなんですよ」と面白そうに言っていた。明日は朝からどこかへ出掛けると言っていたから、それの準備なのだろうけれど、それにしても異様に必死な雰囲気を醸し出していて、要人の護衛ってあんなに大変なのかしらと不思議に思ったものだった。

「あ、桜井さん！」

　美晴は、ネット広報の担当者を見つけて声を掛けると、作成しておいた〈マイニング〉関連の情報が入ったメモリーカードを渡して、今日中に公開しておいてもらえるように念を押した。

第05章

合同会社Dパワーズ

CHAPTER 05

二〇一八年　十二月二十九日（土）

SECTION：

代々木八幡　事務所

「申し訳ありません！」

その日、戦場（コミケ）から帰って来た俺（おれ）たちを待っていたのは、突然の謝罪だった。

「いや、ちょっと待ってください。いきなり謝られても、全然話が見えないのですが」

「実は――」

彼女は、昨日の夜遅く持ち上がった問題を話し始めた。

元々の発端は、マスコミからの取材要請だったらしい。

「最初はオーブのオークションを行っている商業ＩＤを持った探索者への取材依頼でした」

それに関しては、単に、ダンジョン管理課に来た話を「無理です」と断っていたのだが、それでも取材依頼は引きも切らず来ていたそうだ。

「その要請が、どういうわけか数日前から、ぴたりと来なくなったんです」

担当者は、やっとマスコミの人たちも分かってくれたのだろうと喜んでいたそうだが、世の中はそう甘くなかったことが発覚したのは、仕事納めだった昨日のことらしい。

「本来、マスコミからの問い合わせは、ダンジョン管理課の広報セクションに回ってくるんですけど、今回は、直接、総務省出身の理事宛に相談があったそうで……」

総務省は放送や通信を所管している省だ。だからそこに、何らかのコネがあってもおかしくはないが……ＪＤＡがＤパワーズに会見を要請し、あろうことか、すでにそれが確定事項であるかのように各社に通達されていたそうだ。

「記者――」「――会見？」

それを聞いた、俺と三好は思わず顔を見合わせて言った。

「おい、三好。お前、あの後氷室ってやつに、どんな追い打ちを掛けたんだ？」

「ええ？　それとこれとは別の話でしょう？　あの人、斎藤さんを追い掛けてたんですよ」

「あいつのメモに、お前の商業ライセンスＩＤと、ここの住所があっただろ」

「ああ……」

確かに斎藤さんから糸を手繰っていたようだったが、調べていたのは斎藤さんじゃなくて、師匠の方なのだろう。だが商業ライセンスＩＤと住所なんて、どこで関連付けられるんだ？

「ＪＤＡのセキュリティってどうなってるんですか」

俺は、いい機会だとばかりに、以前も疑問だった、Ｄカード取得者に関するチェック技術情報の漏洩と、商業ライセンスに紐づいた非公開アドレスの流出について尋ねた。

それを聞いた鳴瀬さんは、驚きの表情を浮かべて、調査することを約束してくれた。

「ところで、理事ってまさか……」

「……瑞穂常務理事です」

鳴瀬さんが申し訳なさそうにそう言った。

あのオッサンだけは……だが、これだけ我侭に振る舞われると「まあ、瑞穂常務だからね」で許されそうなところが恐ろしい。

「瑞穂常務って、総務省出身だったんですか」

「旧郵政省だそうです。ですから業界に知己が多いのだとか」

「それで、知り合いに頼まれてイイカッコをしたと」

「おそらく」

それはまさに鶴の一声。あれよあれよという間に、会見の事実ができあがっていったらしい。

しかし、さすがに日時まで勝手に決めるわけにはいかなかった。もしも俺たちが出席できない日程だったりしたら、開催者の面目が丸潰(まるつぶ)れになるからだ。

「それで、都合のいい日時を聞いてこいと？」

「……はい」

「うーん、なんだか面倒くさそうですし、ここはスルーして……」

彼に恥をかいてもらうっていう選択肢もあるんじゃないかな。

「あー、なんといいますか、端的に言って根に持つタイプなのでお勧めできません」

「確かに、そんな感じですよね」

いや、三好。他人事みたいな感想を漏らしてるが、お前、当事者だからな。

「先輩。結局マスコミの人たちって、オーブのオークションやその売価みたいな、センセーショナルな部分を取材したいんですよね？」

「たぶんな。一般の興味も引けそうだし」

今時、ダンジョンのニュースにバリューは少ない。

最近でも、エバンスのクリアが話題になったくらいで、攻略の進展やドロップアイテムを利用した開発などは、情報番組でもほとんど取り上げられていないのがその証拠だ。

何しろ探索は陰惨な状況になることも多いし、それ以前に、単に画が手に入らないから地味にならざるを得ないという事情も大きいだろう。

画と言えば、先日ＪＤＡがアップした『さまよえる館』の映像も、今頃使用許諾が殺到しているというから、アンテナもそうとう下がっていそうだ。

そんな中、センセーショナルで分かりやすい数字にはインパクトがある。

「後はヒブンリークスの件もあるか」

「え？　あれはうちと全然関係ありませんよ？　ドメインだって代理申請ですし」

「相手は、日本の電気通信事業者を管轄する総務省だぞ？　やろうと思えばなんでも調べられるだろうよ」

「えー、それって、秘密情報のリークじゃないですか？」

「だから言ってるだろ『やろうと思えば』だって。だが、所詮はドメインの所持者や、サーバーの管理者までだ。実際の翻訳者は知らぬ存ぜぬで、のらりくらりと躱せばいいさ」

「先輩はそういうの下手くそそうですよね。無駄に責任を負っちゃうというか」

「正直者ですからね！　そこは三好さんに期待してますよ」

「ええ？　それって、私が腹黒みたいに聞こえません？」

「いやいやいやいや三好君。君は立派に――」

「立派に、なんです？」

にっこり笑った三好の笑顔を見て、俺は早々に白旗を揚げて目をそらした。

格付けが済んだところで、彼女は鳴瀬さんの方を振り返ると確認するように尋ねた。

「鳴瀬さん。ＪＤＡはあくまでもＤパワーズに会見を開いてほしいということですよね」

「ええ、そうです」

それを聞いた三好は、楽しそうな笑みを浮かべた。

「くっくっく、先輩。ここはこの茶番を最大限に利用しましょう」

いや、お前、やっぱ腹黒だろ。

「利用？って、一体何をするつもりなんだよ」

「そりゃあもう、盛大にうちの社の宣伝をしてもらうんですよ」

「社？」

三好は、「Ｄパワーズとだけ言われたんですから、パーティじゃなくて、法人でも問題はないでしょう？」とシレっとしている。

ああ、憐れマスコミ諸氏は訊きたいことも訊けずに、宣伝の片棒を担がされるのだ。何しろオークションを開催しているのはパーティのＤパワーズであって、法人の……って、ちょっと待て。

「おい三好。それって法人にもＤパワーズなんてふざけた名前を付けたってことか？」

「まあまあ先輩。毒を食らわば皿までって言うじゃないですか」

「毒なのかよ……」

あまりの言い草に呆れながら、まあ分かりやすくていいかと思ってしまうところを見ると、どうやら俺も毒されてはいるようだ。

「だが、取材はしても報道しない自由ってのもあるからな。思い通りに行くとは限らないぞ」

「先輩、そこは大丈夫だと思いますよ」

三好は自信満々の顔をしてそう言い切った。

「報道せざるを得ない事態ってのがありますからね。何しろうちは非常識だそうですから」

その台詞に、鳴瀬さんがうんうんと頷いている。

結局、いつの間にか登記申請されていた会社で実際にやることを決めて、記者会見で発表できるようにしてから日時を決めようということになった。

「じゃあ、Dカードの検出デバイスなんかも？」

「どう考えても会社案件ですよね。ステータス計測デバイスなんかも、パーティ案件でダンジョン税だと言い張るのは無理がありますよ」

「そうだ。それどうなりました？」

鳴瀬さんが思い出したかのように手を叩いた。

「一応、昨日相談はしてきました」

昨日、俺たちは、アキバカレー行脚によるアーシャの疲れを癒やすために、観光は午後から回ってことにして、午前中に翠さんの研究所を訪れたのだ。

SECTION：
江戸川区　常磐ラボ（前日）

「それで――お前ら、一体何を考えてるんだ？」

その日、俺たちは朝一で翠さんの研究所に、昨日送ったメールの説明をしに訪れていた。Dカード取得者を識別するためのデバイスの件だ。

何しろステータスデバイスのRC版を作成して、生産をどうしようかというところに、いきなり新しいデバイスの話が降って湧いたのだ、何を考えているんだと言われても仕方がない。

「いやー、浮世の義理って言いますか」

「義理って……お前らにもそういう観念があったのか」

「まあ、多少は」

「だけど、この回路はいいですね、凄くシンプルで。しかもステータス計測デバイスと違って、滅茶苦茶売れそうですよ、所長」

回路図を見ながら中島さんが目を輝かせていた。特に売れそうなところが気に入ったようだ。

何しろ潜在顧客は世界中の試験を行うすべての人たちだ。需要は考えられないほど大きい。

「はぁ……それはいいけどな。ガワはどーすんだよ、ガワは。時間がないんだろ？　金型の発注なんかした日には一ヶ月でも怪しいぞ」

「３Ｄプリンタでの出力もありですけど、やっぱり速度はぱっとしません。ＦＤＭ（材料押出堆積法）で速度を上げたら確実にガタガタになりますし」

中島さんが難しそうに腕を組んだが、俺は気楽な様子で、昨日考えていたことを伝えた。

「いや、ガワは、百円ショップのＰＰパックで済みませんかね」

ＰＰパックは、白い半透明の箱状の入れ物で、ポリプロピレン製の箱に、柔らかく使いやすいポリエチレンのフタをくっつけた、よく見掛ける入れ物だ。

「はぁ？　ポリプロピレンの？　あの食品とかを入れるやつか？」

「そうです」

「ははっ、そういや中学生の頃やりましたね、電子工作で外側紙箱とかＰＰパックとか！」と中島さんが面白そうに言った。

やっぱりやったのか。実は俺もやった。最初に作った電子工作のガワは、ビスケットの空箱だったっけ。電子工作マンあるあるだ。

「半田ごてを初めて買ってもらった時、ゲルマニウムラジオを作った口ですか？」

「この時代、クリスタルイヤホンがなかなか手に入らなくて」

そうそう、後、アースがちゃんと繋がっていなくて音が出ないとかな。懐かしいぜ。

（注1）　ＲＣ版
Release Candidate version.
問題なければ製品になりますよというバージョン。ＲＣ1の1は一つ目という意味。
何か修正が入って次が出たら、ＲＣ2になる。

「いや、先輩。おっさんの電子工作昔話はその辺で」

「なんだよー。お前やらなかったの？」

「しませんよ、そんなこと。女子力が激減しちゃうじゃないですか」

「ええー？」

　お前に女子力なんて……なんて思っても、決して口に出してはいけない。宇宙にはそういう法則があるのだ。

　そんな話をしている俺たちに向かって、翠さんが真面目な顔で突っ込みを入れた。

「いや、ちょっと待て、ＰＰパックの外装って……お前らこれをいくらで売るつもりなんだ？」

「えーっと。原価は？」

「そうですねぇ……通信部分もいりませんし、判定部分は赤と緑のダイオードで済みますし。電源のダイオードとボタン。後は実行のボタンですよね。主なセンサーはＤ１３２だけですから……あれ？　Ｄ１３２？」

　中島が怪訝な顔をして、眉をひそめた。

「ねえ、三好さん。この回路なんですが、なんでセンサーがＤ１３２なんです？　資料を見る限り、ＳＣＤ28の方が向いてるんじゃ……安いし」

「さすがは中島さん。その通りなんです」

「じゃあ、修正を？」

「いえ、Ｄ１３２で作成してほしいんです」

三好はそう言うと、意味深に笑った。

「ええ？　コスト的にも性能的にもＳＣＤ28の方が向いていますよ？　しかもここのフィルタって意味ないんじゃ……」

「そうなんです。ソフトウェアの中身を知ってれば当然そうなりますよね」

「ええ⁉」

中島さんは、訳が分からないといった体で、三好を見た。

「ねえ、中島さん。これってまだ発表前の製品なんですよ。しかも特許も取得していません」

「そうですね」

中島さんは、そんなの特許を取ればいいだけじゃんと言いたげに頷いた。

三好は、俺の方を向くと、真顔で切り出した。

「先輩。そもそも、この依頼って最初からちょっとおかしいですよね」

「昨日言ってたインサイダーがどうとかってやつか？」

「インサイダー？」

中島さんが、不思議そうな顔をした。

「考えてもみてください。もし、Ｄカードの取得の有無を調べる方法がどこにもないとしたら、普通は『残念ながら不可能です』で、済んじゃう話じゃないですか」

「ふむ」

どんなに困っていたとしても、方法がないのなら仕方がない。諦めるしかないのだ。

そもそも、この問題で入試を行う側が不利益を被ることはほとんどない。不正を行った者が笑うだけで、不利益を被るのは、真面目に受験したボーダーライン付近の学生だけだ。

「試験を行う側に大きな不利益がないのに、どうしてこんなに必死になるんだと思います？」

「そりゃ、手段があるなら公平を期すのが仕事だから……かな？」

「そうですね。だけど、もし仮にステータス計測デバイスでそれが判断できるのだとしても、発売スケジュールを考えれば、今年のセンター試験には間に合いません。つまり本来ならその手段はないってことです」

「そうだな」

「なのに、突然日本中の入試関連の部署から、もの凄い数の問い合わせが届くんですよ？　何かの圧力や誘導があったとしか思えません」

三好は、左手を右ひじに当てて腕を組むと、右手の人差し指を立てた。

「まるで、急いでデバイスを作らせてばらまくこと自体が目的みたいに見えませんか？」

俺たちが、ステータス計測デバイスを開発したことは一般には知られていない。知っているのはＪＤＡの一部職員くらいだろう。

そして、具体的な技術については一切外へ出していない。その詳細を知っているのは三好と中島さんの二人だけで、俺や翠さんすら概要を知っているに過ぎないし、それに関する特許ですら、まだ申請されていないのだ。

「この技術が知りたい、どこかの誰かの横やりってことか？」

「かもしれません」

そこで三好は名探偵よろしく、俺と中島さんを交互に見比べて言った。

「というわけで、この製品の情報って、絶対外部に漏れると思いませんか？」

三好の考えすぎのような気もするが、確かに今回はあまりに動きが早すぎる。ＪＤＡの斎賀課長が俺たちのことを思い出した翌日の朝には、三好の元にメールの山が届いたのだ。

どこからかは分からないが、誰かが情報を漏らしているのだとしたら、製品の情報だけが例外だと考えるのは合理的とは言えないだろう。

「そういうわけなので、今回の製品はＤ１３２で作成してください。ソフトウェアの動作を勘違いしまくりそうなフィルタてんこ盛りで。より高価で、この用途にはあまり向かず、センサーの知的財産権を老舗でちょっと落ち目の大手一社だけが保有していて、まだその期間が長く残っているところが理想的なんです」

ついでにステータス計測デバイスの製品からは取り除かれたセンサーであることも重要だと言う三好を見て、中島さんが「三好さんって策謀家だったんですね」と良くない笑顔を浮かべた。

「翠さん、こいつらに任せといて大丈夫なんですか？」

「お前、あれを御せるならやってみろ。うちで管理職で雇ってやるから」

俺は秘密基地で悪だくみをしているような二人をちらりと見て、首を横に振った。

「ムリ」

「だろ？」

　確かに俺たちを掌(てのひら)の上で踊らせようとしているような誰かがいるなら業腹だとは思っていたが、二人の様子を見ていると、少し可哀想(かわいそう)な気もしてきたな。

「――というわけで、ＰＰパックなら、原価は四、五千円ってとこですかね。後は組み立て工賃をどのくらい取るかってところでしょうか」

「じゃ、売価は十万円ですね」

　それを聞いて、俺と翠さんは思わず噴き出した。

「十万⁈　原価率五％かよ！」

「いや、お前ら、ＰＰパックの外装に発光ダイオード三個とスイッチを二個付けて十万円とか、ふざけてるだろ。いいのかそれ？」

「百四十万円のＣＤプレイヤーの基板が二万円のＣＤプレイヤーと同じだった、なんて話もあったじゃないですか。重要なのはそこじゃないんですよ」

　三好はしたり顔でそう言ったが、あれは単にデジタル部の処理が同じだっただけのような気がする。いずれにしても重要なのがそこではないことだけは確かだ。

「先輩。この場合、費用の大部分は超特急の時間に掛かるんですよ。ほら、翠先輩のところの仕事だって、下手(へた)をしたらしばらくの間、中島さんが使えなくなっちゃうってことなんですから」

「え？　僕、いなくなるんですか？　これで？」

「一個二万のバックマージンでどうです？」

「お任せください！」

そのやり取りを見た翠さんは、眉間のしわを指で揉み解しながら言った。

「お前らな……」

それでも否定はされていないと察した中島は、すぐに発注書を広げて三好に尋ねた。

「部品にそれほどマイナーなものはないので、発注に問題はありませんけど、これ、何台くらい作る予定なんです?」

「それより、何台くらい作れますかね?」

「小ロットから基板を作ってくれる会社へ発注することもできますけど」

「それはちょっと露骨すぎます」

まるで秘密を盗んでほしいと言わんばかりの行為だから、敏感な連中だと警戒されそうだという意味だろう。

「なら自作ですか。ブレッドボードを使えば半田付けも要らないんですけど、振動による抜けが心配だし、慣れれば半田付けの方が早いですから、主要回路は僕が作るとして……最初は、一時間で十枚ってところでしょうか」

「え? そんなに?」

「部品を並べるアシスタントがいて、最終的な組み立てと機器のテストは他の人がやってくれることが前提ですけど、軌道に乗れば、一日二百万――じゃない、百台くらいは行けるんじゃないですかね」

それを聞いた翠さんが、実にイイ笑顔で言った。

「中島君。そのお金は当然会社の収入だろうね？」

「いっ……も、もちろんですよ、所長！」

その反応にため息をつきながら、彼女は「まあ、臨時ボーナスは期待しとけ」と続けた。

ついでに、それを見た三好が『デレた！』と言って殴られていた。

「いや、三好。これって、事実上常磐製だろ。バックマージン以前に、製造費ってものが必要なんじゃないのか」

「さすが先輩、その通りなんです」

「いや、さすがって……」

「そこに気が付かない残念さんが、中島さんなんですよねぇ……」

「で、うちの取り分は？」

三好の弁に苦笑を浮かべつつ、翠さんが小声でそう囁いた。

「バックマージンは経費として、残りを半々で」

「ま、いいだろう」

「お前らな……バックマージンは中島さんへの人参かよ」

「あのな、儲かったら儲かっただけ性能の向上にカネをつぎ込むことに露程も疑問を感じていないやつに金の管理を任せられるはずがないだろ」

実にもっともだとは言え、憐れ中島氏、本人のあずかり知らぬところで、身売りが決定したようだった。

当の中島氏は、問題点を整理しつつスケジュールを作成していて、こちらの悪だくみには気付いた様子すらなかった。

「組み立てはバイトでもいいですが。まともな人が来るかどうかは分かりませんね。後、昨今は募集サイトの情報からいろんなことがバレますから」

「いざとなったら、私たちでやるしかないですね、先輩」

「え？　俺も？」

「当然です」

「まあ、最初は基板の作り溜めをしておきますよ」

「よろしくお願いします。それじゃ、明日から一日百個の生産ってことで、当面千二百個分の部品を発注してください。早める分にはいくら早くても構いませんから」

「明日から⁈って、今日は二十八日ですよ⁉」

「本来なら、明日から休みだったんだがな。中島はどうするんだ？」

「今すぐ発注して、部品をあるだけ取りに行ってきます！　秋葉原なら、三十日くらいまでやっているお店も結構ありますし。足りない部品は、三日から動き始めますから、とりあえず年内に作れるだけ作って、部品がなくなったら三日まで休みますよ」

勢い込んでそう言う彼に、ああ、やっぱり理系現場主義者はブラックの素養があるなぁと、俺は妙なところに感心していた。

「まあ、うちは本来、明日から六日まで休みだからな、好きにしろと言いたいところだが――」

翠さんが難しい顔をして言った。

「――休みの日にそっちの仕事をさせると、うちの会社の収入にしにくいんだよな」

そりゃあまあ、そうだろう。

「よし、休出扱いにするか、代休を用意しよう」

「ええ？　所長、ここはただの休日バイトにしていただいても――」

「却下だ」

「あうう……ま、ステータス計測デバイスからの派生ですし、仕方ないですね」

彼はあっさりそう言うと、早速部品メーカーへの発注を始めた。

「それで翠先輩」

「なんだ？　まだ何かあるのか？」

「例の会社の件ですが――」

「ああ、その件か」

翠さんは、組んでいた腕をほどくと、白衣のポケットに手を突っ込んだ。

「爺ちゃんのこともあるからな、一応家族で話し合ったんだが――」

鳴瀬さんが言っていた家族会議のことだろう。やはりこの提携についてだったのか。その顛末を彼女の口から聞いたことがないのは、妹の事業だからだろうな。

「――姉がやたらと乗り気でな」

彼女なら、この怪しげに思えるくらい大きな話が、詐欺なんかじゃないと分かっているだろうし、そりゃ反対はしないだろう。不安があるとしたら妹の会社が吸収されてしまわないかってところだろうが、そこは三好と相談して、今の経営には関わらないことにしたのだ。まあ、おかげで出資方法に苦労してるのだけれど。

「じゃあ、工場建設の件は」

「それなんだが――中島」

「あ、はい。ちょおっと、お待ちを――っと、これでよしっと」

どうやら当面の注文が終わったようで、中島さんはロールさせた大きな紙を取り出して、テーブルに置いた。

「それは？」

「ステータス計測デバイス――いい加減商品名を付けてくださいよ――の量産化バージョンの設計図みたいなものです。今回の部品群は、各部をモジュール化してメーカーにばらばらで納品してもらうように設計したんです」

紙を広げた中島は、各部を指で指しながら、丁寧に詳細を説明した。

「で、ここでは、そのモジュールの組み立てだけを行うつもりです。何しろ誰にでも必要な機器というわけではないので、自動化による大量生産はコストの割にメリットがありません」

「要するに、そんなに売れないだろうってことですね」

俺の身も蓋もない突っ込みに、中島さんが苦笑して頭を掻いた。

「有り体に言えばそうです。メインターゲットはガチの探索者ですから、白物家電のようなわけにはいかないでしょう」

　これが数万円で買えるというのなら、興味本位で購入する人たちもいるだろうが、このデバイスは安くない。

「だから、箱だけ作って、中身は当面、前時代的な人間の手による流れ作業で組み立てる場所でもいいんじゃないかと思うんです」

　そう言った中島を、翠さんが補足した。

「ほら、うちの爺ちゃんの工場がまだ残ってるだろ？」

　ここは、もともと翠さんの祖父の街工場があった場所だ。この研究所は、その工場の駐車場部分に建っていて、以前の工場の本体は、そのまま解体されずに残されていた。別の言い方をすれば、解体費用をケチったたってことだ。

「箱だけなら、あれをリフォームして使えば安く上がるだろうし、完成も早いんだ」

　例えば、鉄筋のマンションを普通に建築すると、必要な期間は三ヶ月＋階数×一ヶ月と言われている。それに、今は東日本大震災やオリンピックの影響で、建設業界はキャパが一杯らしく、飛び込みで急がせるのも難しそうだった。

「リフォームなら一ヶ月くらいで可能だと言われたんだ」

「それは丁度いいですね」

「丁度いい？」

　少し長くなりそうな話に、俺はちらりと時間を確認した。

「じゃあ俺は、アーシャに連絡してくるから」

「あ、よろしくお願いします」

俺は肩越しに背後に向かって手を振りながら、部屋の外へと歩いて行った。

「翠先輩。こないだちょっと株式の比率のことを聞きましたけど、増資は可能ですよね？」

「突然だな。一応、会社設立時は非公開会社のテンプレを使ったから、発行可能株式総数は十倍に設定されているが……」

「一応税制の面からも、中小企業のままでいたいですからね、最大で一億あたりまで増資したいんです」

法人税法上は、資本金一億円以下が中小企業とされ、中小企業軽減税率が適用される。

ただし融資を引き出すには資本金が大きい方が有利なので、資本金をどうするのかは、企業ごとの事情による。

「一気に十倍か？　議決権制限株式でもない限り、私の持ち株比率が六％になるぞ、それ」

「何言ってるんですか、翠先輩の自己資金で増資するんです。つまり株主は翠先輩」

「あのな……どこにそんな金があるんだよ」

「そこで借金ですよ！」

「借金だぁ⁈」

「はい。お貸しします」

「いや、それって法律的にどうなんだ……」

個人間の金の貸し借りが、借金なのか贈与なのか、その線引きはかなり曖昧（あいまい）だ。親族間の場合は少しでも常識から外れると贈与を疑われるが、他人の場合はもう少し緩い。その時点で法律としてどうなんだという気がしないでもないが。

「とりあえず出資にしろ融資にしろ、大きな投資を受けるためには、現在の企業規模だと色々と面倒らしくって」

「投資って、誰が？」

「エンジェルですよ、エンジェル」

「どこにいるんだよ、そんなステキな天使様が。私が探したときは、地上じゃ一人も見掛けなかったぞ？」

昨年、投資を求めて歩き回った翠が、ハハハと乾いた笑い声を上げた。

「うちに一人は確実にいますから」

「はぁ？」

翠は、呆（あき）れたように声を上げると、非常識なものを見るような目つきで言った。

「一応聞いておくが、大金っていくらくらいを想定してるんだ？」

「先輩――芳村（よしむら）と話したら、百億くらい持って行けと言われました」

「は？」

「百億?!」

翠が固まり、中島が素（す）っ頓狂（とんきょう）な声を上げた。

だが、Dカードチェッカーを本格的に生産するとしたら、イニシャルで大きな金額が必要になることは確実だ。生産委託にしたところで、とんでもない規模になることは明らかだからだ。

「以前から先輩と二人で色々と考えていたんですけど、もう面倒くさいから翠先輩のところへお金を押し付けてしまえって」

「なんだそりゃ？」

「先輩、面倒なのが嫌いだから」

「いや、嫌いってな……面倒だから百億を押し付ける？　あの男、どういう金銭感覚なんだ？　とても金持ちには見えないが」

その失礼な言い回しに、三好がぷっと吹き出して同意した。

「見えませんね」

そのとき、再起動した中島が、壊れたロボットのように動き出した。

「そそそ、それって、うちの研究費が百億円に!?」

「そんなワケないだろ」

「いてっ！」

再起動した中島に、翠が容赦なくチョップを見舞った。

「とにかく、製造をお任せするにあたって、必要な資金をうちから投資しちゃおうというプランなんですけど――」

「それで増資が必要なのか」

「非常識でもいいから、経営権を移動させずに大金を合法的に投資できる方法をプロの方に考えてもらってるんですが、とりあえず最大まで増資しておいてくださいと言われまして」

あまり小規模な会社で下手なことをすると、みなし贈与の問題が立ちはだかるらしい。判定自体が税金を取る側の胸三寸っぽいところがあって、なかなか難しいのだ。

「他の株主が、議決権が十分の一になることを怒らなければ、ですけど」

「あー、その辺は大丈夫だろ。全員身内だし。ガッコの五％だって、議決権というより将来のキャピタルゲインや配当目的だろうしな。資産の増加で株式価値が上がるなら万々歳だ」

「建前上は、デバイス製造のための出資ですね。ただ、ステータス計測デバイス作るのに百億も要りませんよね」

「何台作る必要があるのか知らないが、今の状況じゃ、要らないだろうな」

Dカード検出デバイスだって、イニシャルは手作りのものだ。大金は不要だろう。

「だから、翠先輩のところの機器に使ってもいいよ、だそうです」

「キっ、キターーーーー！　エンジェルキター!!」

まるで重力がないかのように不意に立ち上がった中島は、恍惚(こうこつ)とした表情を浮かべながら、ぶつぶつと呟(つぶや)いている。

「ああ、あんな機能も、こんな機能も……予算の都合で諦めていた、あれやこれやが……」

「いや、落ち着け、中島。今更大がかりな仕様変更とか、ヤメロよ？　な？　な？」

「ふっふっふっふ……」

「年が明けたら、四月十一日からROMMEDICA(注2)だぞ？　六月十三日からは、大阪のメディカルショージャパンだし、六月二十七日からはMEDICAL TAIWANもあるんだからな？　おい！　いい加減、正気に戻れっての!!」

「がふっ！」

グーで繰り出した攻撃が、見事に顎(あご)にヒットすると、中島はたたらを踏んでひっくり返った。

「はー……しかし、お前らの、そのガバガバ感はどっから来るんだ？」

翠は疲れたように、椅子(いす)に深く腰掛け直した。

「翠先輩って、中島さんと付き合ってるんですか？」

「……おま、いきなり何を」

コイバナは時と場合を選ばない。思ったよりも動揺した彼女を見て、三好は、もしかして当たりなのかな？と思った。

「いや、全然遠慮がないですから」

(注2)　ROMMEDICA
ブカレストで開催される、医療機器や診断・治療機器の国際見本市。

「メディカルショージャパン」は、日本医療機器学会が主催する展示会。

二〇一九年は大阪国際会議場。規模は小さめ。

「MEDICAL TAIWAN」は台湾国際医療見本市（Medicare Taiwan）と台湾国際シルバーヘルスケア見本市（SenCARE）が二〇一九年から統合されてできた、台湾国内唯一の医療器材及びヘルスケア関連の展示会。

「そりゃ、まあ、付き合いも長いしな」

それを聞いた三好は、テーブルの向こうで目を回している中島を見て言った。

「中島さんって、優秀な人ですもんね。全然そうは見えませんけど」

「まあ、うちのハードにしたって、肝心な部分は全部こいつが作ったようなもんだしなぁ。全然そう見えないのは、お前のところの先輩だって同じだろ」

三好はふと、向こうでアーシャに電話している芳村の顔を思い浮かべて苦笑すると、「確かにそうですね」と答えた。

その後は、大まかな会社の取り決めや、想定される製造原価から計算した価格の設定、それに生産スケジュールなどを話し合った。

「おい、三好。そろそろ出ないとやばいぞ」

丁度話が一段落したところで、アーシャとの待ち合わせ時間が迫っていた。

俺たちはあたふたと翠さんたちに挨拶(あいさつ)をして、その場を辞した。

「そうだ、三好さん」

玄関を出るところで、中島さんが、思い出したように俺たちを呼び止めた。

「なんです?」

「例のステータス計測デバイスですが、頂いた情報を基に不要な機能を落として精度を調整したRC1が完成するんですけど――」

「え、もうですか?」

「そりゃ削る方は簡単ですから。プロダクトデザインは適当ですしね。それで、さっきも言いましたけど、商品名を付けてください」

「商品名？」

「ええ、そろそろ、うちの機器をデザインしたデザイナーにガワを発注しようと思うんですけど、ロゴのこともありますから」

名前かー……正直に言って、俺たちに名付けのセンスがあるとは思えない。何しろパーティ名が、ダンジョンパワーズなのだ。実にアホっぽい。しかもそれを気に入ってる様子まである有様だ。

「分かりました。後でご連絡します」

「しばらくは、Dカード検出デバイスに掛かり切ることになると思いますし、どうせ年末年始はデザイナーもお休みでしょうから喫緊というほどのことはありませんが、年明けくらいまでには」

「了解です」

そうして俺たちは、常磐ラボを後にした。

「こりゃ、難問だな」

「ですよね」

「必殺丸投げの術は使えないのか？」

「プロモーション全体なら、広告代理店とかに丸投げできそうですけど……名前だけとなると」

「金にはなりそうにないもんなぁ」

俺たちは実に形而下っぽいところで、頭を抱えることになったのだ。

SECTION：

代々木八幡　事務所

「慣れたらって前提ですが、一日百台くらいは作れるんじゃないかということでした」

「え、本当ですか?!」

鳴瀬さんは自分のタブレットを取り出すと、先日三好が調べていたのと同じ資料を確認した。

「本試験会場は六百九十三か所で、うち最大の人数がいるのは三重大学の四千六百三十四人、四千人を超えるのは、北大、東大、新潟大を入れて四か所ですね」

「一人一秒で確認しても一時間以上掛かるのか」

「教室間の移動もあるでしょうから、どんなに頑張っても、平均五秒は掛かると思いますよ」

今年の志願者数は、去年より減ったとはいえ、五十七万六千八百三十人らしい。

試験の前にチェック時間を取るとしても一時間がせいぜいだろう。三好の言う通り平均で一人に五秒掛かったとすると、一台の機器が一時間でチェックできる人数は七百二十人ってことだ。

「人数的には、大体八百台あれば、一時間でチェックが終わるんだな」

「いえ、最低千台はいると思いますよ」

三好が、鳴瀬さんの資料を借りてスクロールさせながらそう言った。

「七百二十人以下の会場が相当ありますから」

「でも二千台あれば——」

センター試験までのリミットは約二十日だ。一日百台なら二千台。これくらいあればなんとか乗り切れる可能性が見えてくる。

「一応千二百台分の部品は確保するようにしましたけど、本当に二千台作れるかどうかは分かりませんよ」

それが確定している前提で話を進められても困る。何しろあれは、今のところ立派な家内制手工業なのだ、実際にやってみなければ分からないことも多い。

それを聞いた彼女はすぐに、どこかにメールをしているようだった。

「それよりも鳴瀬さん。これ、提供方法も予算も、何にも決まっていないんですけど……」

なんとかしてほしいという要望を受けて、時間がないことから勝手に動き始めたのだが、そもそも正式に発注を受けているわけではないし、予算すら決まっていない。そんな状況で、製造を開始しちゃって大丈夫なのだろうか。

「時間がないと伺っていますが、まさか年末年始だからといって六日間を無為に過ごしちゃうようなことは……」

「先輩、先輩。四日に有給を入れれば、九連休ですよ！」

どうも責任者がはっきりしない組織というのは、危機感が薄い。それで最終的にしわ寄せが行くのは下請けの企業や末端なのだ。ブラックな状況の始まりである。

「そちらの決定が一月七日になるようなら、二千台はおろか、千台も危ないですよ」

俺たちのわざとらしい会話を、苦笑しながら聞いていた鳴瀬さんだったが、携帯が振動すると、すぐに俺たちに目で断りを入れて、その電話に出た。

「はい、鳴瀬です」

おそらく相手は、さっき連絡していた上司だろう。

「四角い人ですかね？」

「たぶんな」

「だが、あの人って確か課長だろ？　オーブ預かりで吹っ掛けたときもそうだったけど、その場で即決してたよな。課長ごときがそんな大枠の決裁権を持ってるのか？」

「きっと根回しが巧い人で、あらかじめ予算を承認させてるんですよ」

「そういうタイプには見えなかったけどな」

俺は首をひねったが、人は見掛けによらないものだ。組織人として成功しているのだとしたら、三好の言う通りなのかもしれない。

そのとき、鳴瀬さんが驚いたような声を上げた。

「ええ!?　はい、はい。分かりました。では良いお年を」

良いお年って、本当に新年までスルーする気なのか？

電話を切った彼女は、「はぁ……」とため息をつくと、俺たちの方を振り返って訊いた。

「その機器ですが、提供料金はいくらくらいでしょう？」

「え、ええっと……」

状況を説明してもらえると期待していた俺は、突然そう訊かれて言葉に詰まった。冗談抜きで、

ＰＰパッケージのおもちゃみたいな商品を、十万円で販売するのだろうかという考えが頭をよぎったからだ。

しかし三好は、すました顔でまったく悪びれもせずに言った。

「一台十万円を予定しています」

やっぱり本気だったのか……大丈夫か、これ。

「分かりました。それで構いませんから、可能な限り提供をお願いします」

「ええ⁈」

即決する鳴瀬さんに、俺は思わず声を上げた。

一台十万だとすると、千台で一億、二千台ならその倍だ。そんな決済をこの場で行う権限が鳴瀬さんに与えられているとは信じられない。

「専任管理監の裁量って、そんなに大きいんですか⁉」

すげー組織だなぁと思ってそう訊くと、鳴瀬さんは苦笑しながら教えてくれた。

「実は斎賀が、『どうせ幾らになっても、ＹＥＳ以外の返答はできないんだから、なんでも好きにさせとけ』と」

普通ならそんなことは難しいが、今年のダンジョン管理課には、放っておけばごっそりと税金で持って行かれそうな利益が積み上がっている。原資は俺たちのオーブ売買の手数料だ。もしもこの決済が認められなくても、ダンジョン管理課の裁量でなんとかなるから、ともかく話を進めておけと、そう言われたらしい。

「先輩！　大失敗ですよ！　ああ、どうして一台百万円って言わなかったんだろう！」

「いや、お前。いくらなんでも欲をかきすぎだろ、それ」

「儲けるところで儲けるのが商人ってもんですよ！　仕方ありません、せめて税別ってことにしましょう」

芝居がかった悔しがり方をしながら、三好はそう付け加えたが、どうせ会社設立一年目は免税事業者だ。

鳴瀬さんは、タブレットを立ててポータブルのキーボードを取り出すと、その場で契約書を作成し始めた。作成済みのテンプレートに必要な事項を入れるだけになっているようだ。

しばらくそれを見ていると、突然入力の手が止まり、彼女が顔を上げた。

「ところでこれって販売ですか？　それともレンタルですか？」

鳴瀬さんは、これに関する特許がまだ出願されていないことを知っている。だから、そのための機器をＪＤＡのごり押しで提出させることの危険性も、また頭をよぎるのだろう。

「そちらの都合で構いませんけど……先輩、どうします？」

いきなり話を振られた俺は、心の中で苦笑するしかなかった。

何しろ、この『どうします』は販売にしちゃうとちょっと露骨になって、せっかく罠を作ったのに引っ掛かってくれませんかね？という意味に違いないのだ。

「どうするって……形態はＪＤＡの希望を聞いてからでいいだろ」

そうすれば、あくまでもＪＤＡの要請でその形にされたという印象が生まれる。

三好はうんうんと頷くと、鳴瀬さんに向かって言った。

「その代わり、ＪＤＡとしては精一杯その管理を厳しくして、第三者に機器の情報が流出しない努力をするって文言を追加してください」

「は？」

開示を禁止することと、そのための努力をすることは違う。前者は開示された場合契約違反となるが、後者はそうなるとは限らないのだ。

「本当にそれでいいんですか？　そりゃ、うちとしては願ってもない条項ですけど……」

ここは状況を考えても、流出したら何らかのペナルティが科されるところだ。なのに、それが努力目標？　怪しいにも程がある。だが、いくら考えたところで通常の思考では、悪辣な三好の罠だとは思いつかないだろう。こいつはただ、起こるはずのトラブルの影響範囲からＪＤＡを除外しておきたいだけに違いないのだ。

「いつもお世話になっていますからね」

そう言って三好は、実にいい笑顔を見せた。

「お前、最近すっかり悪魔っぽくなっちゃったな」

「え？　小悪魔っぽいですか？」と、唇に人差し指を当てて科を作って見せたが、勝手に『小』をくっつけるんじゃない。

「それじゃ、文言はこれで。後は、売買契約かレンタル契約かのこともありますし、契約者のＤパワーズさんが法人かパーティかもありますから、年明け早々に、その辺をＪＤＡの方で詰めてから本契約ということにさせてください」

「分かりました。年末年始でなるべく量産しておきます」

中島さんが、だけどな。

「この代わりってわけじゃありませんが――」

「なんです？」

「――例の部屋、どうやらＯＫが出そうですよ」

「え、本当に？」

ダンジョン敷地内の建物は、結構な倍率の物件だ。そこの一階にある、そこそこ大きな共用だった部屋を個人やパーティが占有するというのは本来難しい事だろう。

「借りを返されちゃいましたね」

三好が残念そうにそう言ったが、成果には満足しているようだった。

「斎賀にはそう伝えておきます。それで、記者会見はいつ頃に？」

「うーん。会社の準備はできてますけど、事業の準備がまだですからね。ですけどそれも、年明け早々には決めておきます。とりあえず、やることだけは了承したってことで」

「分かりました。年末年始はずっとこちらにいらっしゃるんですか？」

鳴瀬さんは、タブレットを片付けながらそう訊いてきた。

「三好はともかく、俺はいますよ。鳴瀬さんは？」

「少し帰省するかもしれませんが、近場ですし、連絡は取れるようにしておきます」

「了解しました。それでは良いお年を」

「良いお年を」

そう言って彼女は手を振って帰って行った。

「はー、先輩。結局鳴瀬さんのお願いにやられたってことですよね」

「なんとかなりそうな目処が立っちゃったからな」

「まったく無関係でもないし、まあいいですけど。でも、年末年始にやることが一杯ですよ?」

「俺たちって働き者だな」

「人が休んでるときに働くのは怠け者って聞きますけど」

「お前は今、サービス業の人を敵に回したぞ」

「いや、それ解釈が違いますし」

俺たちは、そんなバカな話をしながら、玄関からリビングへと戻った。

「まあ俺は、ここのところ曜日感覚とかないし、親戚付き合いも特にないしな」

「私は、曜日感覚も親戚付き合いもありますから!」

「じゃあ、年末年始は帰省するのか?」

「うー。それはちょっと無理ですね。会社辞めちゃったじゃないですか」

「うん」

「今帰ったりしたら、『あなた、どうするつもりなの』圧力が凄そうで」

「貯金通帳を見せれば一発だろ?」

三好が記帳をしているかどうか知らないが、もししていたとしたら、そこには一介のサラリーマンの生涯年収を軽く突破して、すでに意味不明な桁（けた）数が印刷されているはずだ。

「それもちょっと……実家が崩壊したら困りますし」

「あー、宝くじの高額当選者あるあるだよな。当たったことがないから想像だけど」

家族全員が働くのをやめて、三好のマネージャーをやるなんてことになったら笑えない。

「金がないのも苦しいが、ありすぎても困ることがあるんだな」

「私たち、基本的に小市民ですからね」

三好がテーブルの上のカップをお盆に載せながら、器用に肩をすくめてみせた。

「だから、この会社がちゃんと利益を生み始めたら、『起業しましたー』と、事後報告でごまかす予定なんです」

突然、就職してすぐの会社を退職して起業するなんて言い出したら、大抵の親御さんは反対するのが当たり前だ。何しろそんな素振りは欠片（かけら）も見せたことがないはずだし、誰かに騙（だま）されているんじゃないかと心配されても仕方がない。

「それでも一応連絡くらいはしておいた方がいいぞ」

「了解でーす」

三好はあまり気が進まない様子でそう答えた。

二〇一八年　十二月二十日（日）

SECTION：

横浜　桜木町

　ＪＲ桜木町駅前にあるヌーヴォ・マーレ、通称ダンジョンビルの二階にある椿屋カフェの隅の席では、お店のカラーに相応（ふさわ）しいとは言いがたい、二人の男が顔を突き合わせていた。

「ええやないですか！」

　渡された資料から目を上げた、よく日に焼けた男が、ショートのくせっ毛をかき上げながら、向かいに座る吉田（よしだ）にそう言った。

　先日、中央ＴＶの石塚（いしづか）と会った後、早速パイロットフィルムを撮るためのスタッフをかき集めようと、昼夜を問わず東奔西走していた吉田は、メディア側のスタッフにはコネも付き合いもあったが、探索者、しかもそれなりに高位のそれには知り合いがいなかった。

　ダンジョン内の撮影は、何を撮るのかという前に、どこまで行けるのかが問題になる。どんなに凄い映像が撮れそうでも、素人（しろうと）が冬のヒマラヤに登れるはずはないのだ。

「つまり、ワテらが一緒に代々木へ潜って、なんて言うたかな――そや、パイロットフィルムとやらを撮影するわけですな。ほんでそれがＴＶ番組になると」

　番組のパイロットを撮るために、メディア向きの活動をしている探索者にアポを取った吉田は、妙にノリのいい変な関西弁を話す男に面食らっていた。

「そら、おもろいわ！」

§

横浜ダンジョンは、桜木町駅前の、とある大型商業ビルの建設中に出現したダンジョンだ。ザ・リングと同様、地下にある既存施設がそのままダンジョン化したタイプで、そのため全九層だろうと考えられている。

一時はビルの建設自体が危ぶまれたが、地下部分を物理的に隔離することで二階から上を計画通りに建設し、ダンジョンビルなんて愛称を付けて、ちゃっかり営業を開始しちゃうところが日本の凄いところだろう。もっとも、さすがに一階は一般には開放されておらず、ダンジョンの監視施設が作られていた。

ダンジョン化した部分には非破壊属性が付与されるため、建設当時「建物の基礎が丈夫になったと思えばいい」なんて発言をした、当時の横浜市長のツイッターが炎上したりした。

既存建築物を利用したため代々木のような広さもなく、おそらくはわずか九層にすぎない都市部のダンジョンが未だ(いま)にクリアされていない理由は、このダンジョンの特殊性にあった。

一層にあたる地下一階を除いた地下駐車場フロアがすべてボス部屋扱いで、それを倒すと必ず宝箱が登場するのだ。そして、リポップするボスも宝箱の中身も、非常にバリエーションに富んでいた。そこから付いた名前が『ガチャダン』だ。

分かりやすい射幸性も手伝って、一時は非常に盛り上がったダンジョンだったが、それはすぐに

鎮火した。そうして今では、利用者のほぼいないダンジョンになっていた。

このダンジョンに人がいない理由は二つ。

一つは、ボスのリポップ時間が四時間と微妙な長さであることだ。

つまり誰かが討伐すれば、次のチャンスは四時間後。雑魚狩りをしようにも、ボス部屋にランダムリポップする雑魚はいない。

そしてもう一つにして最大の理由はモンスターの強さにあった。

一言で言うと、横浜のモンスターは、もの凄く強かったのだ。階層数で比較するなら、丁度代々木の八倍くらいだと言われている。つまり、横浜の二層は代々木の十六層と同じくらいの難易度なのだ。最初に挑んだ自衛隊のチームは三層で引き返していた。

車用のゲートから戦車で突入――なんて話もあったらしいが、一般的な地下駐車場には陸上自衛隊の戦闘車両は背が高すぎて入れない。

今では車両のゲート部分には、強力な扉が何重にも作られ、入ダンはランクB以上に制限されている。

§

確かにこの男なら、引き受けてくれそうだとは思っていたが、あまりにウェルカムな様子に、何かあるのではないだろうかと勘ぐってしまいそうになる。だが、目の前に座った男ほどの人材は滅多にいないはずだ。

宮内典弘三十一歳。

ダンジョンができた当初から横浜ダンジョンにこだわり続け、今ではリアルダンジョンヨコハマというブログや同名のユーチューブチャンネルで、ガチャダンマスター・テンコーとして一部では有名な探索者だ。

いかに何かありそうだろうと、吉田に探索者のあてはほとんどない。特に高位の者となればなおさらだ。なんとかここで、彼をその気にさせる必要があった。

「さすがに分かってらっしゃる！　あの横浜に潜り続けている男は違いますね！」

自分でも胡散臭いと思いながら、無駄によいしょをしてみたりした。

「え？　潜ってまへんで」

「え？」

目の前に座っている男は、ガチャダンマスターとまで呼ばれている横浜のエキスパートのはずだ。それが潜ってない？　一体何の冗談だ？

「横浜に潜り続けてらっしゃるんですよね？」

「アホ言いなや。ワテこれやもん」

そこで出されたＷＤＡカードに書かれていたランクは――Ｃだった。

「ランクＣ？」

吉田は目が点になるような気がした。横浜で活動している以上、最低でもランクBだと思っていたからだ。でないと入ダンすることすらできない。

「せや。今のガチャダンは規制されてもて、B以上じゃなきゃ入ることもできへんからなぁ」

「じゃあ、ガチャヤダンマスターって……」

「規制前は、ちゃんと行ってたんけど？」

彼は目を瞑（つぶ）って腕を組むと、しみじみと言った。

「行けへんようになって、ホント悲しいよ」

吉田は内心、「あんたはずっと横浜に潜り続けて、それを発信してたんじゃないのかよ！」と、突っ込んでいた。

「まあ、それはええねん」

吉田は、いや、良くねーよと思ったが、今更ハイサイナラというわけにもいかない。そもそも横浜の一層はガチャフロアではない。ガチャヤダンマスターというからには、横浜の二層は経験しているはずだし、代々木なら十六層くらいまで潜る実力はあるはずだと気を取り直した。

「問題は内容やな。どこ目指しとんの」

「だから、番組枠をゲットするためのパイロットの作成ですよ」

「ちゃいまんがな。何層目指しますの？」

「インパクトのある画（え）さえ撮れるなら、何層でもいいんですよ」

「そんなええかげんな。簡単にインパクトと言わはってもなぁ」

代々木の情報を見る限り、十層はインパクトのある画になるだろう。戦闘をせず、同化薬を用いれば、うろうろしているアンデッドの群れくらいなら撮影できるはずだ。今なら、十八層のゲノーモスも派手な絵になるだろう。噂(うわさ)だが、各国の精鋭が集まっているとも聞く。

後は著名な探索者たちだろうか。

「キャンベルの魔女はんあたりを連れてくれば、そうとう派手な画になりまっせ」

彼女は有名な光魔法の使い手だ。広域殲滅(せんめつ)魔法が得意らしいから、特撮もかくやと言わんばかりの映像になることは間違いない。もっとも戦闘映像を撮らせてくれるかどうかは分からない。わざわざ自分の手の内を明かして記録に残すような探索者は、超一流にはいないのだ。

「そんな予算があれば苦労しませんよ」

吉田はさすがに苦笑しながらそう言った。

「なら、十層や十八層でっか?」

「そりゃ行けるなら、もちろん行きたいですが……」

深層を目指すために最も重要なのは探索者の質だが、それと同じくらい問題になるのが、機材を動かすバッテリーだ。少なくとも強力な照明を使い続けるのは難しいだろう。軽量のLEDライトにしたところで、持続時間は三時間もあればいい方だ。ビデオカメラだって、民生品なら二時間そこそこだし、二キロを超える業務用カメラを持ち込んだとしても、せいぜい五時間といったところなのだ。

吉田は、ブルーフルーテッドプレイン(注3)のハンドルをつまんで持ち上げると、残っていたコーヒーを一気に飲み干して、覚悟を決めたように言った。

「できれば館の画が欲しいんだ」

「は？　館って、あのＪＤＡが公開しはった、目玉お化けだらけのあれでっか？」

吉田は黙って頷いた。

あの館をくまなくカメラに収めることができれば、ワンクールはおろか、半年分の番組を構成できるに違いない。むろんクライマックスは信じられない映像になるだろう。生きて戻って来られれば、だが。

「あんさん、自殺願望でもあんの？」

いくらノリのいいテンコーでも、この話には眉をひそめざるを得なかった。

「あんただって、情報を発信してるなら分かるだろ？　あれにはバリューがあるんだ！」

興奮した吉田は、崩れた言葉遣いでテンコーに力説した。

「バリューってな……命あっての物種って知ってはる？」

ベテランの探索者は、自分の限界をわきまえている。映像を見た限り、あそこへ突っ込んでいくのは死にに行くのとほとんど変わりはない。

「もちろんだ。だから、さほど命に関係ないところでチャレンジしないか？」

「はぁ？」

命がけになりかねない探索を、命に関係ないところで行う？

もしも本当にそんなことが可能なら、自分に声を掛ける必要はないだろう。テンコーには、彼が言っていることがよく分からなかった。

「考えがあるんやったら、もっとはっきり言うてもらわんと」

「館の出現条件を知ってるか？」

「一日に同一モンスターを三百七十三体倒すんでっしゃろ。普通の人には無理ちゃう？　なんせ、そんなに同じモンスターばっかり出ぇへんからなぁ」

それを十時間で達成するためには、一体あたり一分半ちょっとで、休みなく倒し続けなければならないのだ。同一モンスターを見つけるだけでも大変だろう。

「それに都合のいい場所が、比較的安全な領域にあるとしたら、どうだ？」

「そんな都合のええ話が――」

同一モンスターが大量にいる、しかも比較的安全な場所。そのことだけにフォーカスするなら、代々木には一か所だけそういう場所が存在していた。

「まさか……一層でっか？」

そう訊いたテンコーに向かって、吉田はにやりと笑ったが、それを見たテンコーは、こいつは本当にダンジョンに潜ったことがあるのだろうかと不安を覚えた。

（注3）　ブルーフルーテッドプレイン
ロイヤルコペンハーゲンの重要なシリーズ。

アンダーグレイズ（下絵付け。釉薬を掛ける前に絵付けする方法）の代表的パターン。

椿屋カフェのコーヒーは、このカップで提供される。

　そりゃ代々木の一層にいるスライムなら、もの凄い数がいるだろう。何しろちょっと奥へ入れば、視界内にスライムが一匹もいない方が珍しい。しかし、物理攻撃でスライムを倒すのは相当てこずるはずだ。一分半で倒し続けられるとは到底思えなかった。もしかしたら、メンバーに火魔法の使い手でもいるのだろうか。

「そりゃ凄い。メンバーに火魔法の使い手でもおったりするん？」

　仮にいたとしても、魔法は永遠に使い続けられるようなものではないらしい。フィクション的に言えば、ＭＰが尽きるのだろう。

「いや、俺とカメラマン、後はもしかしたらポーターが一名ってところだ」

「ちゃうちゃう。それは撮影スタッフ――護衛対象でっしゃろ。護衛の方ですわ」

　そう訊いたとたん、吉田が黙り込んだ。

「まさか――」

「護衛はそちらで手配してもらえると助かるんだがな」

「あかんやん」

　つまり、特に何の戦術も考えていないということだ。

「ちょっと待ってーな。それで、あんさん、どないしてスライムを倒すつもりやの？」

「スライムってのは初心者でも倒せるんだろ？」

「そりゃ、倒すだけなら倒せます。けど、短時間でとなると別の話やで」

　叩くだけでなんとかしようと思ったら、真剣にやっても五分は掛かるだろう。小さなコアを潰すのは、普通の人が考えているよりもずっと難しいのだ。

「そこはなんとか工夫してさ」

「工夫て……」

そう言い淀（よど）みはしたが、テンコーはこの仕事に乗り気だった。

横浜へ入ダンできなくなってから久しく、ストレスが溜まっていたこともあったが、ガチャダンマスターたる自分が、横浜ではなく代々木へ潜り続けることなど普通ならできるはずがない。一般の視聴者に、横浜どうなってるんですと突っ込まれて、Cだから潜れないなどと告白することは、いかに冗談めかしたとしても体裁が悪いこと、この上ないのだ。

代々木への遠征に、大きなエクスキューズを与えてくれる吉田の企画は、ネタ的にも立場的にも、正直ありがたかった。

「そうやな。なんにしても一遍やってみますか」

その返事を聞いて吉田はわずかに安堵（あんど）を覚えながら頷いた。ともかく断られはしなかったのだ。この時点では成功と言っていいだろう。

「なら、明日――は用があるから、明後日潜ってみないか？」

「明後日？　正月でっせ？」

「人が少なそうでいいだろ？　何か予定が？」

「予定って……一日しかないんじゃ、何にも思いつかないかもしれまへんで。それでもええなら行きましょか」

家族持ちのスタッフとかどうするんだろうと、テンコーは内心呆れたが、素早い行動に異論はない。拙速にならなきゃいいけどとは思うが、そこは自分が考えることではないだろう。とりあえずスライムをどうするか、それだけに注力しよう。

「よし、決まりだな。一日、六時に代々木の入り口で」

「六時⁈」

またずいぶん早朝だなと思ったが、ＪＤＡの許可を取った正式な撮影ならともかく、人の流れを制限できない以上、入り口付近の撮影には、人が少ない時間帯の方が都合がいいらしい。

試しに現場を見るだけなのに撮影もするつもりの吉田に苦笑しながら、テンコーは、最後にどうしても言っておかなければならないセリフを口にした。

「しゃーないな。特急料金はたっぷり弾んでもらいまっせ」

SECTION
代々木ダンジョン　二層

「で、なんで俺たちはこんな所に来てるんだ？」

忙しいはずの俺たちは、どういう訳かその日の午後に代々木の二層へと下りて、ＪＤＡから借りている農場へと向かっていた。

「忙中閑ありって言うじゃないですか。常磐ラボに手伝いに行かないなら、実は暇でしょう？」

サービス業こそ年末年始も動いてはいるが、一般的な会社や組織は休みだから、どうにも連携の取りようがない。うちの関係者で今本当に忙しいのは中島さんだけだろう。

手伝いに行こうにもメインボード以外の部品を集められなかったので、彼の仕事を応援する仕事くらいしかないのだ。果たしてそれを仕事と言っていいかどうかは怪しいところだが。

「それにそろそろ芽が出ますから、こっちのチェックも進めておかないと」

「そういや、小麦の発芽って十日くらいだとかＪＡ（農業協同組合）の人が言ってたな」

通常、植えるための小麦の種はＪＡでしか買えない。

それを手に入れようと俺たちは、当初、渋谷区のＪＡに向かおうとしたのだ。

ところが、渋谷区には農業がないと智恵子(ちえこ)[注4]が言ったかどうかは知らないが、渋谷区管轄のＪＡは、なんと「なかった」。隣接する目黒区と世田谷区には、その区を管内とするＪＡが二つもあるのに比べると、なんとも寂しい話だ。渋谷区[注5]はＪＡ的にハブらしい。

途方に暮れてあちこち探しまわった我々は、結局ＪＡ東京みらいで、柳久保小麦の種をゲットした。「いや、だって、サイトに麦の紹介があったのはそこだけなんですもん」とは、調査した三好の弁。都心部で麦はあまりプッシュされていないようだ。当たり前か。

小学校あたりの実験だと勘違いしたＪＡ東京みらいのお姉さんが、種まき時期は十月の下旬だの、一畳の面積で、おおよそうどん大盛１杯分の小麦が育つだのと色々教えてくれたのだ。

確かに季節的には滅茶苦茶だが、代々木の二層に明確な季節はない。どうなるかは分からないが、とりあえず教えられた通りに畝を立てて、条まきしたのが十九日のことだった。

「だけど、種まきは本来なら十月下旬から十一月上旬ですよとも言われたぞ。気温の変化もあまりないダンジョン内で発芽するかな？」

「先輩。そんな根本的な疑問を今頃持たれても困りますよ」

そんな話をしながら、俺たちは二層の最外周に近い場所にある、小さな丘へと辿り着いた。

そこは、わずか二畳ほどの空間を、高さ三メートルほどのアクリル板で覆った場所だった。金網だとゴブリンが登って乗り越えそうだったのだ。

足下にはスライム対策に、動体センサーとシャワー状の管が取り付けられていて、スライムが近づくとエイリアンのよだれが噴出するようになっていた。壁の内側に突然ポップされたらどうにもならないが、それは仕方がないと諦めた。

「さてさて、どうなって――あ、芽が出てますよ」

扉を開けて、早速畑を確認した三好が、二本の畝を立てた場所を指差して言った。

畝の片方が、もう片方に比べて育っていないのは、種をまいた時期が数日ずれているからだ。

「それで、苗の方はどうだ？」

俺たちの畑は、現在二つのエリアに分かれている。一つは苗を植えた場所で、もう一つは種を植えた場所だ。

三好は苗を植えた場所にしゃがんで膝(ひざ)をつくと、スマホに記録した前回の写真と比較した。

「うーん。変わりありませんね」

（注4）　**渋谷区には農業がない**
高村光太郎（著）『智恵子抄』より
「あどけない話」に、「智恵子は東京に空が無いという」という有名な一節がある。

（注5）　**渋谷区はJA的にハブ**
代々木にJA東京南新宿ビルがあるのだが、こんな名前が付いているにも関わらず、JA東京という組織は存在しない。jatokyo.or.jp というURLは、JAバンク東京のもので、すでに農業ではないのだ。

もっとも tokyo-ja.or.jpは、JA東京中央会という東京のJAをまとめる組織のものらしく、一応これがJA東京っぽいものにあたる。

どっちかがどっちかのフィッシング詐欺のURLにしか見えないところが素敵だ。

因みに、ja-tokyo.co.jpは、JA東京中央セレモニーセンター。

ところで、JA東京中央と、東京都農業協同組合中央会（JA東京中央会）は言い方が違うだけかと思ったら別の組織だとか……。

JAまわりは実にカオスな空間が広がっている。

残念そうにそう言って立ち上がり、膝をはたいた。

「やっぱり、苗から植えた植物はダメなんでしょうか？」

種から植物を育てると時間が掛かる。俺たちは、すぐに実験をやってみるために、苗から育てる植物をいくつか植えて、来るたびに一本ずつカットして、リポップするかどうか確かめているのだが、一向にリポップする様子はなかった。

§

この場所で植物がリポップすることは、近くに生えていた木を利用して行った実験で一応確認されている。試しに切り取ったその木の枝は、気が付くと修復されていたのだ。

調子に乗った俺たちは、その木を切り倒してみたが、驚くべきことに、しばらくすると何事もなかったかのように、その木は以前のままの姿で立っていた。

さらに根ごと掘り返して完全に除去してみたら、その木は復活しなかった。

「完全に除去しちゃうとリポップしないんでしょうか？」

「リポップはするが、同じ位置じゃなくて、任意のそれになるんじゃないかと思うんだが……証明は難しいな」

モンスターは倒された場所でリポップするわけではない。つまり移動可能なオブジェクトは、任意の場所にリポップすると考えるべきではないかと思うのだ。

「一フロアにあるすべてのオブジェクトを記録して比較するのはちょっと難題ですね」

「代々木じゃ無理だな」

ともかくダンジョン内の植物は、すべてを取り除かれさえしなければ同じ場所にリポップするようだった。後は、植えた植物を、ダンジョンにリポップ対象だと認識させる方法を確立すれば、このプロジェクトは成功したも同然だ。

しかし、それは、そう簡単にはいかなかった。

§

「Dファクターが苗に馴染む時間が掛かるのかもしれないぞ。まだ十日くらいだし」

「でも、先輩。もしも数日ダンジョンの中にいただけで、それがリポップ対象だってみなされるようになるんだとしたら、数日泊まり込んだだけで、死んでもリポップする人間ができあがったりしませんか?」

「死ぬどころか、外へ持ち出しただけでリポップするんだとしたら、ダンジョンから出るたびに自分が増えるぞ。人口問題はこれで解決だな」

俺は冗談めかしてそう言ったが、三好が恐ろしいことを言い出した。

「そういえば、どこかのダンジョンにはドッペルゲンガーがいるそうですけど、まさか出自はそれじゃないでしょうね」

「やめろよ……ともかくそう考えると、すでに成長している成体は、どれだけ放置してもダンジョンがリポップ対象だとみなさないってことか？」

「その方が世界は平和です」

そう言いながら、三好は種から育てた若芽もいくつか葉を切り取って映像を記録していた。

「もしも種から育ててもダメだとしたら、次はダンジョン内で受精させる必要があるかもしれませんね」

それはとても自然な流れのようにも思えたが、もしもそれで上手くいったりすると……実に、実に気になる状況があるのだ。

「なあ、三好」

「なんです？」

「いや、もしもだけどさ。ダンジョン内で受精させた種から育てた植物が、ダンジョンに属しているとみなされるとしたらさ」

「……先輩。なんだか不穏当な発言が聞こえてきそうなので自粛してください」

「ええ？　いや、気にならないか？　ダンジョン内でセック――ごはっ！」

三好の肘が、鈍い音を立てて、俺のみぞおちに決まった。

「先輩。動物――この場合人間ですけど――の場合、ハッチングして、子宮内膜に着床するまで五日～七日掛かるんですよ。そんな長期のダンジョン行で、そんなことするわけないでしょう」

「ごほっ、ごほっ。お前な、肘を決める前にそう言えばいいだろ……」

「先輩は、体に教えないと、どうにも覚えが悪いみたいですから」

「ひでぇ……どこの軍隊だよ」

とは言え、思考実験としては興味深い。

着床した胚が、ダンジョンのものだとみなされた場合、その女性がダンジョンを出たら……って、仮に胚だけがリポップしたところで生きられるはずがないから、何にも起こらないのと同じか。

「そう言えば、先輩。軍隊で思い出しましたけど、ブートキャンプの教官ってどうします？　そろそろ決めないとまずいですよ」

「面倒くさいから、自衛隊とか某田中さんあたりが誰かを紹介してくれないかな？」

「確実にスパイの人がやってきますね」

「普通に募集したって来るだろ？」

「……そう言われれば。他国のエージェントが交じらないだけマシかもしれません」

「な。どうせ俺らにそれを喝破できるとは思えないし、いっそのこと容姿で選ぶか？」

「イケメンや美女教官は、客ウケは良さそうですけど」

「ここはゴリマッチョじゃないの？」

「どちらかというと叩き上げっぽい、鋭い感じの中年の方が……」

「お前の好みかよ！　あ、そうだ。三好の〈鑑定〉で『実は職業も丸裸ですよ』みたいな顔をして牽制(けんせい)しておけば、そういう連中は応募してこなくならないかな？」

「えー？　二人目の〈鑑定〉持ちが現れたらピエロじゃないですか、それ」

「いや、ほら、何もかも分かってますよ、みたいな笑顔を時々向けるだけだよ。仮にスパイなら結構なプレッシャーが掛かるだろうし、そうでないなら単に愛想のいい人に見えるだけだろ」

「さすが先輩。陰険なことを考えさせると、右に出るものはちょっとしかいませんね」

「心配するな、すぐ隣に一人いるから」

ともかく教官の件は急務だと言えた。

二〇一八年　十二月三十一日（月）

SECTION：

代々木八幡　事務所

「というわけなんですけど、どなたか強くて美人な方、いらっしゃいません？」

「芳村さん。私のところは人材派遣センターではないのですが……」

電話の向こうで、某田中氏が困惑したように答えた。

大晦日（おおみそか）だというのに直接の連絡とは、またぞろ何者かの引き渡しかと思って電話に出ただろうに、人を紹介してくれと言われたら困惑もするだろう。

「普通に募集すると、いろんな国のいろんな息が掛かった方がいらっしゃるんじゃないかなぁと。うちは別にそれでもいいんですけど」

「……即答はいたしかねます。後ほどご連絡してもよろしいですか」

「もちろんです。それではよろしくお願いします」

「ああ、それと、今回の件とは関係がないのですが――」

「なんです？」

「斜め裏に越してきた人のことをご存じですか？」

「斜め裏？」

そう言えば、少し前に引っ越しトラックのミニコンボイを見たな。

「大きなお屋敷のことですか？」

「いえ、荷物を運び出す引っ越しのトラックは見掛けましたけど。というか、ここしばらくこの辺から出て行く人が多いんですよね。呪われてるのかな」

「ええ、まあ」

俺は冗談でそう言ってみたが、彼の返事は、予想もしていないものだった。

「当たらずとも遠からじと言ったところかもしれません」

「え？」

某田中さんは冗談を言うような人ではない。

「いやだなぁ。何かの意趣返しですか？」

「まさか」

「それで裏の人が何か？」

「いえ、何もなければそれで」

「ええ？」

「それではまた後ほど」

「はぁ……」

俺が携帯を仕舞うと、三好がおかしそうに言った。

「先輩、図々しさに磨きが掛かってきましたね。マチュピチュの恨みですか？」

「そりゃお前だけだっての」

俺は別に秘境に用はない。ウユニ塩湖には少し行ってみたいけれど。

「それより、最後のやり取りはなんだったんです？」

「いや、それがよく分からないんだが――」

俺は今のやり取りを三好に説明した。

「呪いですか？　まあ裏のマンションがすでにホーンテッドな感じですもんね」

三好が幽霊の真似をして、うらめしやポーズを取った。

確かに、ここのところ出て行く人が多いようだ。分譲のはずなのに、だ。

そしてその後、誰も入居していないように見える。まさに幽霊が出るなどと噂が立ってもおかしくなさそうな状況だ。

もっとも、その部屋には、どうやら特殊な人たちがいらっしゃるようで、初めの頃は時折アルスルズの餌食になって、某田中氏に引き渡されていた。今のところ大きな実害はないので、心の安寧のために、気にしないようにしている。

「斜め裏のお家もその類いってことじゃないんですか」

「それにしちゃ、今までと言い方がなぁ……」

「調べますか？」

「いや、某田中さんのところも動いてるだろうし、ほんとに危ないんなら連絡が来るだろ」

何かがあって使い捨てにされる危険も無くはないだろうが、それならわずかでも情報を与えるなんて無駄な真似は、あの人ならしないだろう。

「それもそうですね。それで先輩、〈マイニング〉のオークションはどうします？」

「ああ、それもあったか」

〈マイニング〉の情報は、日本時間で二十八日の夜に『代々ダン情報局』で公開された。

事前の情報が公開された時点で、世界中から探索者の受け入れ要請がＪＤＡに届いていたらしいが、今頃は、そのチームが一斉に十八層を目指している頃だろう。

「年末年始だってのになぁ……」

「何の話ですか？」

「いや、探索者も大変だなと思ってさ」

「先輩、自分が探索者だって覚えてます？」

「そりゃあもう。光り輝くＧランクだからな」

俺はライセンスカードを取り出して、光にかざした。

「グレートのＧは、そこそこのＳとは違うのだよ」

「はいはい」

「それで、〈マイニング〉以外も出品するのか？」

今回のオークションの目玉は〈マイニング〉だ。もっとも、こいつはドロップ率が高すぎるから、遠からず世界に行き渡るだろうが、今のうちなら労せず手に入れたい組織もあるだろう。

「今あるオーブは、こんなところだな」

収納庫×1
超回復×4
水魔法×6
物理耐性×8
促成×1
不死×1
生命探知×2
魔法耐性(1)×1
マイニング×5
地魔法×1
暗視×1
器用×1

「結構溜まってますね」

俺が〈保管庫〉を確認して書きだしたリストを見て三好が言った。

「ゲノーモスの時以来使ってなかったからな。何か使いたいものとかあるか?」

「今のところ特には。それぞれ鑑定して、結果をまとめておこうとは思いますけど」

「ああ、そうだな。それもあるか」

アイテムやスキルは、こまめに鑑定して資料を作成しておけば、いざというとき役に立つはずだ。今回のラインナップでも〈不死〉なんて最悪だからな。

「今後の我が社の活動を考えると、〈超回復〉はキープしておきたいですよね」

俺たちが設立した会社は、ダンジョン探索の支援が大きな目的の一つだ。ブートキャンプで育てた探索者たちが代々木の深層にアタックするとき、それを支援するためのスキルはそれなりに必要になるだろう。

「不慮の事故対策か。一応ポーションも（1）なら結構な数が溜まってるぞ」

「スケルトンのおかげですね。魔結晶は、ちょっと減ってきましたが……」

「アルスルズのご褒美に使ってるからなぁ。強化もできるから文句はないが……って、まだスケルトンで効果があるのか？」

「直接測る方法がないので分かりません。今度カヴァスに聞いてみます」

「そうしてくれ。で、何を出す？」

「とりあえず、〈マイニング〉は二個くらい放出しましょう」

「そうだな。すぐにゲットする探索者も出るだろうけど、今なら欲しい連中もいるだろう。後、魔法や耐性や回復系は、支援物資としてある程度の数をキープしておきたい」

こうして自分自身に置き換えてみれば、軍産のオーブやアイテムが世の中に出まわらない訳がよく分かる。もっとも、現在数が揃っているものは、今後もそれなりに手に入るはずだ。

「年始のやることがない時に、何かを狙って遠征でもします？」

「それはワーカホリックのセリフじゃないか？」

「ええ？　三が日が休みじゃない人も多いじゃないですか」

「考えてみれば俺たちの休みっていつだ？」

「月月火水木金金とも言えますし、毎日が日曜日とも言えますからねぇ……」

やっていることは変わらなくても、仕事だと言えば仕事のような気もするし、休みだと言えば休みのような気もするからだ。

「メリハリのない生活はだめらしいぞ？」

「自由っぽくて先輩は好きそうじゃないですか、そういうの」

「まあ、そう言われればそうなんだが……」

しかし、のんべんだらりとしたごろごろ生活は、やってみると三日で飽きた。

「一度くらいは、贅沢なバカンスでも――」

「今ならメガヨットをチャーターして、世界一周するくらいはできますよ」

うーむ。他に客のいないクルーズか……誰かを誘おうにも、そんなに長い休みが取れそうな知り合いはいないから、結局三好と二人ってことか？

「……一日中船室に籠もって、タブレットでマンガを読んでる自分が想像できる」

「食事ができたと呼びに来るスタッフに、内心呆れられてるんですよね」

「こうして考えてみると、日本人って遊ぶのが下手だよなぁ」

「いや、先輩が下手くそなのを、日本人に一般化されても……」

「ならお前はどうなんだよ」

「ご飯食べに行きますよ？」

「それ、遊びか？」

俺は苦笑しながらそう言った。

ま、どうせ渡航禁止要請が解除されないと、どうにもならないんだが……あれってどうなったら解除されるんだ？

「なあ三好。渡航禁止要請って、どうなったら解除されるんだと思う？」

「さあ？　私たちが渡航して、国家の安全保障に重大な問題が生じる可能性がなくなったらじゃないですかね」

「あまりに茫洋としすぎて、全然分からん」

「いざとなったら警備部から人員を派遣してくれるって言ってましたよ」

「監視付きのバカンスなんて嫌だ」

「護衛ですよ、護衛。あ、でもでも先輩！　もしかしたら日本国の御力で、予約が取れそうにないレストランの予約も取り放題かもしれません！」

俺は、「芳村さん。私はコンシェルジュではないのですが……」と嘆いている某田中さんを想像して笑ってしまった。

「〈マイニング〉以外だと、〈促成〉なんか、面白くないですか？」

三好がメモを指差しながらそう言った。

〈促成〉はゴブリンがドロップするオーブだが、そのドロップ確率は十二億分の一。かなりレアなスキルだと言える。そして三好の〈鑑定〉によってその効果も判明した。なんとSP二倍だ。

「取得SP二倍か？　ただなぁ……」

SP二倍は結構なチートだが、そのペナルティというか反作用というか、そこに大きな問題があるのだ。

「ステータス上限が60に制限されるってのはキツくないか？」

「先輩、現在60もある人なんか、ほぼいませんよ」

うん、それは確かだ。

平均60と言えば、取得SPは360。使用五〇%なら720ってことだもんな。それで何層まで行けるのかは謎だが。

「だから、結構使えると思いますよ、これ」

どのくらいの階層で苦しくなるのか正確なところは分からないが、しばらく問題がないことだけは確かだ。その辺は説明に記載しておけばいいか。

「もしも、スキルを削除するようなことができたら、もの凄く有用なスキルになるんだがな」

「そうしたら、高騰間違いなし。引っ張りだこでしょうね」

「あと一個は?」

そう言った時、門の呼び鈴が鳴った。

インターフォンのカメラを確認した三好が、その画面をちらりと見て言った。

「先輩。サイモンさんです」

「は? 今頃十八層で無双してるんじゃないの?」

「何かあったんですかね?」

三好が門のロックをはずすと、すぐに玄関のドアをノックする音が聞こえた。

『こんにちは、サイモンさん。今日はどうしたんです?』

『よう、ヨシムラ。実はちょっと頼みがあってな』

『まあまあ、そんなに警戒するなよ。実はな――』

どうやらアメリカから来たお偉いさんが、明治神宮の二年参りを体験したいそうだ。

『はぁ？　正月ですよ?!　正気ですか？』

『まあ、その辺の機微が俺たちには分かんねーんだよな。人出が多いとは聞いてるが』

『いや、多いなんてレベルでは……』

大晦日から新年にかけて、明治神宮の人出は殺人的だ。

全体の敷地はともかく、あのそれなりの広さしかない参道に、毎年三百万人が押し掛けるのだ。

一年間の参拝客数が一千万人というのも凄いと言えば凄いが、その三割が三が日に集中するとなると、どうなるのかは推して知るべしと言ったところだろう。特に大晦日から新年をまたぐ二時間は人の海で、そもそも拝殿に辿り着けるかどうかも怪しいところだ。

『観光というからには中央狙いですよね』

正月の明治神宮のさい銭箱？は、笑えるようなサイズで左右に広げられている。だから、左右に広がれと指示されるのだが、きっと正面に向かいたいだろう。

『ＶＩＰなら一般に交じるのはやめておいた方がいいと思いますよ』

あのシチュエーションで暗殺を防ぐのは、ほぼ不可能だ。下手をすると、後ろから飛んできた五百円玉で狙撃されかねない。

『あれは、前列にいる人の後頭部へ小銭をぶつけるアトラクションですから』

『頼み……なんです？』

それを聞いた三好が思わず吹き出しかけて、笑いをこらえていた。

『身の安全が保障できないってことで、せめて別の日の早朝とかにしてもらった方が』

政府関係者なら、この理由でエゴを貫く人はいないだろう。いないと信じたい。

『そんなに凄いのか？』

『そりゃもう。それに周りは一般人ですからね、なぎ倒すわけにもいきません』

『分かった。その線で翻意を促してみるよ。情報、助かった』

話が一段落したところで、三好がサイモンに話し掛けた。

『じゃあ、サイモンさん。代わりと言ってはなんですけど――』

『なんだ？』

『鬼教官を紹介してくれませんか？』

「は？」

俺はサイモンが返事をするよりも早く、思わず日本語で反応した。

三好～！　おま、一体何を言い出すんだよ⁉

『鬼教官？　何をするつもりなんだ？』

そう問われた三好が、新しく始める事業について簡単に彼に説明した。

『つまり、ヨシムラかアズサが、強くなる方法を教えてくれるってことか？』

『私たちが直接中堅以上の探索者を相手に模擬戦なんかしたら、一瞬であの世行きですよ』

冗談じゃないとばかりに、三好が首を振った。

『現役でも退役でも構わないのですが、日本語が話せるグッドな人材はいませんかね？』

『ロナルド・リー・アーメイみたいなやつか？』

『眉が良いですよね！　惜しい人を亡くしました……』

　ハートマン軍曹以来、ひたすら軍曹っぽい役をやった彼は、今年の四月の中頃亡くなった。それを最初に知らされるのがツイッターだというところが、今という時代を象徴している。

『役所（やくどころ）ほど突き抜けてもらっても困るんですけど』

　サイモンはしばらく腕を組んで考えていたが、何かを思い付いたようにそれをほどくと、薄気味悪くなるくらい、いい笑顔を見せた。

『丁度いいやつがいる。出身も海兵隊のサージェントだからぴったりだろ？』

『え、現役のですか？』

『今の所属は知らん。最初はそこからＤＡＤに出向させられていたはずだ』

『ならＤＡＤ内でチームを持ってるんじゃ？　引き抜いたりしたら問題になりませんか？』

『そこは大丈夫だ。何しろ世界で一番怪しいパーティに堂々とスパイを送り込めるんだぜ？　上の方だって泣いて喜ぶに決まってる』

『あのね……』

『冗談はともかく、そいつはうちのチームのバックアップだから、他のチームとは無関係なんだ。適任さ！』

　チームサイモンのバックアップ？　それってトップエクスプローラーの一角じゃないか。

後、スパイの件は、絶対冗談じゃなさそうだ……

『それはありがたいんですけど、ＤＡＤってよそから給料を貰ってもいいんですか？』

『ああ、報酬か。そりゃ出るよな』

サイモンは就業ルールを思い出すかのように眉根を寄せたが、結果は適当だった。

『ううーん、どうだったかな……まあ、教官やってる間、非常勤扱いにしときゃ大丈夫だろ』

『そんな、いい加減な……』

それって、その人のキャリア的に大丈夫なんだろうか。合衆国の偉い人から怒られるのは嫌だよ、ほんとに。

『なあヨシムラ。お前らのブートキャンプって、俺らでも受けられるのか？』

いきなりそう切り出された俺は、軍人が民間の訓練を受けるなよと突っ込んだ。心の中で。

『……軍の訓練があるでしょ？』

『いや、興味があるだろ。何か独自のノウハウもありそうだし』

『ええ？』

そのとき、三好がコーヒーを運んできた。

『良い豆だな。アズサの趣味か？』

その香りを吸い込んだサイモンが、嬉しそうに言った。

『です。芳村はジャパニーズティー派なんです。それで、ブートキャンプの申し込みですか？』

『まあな。エバンスでの二十九層から先は、俺たちも結構やばかったんだ。何か底上げできる方法があるんなら、藁にも縋りたいってところなのさ』

確かに彼らなら、たっぷりとSPが溜まっていることだろう。だから、強化する事自体は問題ないのだが……なんだか面倒も多そうな予感がする。

『あの……うちのキャンプを受講すると、代々木攻略に力を貸す義務が生じるって縛りがあるんですけど』

俺は控えめに、今この場で考えた言い訳を並べて、だから無理ですよねと、祈るようにお断りの電波を発信してみた。

『いいぜ。今は特に急ぎの命令もないしな』

しかし、サイモンの受信機はどうやら壊れていたようだ。

『そんな簡単に安請け合いしちゃって大丈夫ですか？　アメリカのダンジョン資源を掘り起こすとか、そうでなくても色々あるでしょう？』

『そっちはＤｏＤ（ダンジョン省）の管轄だ。ＤＡＤはもともとザ・リングの救出用に組織された経緯があるから攻略主体なんだよ』

ザ・リング。

それはアメリカの大型加速器実験場に発生した、おそらく世界で一番有名なダンジョンだ。

実験中にそれが発生したことで、稼働中の加速器が破壊され、あわや原発を巻き込んだ大惨事になりかかったらしい。現存構造物を利用したタイプで、発生したダンジョンは加速器に沿ってリング状の構造をしていたため、後にザ・リングと呼ばれるようになったそうだ。

代々木ダンジョンも、発生時に千代田線を切断して惨事になりかかったが、世界で最も大きな事故が発生したのは、ザ・リングだろう。

進退窮まった俺は、目で三好にパスを送った。なんとかしてくれ、三好！

彼女は力強く、任せておけと目で応えてきた。頼んだぞ！

『分かりました。この話がまとまったら、ブートキャンプの最初のメンバーにサイモンさんを入れておきます』

それで、いいのかよ⁉

『いや、うちのメンバー全員でお願いしたいんだ』

『ええ？　主要メンバーは四人でしたっけ？　それで教官までＤＡＤ関係じゃ、もう自分のところで訓練するのと変わらないんじゃ……』

『だが、プログラムは、そっちで作ったものだろう？』

うーんと、悩む俺に三好が悪魔の笑顔で囁いた。

「先輩、先輩。最初の受講者が世界のトップチームなんて、宣伝効果はバッチリですよ！」

「お前な……」

ちらりと横目に見ると、サイモンは、すっかり話がまとまったかのように、涼しい顔をして冷めかけたコーヒーを飲み干していた。

『サイモンさんたちが受講することって、オープンにしていいんですか？』

サイモンは片眉を上げてみせたが、すぐに頷いた。俺は仕方なくため息をついて言った。

『分かりました。その話、お引き受けします』

『よし、すぐにそいつに連絡を入れさせる。直接来させればいいのか？』

『ＪＤＡの会議室で面接しますから、まずは連絡をするようにお伝えください』

三好がそう言って、自分のネームカードを渡した。

もしもアメリカから呼び寄せるのだとしたら、就労ビザとかどうするんだろうなどと、心配もしたが、向こうでいいようにやってくれると信じよう。信じているぞ、サイモン！　……なんだかとても不安だ。

『いや、今日は実りのある話し合いができて良かった！』

嬉しそうに立ち上がったサイモンが、ふと思い出したように言った。

『そういや、イオリたちが四層分攻略して、二十五層に到達したそうだぜ？　どうも、アズサから仕入れた〈水魔法〉が活躍したみたいだな……だが、もう少ししたら彼女たちも苦戦し始めるだろう。そうしたら彼女たちも顧客になるかもな』

へー、あの〈水魔法〉、結局チームＩの人が使ったのか。

『じゃあな。俺は我侭なおっさんに無理だと言い捨ててから、十八層に戻らなきゃならん』

『地下への入り口は狭いところも多いので気を付けてくださいね』

それを聞いたサイモンが、したり顔で指摘した。

『なんだ、やっぱりお前らが行ったのか？』

『あ、いや、聞いた話ですよ。聞いた話』

『ほー』

突っ込まれるのを覚悟の上で、俺には、後一つだけ、どうしても彼に言っておかなければならない話があった。

『それから、地下にゲノーモスたちがいる山ですが――』

『山？』

『――山頂には決して近づかないように』

『マップで立ち入り禁止になっていた、空欄のエリアのことか？』

『そうです』

『何があるんだ？』

俺はサイモンに近づいて、耳打ちした。

『自衛隊の報告書は要領を得ないんですが、踏み込んだ隊員二名は瞬殺されたそうです。そこらのボスよりも遥かに厄介な、特別な何かがいるようです』

『そりゃ、興味をそそられるな』

『まだ、死にたくないでしょう？』

自衛隊の隊員だって、それなりの探索者のはずだ。それが何もできないどころか、何が起こったかも分からなかったのだ。その辺の意味はサイモンならきちんと汲み取るだろう。

『いや、ドミトリーの真似をするのはやめとこう』

『ドミトリー？』

『知らないのか？　ドミトリー＝ネルニコフ。どっかの幽霊が登場するまで世界ナンバーワンだったエクスプローラーだよ』

　何かに挑むようにモンスターを倒し続ける男で、付いた二つ名が「求道者」。戦いの姿勢が、まるで武士のようだと言われているらしい。ロシア人なのに。

『へー』

『あいつなら、そんな話を聞いたら突っ込んでいくかもな』

『そりゃ……なんとも』

『だから、あんまり煽（あお）るなってことさ。情報は感謝する』

　そう言って敬礼したサイモンは、にやりと笑って親指を立てると、仲間たちの待つ場所へと風のように去って行った。

「十八層をすぐ近所みたいな感覚で出入りしてんのかよ……」

「トップの人たちって、やっぱり凄いんですねー」

「そういや、三好。チームＩが〈水魔法〉の宣伝をしてくれたようだぞ」

「あと一個のオーブは決まりですね」

　まあ、六個もあるから、一個くらい構わないか。

　四個の出品が決まったはずなのだが、三好は未だに真剣な顔でメモを見ていた。

「どした？」

「先輩、観測気球を飛ばしてみませんか？」

「観測気球だ？」

「ほら、私たちが収納関連を公にしないのは、公開したとたんに色々な組織からいいように使われそうなことと、後は、社会的に怪しげな見られ方をされたり、冤罪を被せられそうになったりしそうだからじゃないですか」

「そうだな」

公的な機関だけならともかく、さらわれた挙句に麻薬カルテルあたりに協力させられるのは嫌だし、不可能に見える盗難があるたびに、俺たちのせいにされそうになるなんてたまらない。

「持ってるってだけで疑われそうになったら、そこら辺を歩いている男女を指差して、『淫行の罪を犯そうとしているのに、どうして捕まらないのか』って主張すればいいんですよ」

「お前は簡雍か」

三国志に登場する簡雍は、酒造道具を持っていたという理由で禁酒令違反で逮捕された男を見て、劉備に向かってこう言った。理由を聞いた劉備に「男女は淫行の道具を持っているから」だと発言したらしい。劉備は笑って男を解放したらしいが、現代人なら屁理屈だと怒りだしそうだ。

「とにかく、公開したとたんにいいように使われそうなのは〈鑑定〉も同じですし、冤罪の方は、実際のところ、やってみなければどんな反応が返ってくるのか分かりません」

例えば密輸に関わっているのではないかという疑いを持たれたところで、〈収納庫〉の中を調べる手段がない以上、使用者の証言がすべてだ。都合、後を付けて、収納するところか、それを取り出すところを押さえるしかないわけで、たぶん露骨な監視が張りつくだろう。だがそれは——

「今でも大して違いがありませんよね」

三好は裏のマンションを意識してそう言った。

「そう言われればそうだが……」

それを必要とする組織の質が、〈鑑定〉と〈収納庫〉じゃ相当違うと思うが、能力が目的なら、少なくともいきなり狙撃して殺そうとする組織よりも対応がしやすいかもしれない。何しろ必ず手の届くところに現れるのだ。

「怖いのは、そういう組織のからめ手だと思うんですよ」

家族を人質に取って言うことを聞かなければ、というやつだ。

「例えば警察機構が、それの防止に、どの程度労力を割いてくれるのかなんて実際やってみなければ分かりませんよね?」

「お前、まさか……」

「そこで、世界に〈収納庫〉をリリースして様子を見てみませんか?」

「人身御供(ひとみごくう)を作ろうってのか?」

「人聞きの悪いことを言わないでくださいよ、先輩。大人が自分の意思で使用するなら、そりゃ自己責任ってもんでしょう?」

「それで、観測気球か」

「そうです。それに、これが世に出ると、確実にアイテムボックスだと思われますよね。そしたら先輩の〈保管庫〉が紛れるという利点もあるんです」

たとえスキルオーブの寿命が二倍に伸びても、ビッド三日間の謎は解けないだろう。

「だけどさ、いきなりオークションに出品したら、あちこちから恨まれたりしないか？」

「それなんですよ。〈異界言語理解〉のときと違って、直接安全保障に関わるってわけでもありませんから、国に優先的に提供するって必要はないでしょうけど」

「これを熱烈に欲しがるのは、ダンジョン攻略組織か、犯罪組織だろうな」

単純にオークションにかけたりしたら、犯罪組織と関わりの深い連中が、もの凄い金額で落札していきかねない。これさえあれば金でも麻薬でも密輸し放題なのだ。元はすぐに取れるだろう。

包丁や金属バットを購入者がどう使おうと販売者に罪はないが、さすがに気は引ける。

「先にその存在をどっかに明かして様子を見ますか？」

「俺たちのコネなら、ＪＤＡと某田中さんと、後はサイモンか？」

「全部から引きが来たら板挟みになりますよ、それ」

「うーん」

「じゃあ、オークションに出すかどうかはともかく、管理監様に打ち明けて様子を見るとか」

「そうだな。碑文にあったセーフエリアが見つかったりしたら、絶対必要になるだろうし、いつまでも避けては通れないか」

そうして俺たちは、また一つ難題を管理監様にパスすることにした。合掌。

「だけど、どんな人が来るんでしょうね」

「教官か？　あんまりピーキーなオッサンは勘弁してほしいな」

「サイモンさんが楽しそうにしてたから、人柄はいいんじゃないですか?」

いや、三好。あの笑顔は、面白いことになりそうだって期待するサインだぞ。ただしそれは『サイモンにとって』だというところがミソだ。

「あいつらのバックアップなんだから、能力はあるんだろうが……ま、連絡を待つしかないか」

「その前に、もっともらしいプログラムをでっち上げないと」

そういや、まだ何をどうするのかも決まっていない。

「三好、その方面の知識って?」

「先輩と、どっこいどっこいだと思いますよ」

つまり、俺たちは二人とも、ドシロウトだってことだ。

「いっそのこと一日中二層の外周をぐるぐる走らせるか」

「概算で、一周三十一・四キロですよ? いくらなんでもぐるぐるは無理なんじゃ……サイモンさんたちクラスなら平気かもしれませんが」

「じゃあ、とりあえず一周を全力だ。中堅以上の探索者ならいけるだろ」

「ふむふむ」

「それでな……例えばDEXを伸ばしたいというヤツには、縫い針を千本くらい用意して、それに糸を通させるとかどうだ?」

「どうだって……それ、バカにされていると思われませんか?」

「十本くらいならそう思われるかもしれないが、千本クラスなら大丈夫だ。あまりに作業が単純すぎて、そのうち思考ができなくなるはずだ。ザ・修行って感じだろ？」

「それって洗脳なんじゃ……って言うか、もしも、実は何の効果もないなんてバレたりしたら殺されそうです」

「プログラムをパクられたら、もの凄く笑える状況が生まれそうだよな。穴の大きさと糸の太さに秘密がなんて、もっともらしいことを言っておけばなお良しだ」

「先輩……」

「ＡＧＩなら死ぬほど反復横跳びさせて、ザ・ニンジャの修行を応用した、とかどうだ？」

「じゃあ、それの合間に、ヨガのポーズを取り入れましょう！」

「ダンジョンのパワーを体に吸収させる！とか言ってな。……いや待て、ジャパンならゼンだろう、ゼン」

「先輩、先輩。青汁みたいなのを合間に補給させるというのはどうでしょう」

「ナイスだ、三好。効果がありそうっぽい」

そうやって俺たちは、『恐怖の』ブートキャンプメニューを作り上げていった。

「あ、そうだ先輩。まことに残念ですけれど、私はちょっとこの後用事がございまして」

その怪しげなセリフ回しに、俺は思わず吹き出した。

「なんだよ、その敬語は」

「心外ですね。ほら、記者会見の準備と言いますか」

「準備って、どうせ会場はＪＤＡのカンファレンスルームだろ？」

「まあそうなんですけど、ほら、ＪＤＡさんに任せると色々とありそうじゃないですか」

この話は、そもそもが、瑞穂常務の暗躍で作られたようなものだ。確かに任せっきりにすれば、どんな会見になるのか想像するだに恐ろしい。

「自分でやった方が面倒がないって、何か変な気もするけど……例のディレクターか？」

「コネは使うためにあるって、先輩が言ってました」

「そりゃまあそうなんだけどなぁ……」

あまりマスコミ関係者に近づきたくないと言うか、なんと言うか。

「大丈夫です、無理はしません。開催は六日くらいでいいですかね？」

「その辺は任せるよ。どうせ俺はサポートだし」

「了解です」

数日後、某田中さんから電話が来るまで、彼に頼んでいたことをすっかり忘れ去っていた俺たちだった。

SECTION
港区

氷室隆次（ひむろたかつぐ）は、死んだ魚のような目で、その鳴り続けている携帯を見つめていた。

しかし、呼び出し音が十回を超えても、その振動は止まらなかった。

「くそっ」

そう毒づいた彼は、携帯を掴（つか）み上げて、それでも三秒間は逡巡（しゅんじゅん）した後、電話を取った。もしも無視をし続けたら、こいつは突然目の前に現れるかもしれないのだ。あの病室の悪夢のように。

「こんにちは。お元気ですか？」

「もう勘弁してくれ」

「何をです？　ちょっとご相談があるのですが」

「……勘弁してくれ」

「まあまあ、話だけでも聞いてくださいよ。どこかいい場所はありませんか？」

「勘弁――」

「なんなら、そちらのお部屋でも」

そう言われた氷室は、弾（はじ）けるように顔を起こすと、部屋の中を見回した。

「どうしました？」

氷室は観念するように肩を落とすと、会社の傍（そば）にある喫茶店の名前を告げた。

§

そこは、会社の近くにある、レトロな雰囲気の喫茶店だった。

大晦日の夜だというのに、ぽつぽつと席がうまり、めいめいが穏やかな時間を過ごしているようだった。カウンターの奥の壁に並べられたアンティークのカップがいい味を醸し出している。

氷室が、その喫茶店のドアを開けると、マスターらしい初老の男が声を掛けた。

「いらっしゃい。ご無沙汰だね」

「あ、ああ。まあな」

以前はよく通っていた店だったが、世の流れとはいえ、禁煙になってしまったことで足が遠のき、忙しさにもかまけてご無沙汰だったのだ。

「おや、珍しい。デートかね？」

デート？

彼は突然左隣に気配を感じて、慌てて振り返った。

そこでは病室で彼を恐怖のどん底に叩き込んだ悪魔がにこやかに笑っていた。

「こんにちは」

「な、なんで……」

氷室は口をパクパクさせながら、言葉にならない言葉を発していた。

「おや、微妙なようだね。じゃ、カウンターじゃない方がいいかね？」

「お気遣いありがとうございます。では、奥のボックスを」

「どうぞ、どこにでも」

三好はその言葉に頷くと、固まっていた氷室を促して奥の席へと向かって行った。

席についても、陸に上がった魚のような状態だった氷室だったが、しばらくして落ち着きを取り戻すと、意を決したように身を乗り出して訊いた。

「で、結局あんたの望みは一体なんだ？　俺の魂を取り立てにでも来たのか？」

「なんですそれ。私はゆで卵を片手で机に押し当てて、ゴリゴリと転がして殻を割って食べる人ですか」

「ぴったりだぜ。俺はあんたから逃れるために、儀式で別人になりたいよ」

映画『エンゼル・ハート』は、芸能界での成功と引き換えに魂を悪魔と取引したジョニーが、儀式で別人になってその支払いを免れようとする話だ。それを取り立てにやってきた当の悪魔が、三好の言った方法でゆで卵を食べるのだ。

「なら、氷室さんは成功したも同然ですね」

「は？」

確かにジョニーはそこそこ成功したのだろうが、それで魂を持って行かれるなんてのは、まっぴらごめんだ。

「実は、ちょっと、お仕事をお願いしたいと思いまして」

「仕事?」

「氷室さんって、制作会社のディレクターでしょう?」

まるで何を言ってるんだと言わんばかりの目つきで、三好は氷室に確認した。

「あ、ああ」

その返事に頷いた彼女は、来月の六日に行うつもりの会見の差配を依頼してきた。

確かに制作会社の業務の中には会見の手配なんかもあることはある。だが――

「いや、ちょっと待ってくれ……六日?」

「はい」

「今日は大晦日だぞ?」

「はい」

「……あのな」

一般的に会見というものは、誰かに何かを伝えるために行われる。メディアが相手なら、それが集まりやすい時期や時間帯を考慮して、会見の情報を周知する必要があるのだ。

来月の六日は日曜日だ。正月休みを考慮に入れると、平日扱いされる日は、たった一日、四日しかなかった。氷室には、彼女がまともに会見する気がないとしか思えなかった。

「仰(おっしゃ)る通りです。別に誰も来なくても問題はないんですよ」

「じゃあ何のために会見するんだよ」

「そこはまあ渡世の義理ってやつですかね」

「はぁ」

　何がなんだか分からない氷室は、間抜けな返事を返すしかなかった。

　目の前の悪魔によると、この会見は何かを発表するというよりも、メディアの質問を受ける場所を設けたということ自体が重要らしい。

「申し入れでもあったか？」

「無理やり機会を作られたとでも言いますか」

「もしかして、あんたらのやってるオークションか？」

「セッティングをもくろんだ人たちが訊きたいことはそのあたりでしょうけど、私たちは、設立する会社の発表会にするつもりなんです」

「その会社でオークションをやるのか？」

「いいえ」

　さすがは悪魔だ、もはや何を言っているのかすら分からない。

「じゃあ、マスコミ各社は何をしに来るんだよ？」

「間抜け面を見せにじゃないですか」

　氷室は少しだけこの悪魔に共感した。

　メディアスクラムという言葉ができる程度に、やりすぎているという意識はあるのだ。もっとも競争相手がいる以上、下っ端が自主的にそれをやめることは不可能なのだが。

「それじゃあ何か？　話を持ち込んできた相手に任せると、どんなものになるか分からないから、先んじて自分たちでコントロールしたいが、その方法が分からない。そこで、知ってるやつにやらせようってことか？」

「完璧です。私たちじゃ、どこへ案内を出せばいいのかすら分かりませんから」

「案内って……やったという事実だけがほしいんなら出さなきゃいいだろ」

「開催手順に不備があったら、それを理由にもう一度開けって言われますよ」

「それで、俺かよ」

「袖振り合うもって言うじゃないですか」

「せめて、多少にしておいてほしかったね」

氷室は、冷めかかったコーヒーに口を付けた。

こいつには関わりたくない。

だが、すべてを投げ捨てて身を隠すなんてことはできないし。そうしなければ向こうから勝手にやってくるのだ。

だが考えてみればこれはチャンスじゃないのか？

相手にバリューがあることは確実だ。少なくとも、あの石塚が執着しているくらいには。

（注6）**袖振り合うも**
本来は、『袖振り合うも多生の縁』
氷室が言ったのは、縁は『多少』くらいにしておいてほしいという諦めだ。

「これが、悪魔に魂を売るってやつなのかね」

「え？」

「つまり、一般的な開催手順に従って、関係しそうなメディア連中に会見の情報を流しさえすれば、後は相手がそれを読もうと読むまいと、会見に記者が現れようと現れまいと、どうでもいいってことだな？」

「そういうことです」

話を詳しく聞いてみれば、すでに会場はおろか、会見者や司会者の手配も終わっているらしい。どうやらやらなければならないのは、マスコミに対する情報発信くらいか。

「報酬はよく分かりませんが、このくらいで？」

そう言って差し出された封筒には、結構な厚みがあった。中身が一万円札だとしたら、百万は下らないだろう。

「どうでしょう？　引き受けていただけますか？」

悪魔は蕩(とろ)けるような笑顔で人間を堕落させる。

そういやハリーも、五千ドルで引き際を誤ったっけなと、氷室は自嘲(じちょう)の笑みを浮かべながら、封筒に手を伸ばした。

二〇一九年 一月一日(火)

SECTION：

代々木ダンジョン 地上

「よう、テンコーさん。おめでとう」

「おめでとさん。しっかし、寒いでんなー」

先に入り口に到着していたテンコーが、装備に着替えて出て来た吉田たちを、手をすり合わせながら迎えた。

「早いじゃないか。やる気だな?」

「早いも何も、こんな時間に来よう思たら選択肢なんかあらへんがな」

「そりゃ悪いことしたな」

「次は近場のホテルを取ったってや」

「ま、番組が決まれば検討するさ」

「検討かい! しっぶいなー。まあ、よろしゅう」

「じゃ、紹介しておこう、こいつがカメラマンの城(じょう)だ」

「よろしく」

「あ、こちらこそ。しかし嬢ちゃんとはかわいらしな」

「そりゃないっすよ。環(たまき)って呼んでください」

「タマキン?」

「小学生が付けるあだ名ですか」

城は笑ってテンコーのいじりを流しながら握手を交わした。

「んじゃ、そろそろ行くか」

そう言ってダンジョンに入ろうとする吉田に、テンコーが不思議そうな顔で声を掛けた。

「あれ？　吉田はん、先に入られますの？」

「なんだよ。いくらダンジョンったって、代々木の入り口だぞ？　別に危険はないだろ」

「いやいや、隊長ってのは、伝統的にカメラマンはんと照明さんの後に入るもんやん？」

それを聞いた城が吹き出した。そうして、「ま、隊長が覗き込む画くらいは撮っときますか」と、笑いながら先に一層へと下りて行った。

「いっすよー！　恐る恐る覗き込む感じでお願いしまーす」

正月の早朝とはいえ、さすがに代々木、少ないとはいえ探索者はいる。吉田たちの様子を見て、くすくす笑いながら、それでも撮影の邪魔をしないように入ダンを控えてくれている。

「はー、東京もんはよう空気読みはるわ」

それを聞いた吉田が呆れたように言った。

「あんた、神奈川だろ？」

「あかん。似非関西弁で頑張ってんやから、空気読んでや」

「へいへい。行くぞ」

「新年早々地下かいな。何の因果やの」

「一年の計は元旦にありって言うだろ」

「計画、ろくに立ててへんがな」

吉田が地下に消えた後、大仰な様子でため息をついた彼は、おもむろに自撮り棒を取り出すと、自分の番組用の映像をちゃっかりキープしてから、いそいそと吉田の後を追って行った。

§

「で、俺たちは正月早々、なんでこんな所にいるわけ？」

代々木の入り口に立って、俺は門の看板を見上げながら言った。

「それ、年末にも言ってませんでしたか？」

あの後、教官候補が来日するまで数日かかりそうだと連絡があり、本当に四日までやることがなくなった俺たちは、どういう訳かダンジョンへとやってきていた。

何もやることがないなら休んでればいいと思うのだが、それができないのがワーカホリックと言うものだ。

「とは言え、なんというか目標がないんだよなぁ」

「〈異界言語理解〉のときも、〈マイニング〉のときも、必要に迫られてって感じでしたから」

今までの探索の後始末ってことなら、『交換連金を鑑定する』とか、『極炎魔法をゲットする』とか……そうだ、『十四層のシャーマンがドロップするオーブを確認する』なんてのも考えられるな。

後は、十八層に人が集中している間に、最深部を目指すというのも一つの手か。

「こうして考えてみると、なんだか俺たち、最近働きすぎな気がしないか？」

「割と好き勝手してましたから、あんまり働いているって気はしないですけどね」

「それで『やりがい』だとか『仲間』だとか言い出したら、ブラック臭が漂い始めるからな」

「国に渡航禁止を要請されている段階で、なんだかブラックな香りが漂ってますよ」

「ブラックの方向が違うだろ」

「うちの方が危なそうです」

何度か死にそうな目にもあいましたし、と三好が苦笑した。

「確かに」

俺も、あまり働いているって気はしないが、怒濤の三ヶ月だったことだけは間違いない。

「あ、そうだ、先輩！」

「なんだ？」

「一層へ行きませんか」

「一層ぉ？　暇なときは毎日通ってるけど……」

あ、俺って、もしかして働き者？と、一瞬思ったが、暇なときだけってことになると、そりゃ単なる暇潰しだな。

「違いますよ。三百七十三匹にチャレンジしませんか？」

「館か！」

「ですです。すぐに試せそうなのはそれくらいですし、それに——」

「それに？」

「もしも御劔(みつるぎ)さんたちが、入り口まで戻らない日を作ったりしたら……危ないですよ」

「ああ……」

　御劔さんは非常に真面目だ。だからそんなことが起こるとは思えないし、斎藤さんもあれで面倒見はとてもいいから、一人で叩き続けるなんてことはしないだろう。

　しかし、この世に『絶対』はないのだ。

「そうだな。塩化ベンゼトニウムが公開された後のこともあるし、スライムによる館の可能性は、この際潰しておくか」

「ですね」

「念のために、二十三時台の後ろの方で館が出るように調整する必要があるよな」

　何時間もアレに追い回される可能性を確かめる気になるのは、マゾい人だけだ。

「どうせスライムしかいないんですから、先に後数匹ってところまで倒しておいて、時間があったら、ダラダラしてればいいんじゃないですか？」

「そうだな。じゃ今から行くか？」

　今丁度、お昼過ぎだ。平均一分で一匹倒すと、六時間ちょいで到達できる計算だ。

「ちょっと早いような気もしますけど、じゃあ、お昼を食べてから出掛けましょう。叩くのは先輩が？」

「そこはお前だろ。ここらで少しでもステータスを稼いどけよ」

「日頃まともに討伐しませんからねぇ……仕方ありません、引き受けましょう」

「館に行くなら、鳴瀬さんには？」

「さまよえる館に行ってくるって、連絡しておきましょう」

「そりゃまた彼女の心労が増えそうだ」

俺は、ＪＤＡの方に向かって両手を合わせた。

SECTION:

代々木ダンジョン　一層

「はるちゃん、はるちゃん。私たちって、お正月早々、どうしてこんなところにいるのかな？」

「だって、人がいなさそうで、暇な日って年始しかなかったし」

「帰省しなさいよ、帰省」

「今年は無理でしょ。涼子だって」

「まあねぇ……」

人気が出るのは嬉しいけれど、駆け出しだと適当にスケジュールを詰めこむマネージャーのせいで、予定が突然埋まることも珍しくないから、長期の休みの予定はなかなか立てられない。

「だけどさー、華のモデルと素敵女優が、お正月からスライム叩いてるのって、なんだかちょっと寂しくない？」

「なら、華のモデルと素敵女優のお正月って、何すればいいの？」

「そりゃ、先輩の大女優のセレブなお家に招待されてニューイヤーパーティーに興じてるとか、海外でのんびりしてるとか？」

「帰省もできないのに海外とか」

「うっ」

「それに、セレブなパーティーって、実際に招待されたら面倒で逃げ出すでしょ」

「ううう。化粧なんか適当で、素のまま行ける三好さんたちみたいなセレブはいないかなぁ」

「芸能界では当分無理そうね」

三好さんたちはセレブリティというよりＶＩＰって感じだけどね、と遥は内心で思った。

何しろあの二人は、国から渡航を自粛するように求められたりする人たちなのだ。どう考えても普通じゃない。

本当は一体何者なのか興味はあるけれど、話している限りでは、安心できる普通の人にしか見えなかった。行動は、時々ちょっと変わってるけれど。

「芳村さんたちどうしてるかな」

「今日、誘えば良かったじゃん」

「ええ？　さすがに元日はご迷惑でしょ」

「ええ⁉　あたしは⁉」

「ほ、ほら、涼子は身内だから」

「ええー。なんだか取って付けたような感じが……」

「気のせい、気のせい。ほら、行くよ」

「へーい」

§

「向こうに誰かいる?」

影から出てきた(たぶん)カヴァスが、コクコクと頷いた。

「一層に誰かがいるなんて珍しいですね」

「御劔さんたちかな?」

「それなら、アルスルズも知ってるんですから、挨拶くらいしてくるんじゃないですか?」

「ええ? さすがにダンジョンの中でそれはないだろう」

突然現れたモンスターと勘違いされたらどうするんだよ。

「第一、彼女たちは、大抵入り口付近にいるんでしょう? ここは結構奥ですよ」

そう言われればそうだ。何しろ一匹倒すたびに出入りするから、奥まで行くと不便なのだ。

知ってる人?と、訊く三好に、カヴァスはかぶりを振っていた。やはり彼女たちとは違うようだ。

ここは近づかない方へと移動しよう。

そう言えば、彼女たちは、未だに一匹ごとに出口へと向かってるんだな。経験値を取得する目的では高効率だけど、さすがにあれは面倒くさい。要するにダンジョンの外に出ればいいわけだから
——って、ダンジョンの外?

「なあ、三好」

「なんです?」

「ほら、あのカメラを持った男を閉じ込めただろ?」

「ああ、氷室さん」

「そんな名前だっけ。まあ、いいや。その閉じ込めた場所って、どこなんだ？」

「どこって言われても……アルスルズ空間？」

「なんだそれは」

そのあまりに適当な名称に、俺は思わず笑ってしまった。

「だって先輩。彼らがいるのは影の中ですよ？　そこに物理的な空間があると思います？」

「常識的にはないだろうな」

「なら、この空間とは切り離された、アルスルズ空間とでも呼ぶしかない場所ですよ」

つまり、彼らは、我々がいるこの空間と、どことも知れないアルスルズ空間を繋いで行き来できるだけでなく、対象が（たぶん）地球とは違うと思われる空間であっても、アルスルズ同士を入れ替えることで行き来できるわけだ。ダンジョン内から事務所へと飛べるからだ。どういう原理なのかはまるで分からないが、もしも解明できたとしたら瞬間移動への道が開けそうだ。

それはともかく――

「ならさ、その空間は、ダンジョンの外とみなされるんじゃないか？」

もしもそこが、通常の意味での空間ではなく、現在いる空間に属するサブ空間みたいなものだとしたら、ダンジョンに属しているとみなされるかもしれないが、可能性はある。

「もしかして、先輩。なにか卑怯（ひきょう）なことを考えてません？」

「せめて工夫していると言ってくれよ」

俺は三好の視線に苦笑しながら先を続けた。

「そしてもしも、それがダンジョンの外だとみなされるとしたら――」

「経験値取得効率が、文字通り跳ね上がる」

「だろ?」

三好は次のスライムまで駆けて行くと、俺の方を振り返って言った。

「では、確認してみましょう」

俺は〈メイキング〉を呼び出して三好のステータスを表示させると、左手でOKマークを作って、準備が完了したことを伝えた。

「じゃ、カヴァス、お願いね」

そう三好が言ったとたん彼女の姿は地面に消えて、次の瞬間にはもう一度そこに現れていた。

「おおー。もっと足元がなくなる恐怖感というか、落ちていく感覚があるのかと思ったら、入るのも出るのもほとんど一瞬で、あんまり気になりませんね。目の前が一瞬暗くなる感じです」

「ほー」

「では行きます!」

三好は目の前のスライムに、ボトルの中身を吹き付けて弾けさせると、コアを叩いた。

「どうです?」

俺は思わず拳(こぶし)を胸の前で握りしめていた。

彼女が取得したSPは0・02。つまり、アルスルズのシャドウピットの中は、ダンジョンの外だとみなされるのだ。

「ばっちりだ」

「じゃあ、わざわざ出入りしなくても？」

「もの凄い高効率だぞ。こりゃ経験値取得がはかどりそうじゃないか」

「アルスルズが必要ですけどね。それに視界や攻撃が一瞬とぎれますから、十層や十八層で使うのは難しいかもしれません」

「まあな。だが、時々リセットするだけでも相当違うだろ」

「だけど先輩」

「なんだ？」

「シャドウピットって魔法ですよね？」

「たぶんな……って、ああ！」

もしもそれが魔法なら、それを使ってるカヴァスのＭＰは一体どうなってるんだ？

何も補正がない場合、人のＭＰは、概ね一時間あたりＩＮＴと同じポイントが回復する。

仮にシャドウピットのＭＰ消費量が１だとすると、十秒に一回の使用で、一時間あたり３６０ポイントが消費されるわけだ。いくらアルスルズがモンスターでも、さすがにＩＮＴが３６０はあり得ない。使い続ければ、いつかは枯渇するはずだ。

「カヴァス」

三好はカヴァスを呼び出すと、〈鑑定〉を併用しつつ、シャドウピットに使われるＭＰと、自動回復するＭＰについて色々と質問をしていた。

「どんな感じだ？」

「細かい数字は訊きようがありませんけど、私たちがスライムを急いで叩くくらいのペースで使い続けたらどのくらい持つのかは分かりました」

「それで？」

「どうやら朝ご飯から晩ご飯の間くらいは大丈夫みたいです」

そもそも、アルスルズには、短い時間の単位に関する概念がなかった。

不便なので教えている最中なのだが、どうにも上手くいっていない。だからタイマーが、チッと鳴ったらだの、時計の針がここへ来たらだのといった指示になっている。

「それって一〇～十四時間くらいか？」

「うちって、割とバラバラですからね。でもまあ余裕を見ても八時間くらいは平気ってことじゃないでしょうか」

「意外と長いな」

収納の出し入れはMPをほとんど消費しないから、あれと同じようなものなのだろう。三好の鉄球だって、消費MPは1よりもずっと少なかった。

また、これはどうも召喚者本人やパーティメンバーを落とす場合であって、まったく関係ない他人を落とす場合は消費が増えるようだった。他にも巨大な質量を落としたり、落としたまま移動したりする場合は、より多くのMPを消費するようだが、具体的な増分については分からない。

「何かあったときのために、MPを枯渇寸前にするのはまずいから、最長四時間くらいに制限した方がいいかもな」

「一応、カヴァスを一時間くらい観察すれば、大体の減り具合は分かると思います」

モンスターの鑑定結果が相対的な値になるとはいえ、減り具合を見るだけなら十分だ。

「じゃあ、その辺も確認しながら続けるか」

「了解です」

§

「こら、きっついわ」

テンコーが、曲げていた腰を伸ばしながらそう言うと、時計を見ていた吉田が渋い顔をした。

「スライムに物理攻撃がほとんど効かないってのは本当だったんだな……」

「今頃なに言うてんの」

吉田の間抜けにも聞こえる発言に、テンコーは苦笑した。

彼はそれなりに経験のある探索者だが、それでもスライムを倒すのに最低でも五分は掛かっている。確かにスライムからの攻撃は単調だし危険度はそれほどでもないが、いかんせん、切っても叩いても効果が少ない。偶然コアに当たってそれを破壊できるというクリティカルが出れば別だが、それを期待してハンマーを振り下ろし続けるのは他人が思うよりも大変だ。

「スプレー火炎放射器も大して効果がありませんでしたし。どうします、吉田さん。こんなペースじゃ絶対館には辿り着けませんよ」

　いくら比較的安全な場所とはいえ、これでは館を出現させるなんて絶対不可能だ。五分に一匹では、二十四時間叩き続けても二百八十八匹にしかならない。

「どうだ、テンコーさん。やってみてなにか上手い方法を思いつかなかったか？」

「上手い言われたかてなぁ……そんなんあったら、とっくに誰かがやってまっせ」

「だよなぁ……」

「ハンマーだと叩ける部分が少ないのがネックですから、鉄板でも被せて飛び乗りますか」

　城が、カメラを置いて、飛び乗るようなジェスチャーを取りながら言った。

「それやった奴がおんねん」

「あ、やっぱり」

「結論から言うとな、ほら、床が凸凹（でこぼこ）やろ。コアはそこへ逃げて潰れんそや」

「なら鉄板の上に乗せて、鉄板で挟むとか」

　テンコーは笑いながら首を振った。

　どうやら、スライムを構成する液体状の部分がクッションになって、一気には潰れず、横に押し出されるように鉄板の外に逃げてしまうらしい。

「じゃあ、逃げられないように下を箱にするとか」

「天突きか！」

吉田が思わず立ち上がって声を上げた。

天突き、または、ところてん突きは、固まったところてんを入れて、押し出すことで棒状のところてんを絞り出す器具だ。

「口金の隙間（すきま）の大きさをコアよりも小さくしてやれば、外側だけを絞り出せるってわけか」

「そらええけど、スライムは見た目より硬いよ？　結構力いるんちゃうかな」

「大型のものを作ればいいいさ。今日のところは――」

吉田は城に、これからひとっ走りかっぱ橋[注7]まで行って、大型の突き出し用器具を買ってくるように言った。

「ええ?!　今からですか？」

「なに、朝が早かったし、まだ時間はあるだろ」

「そりゃそうですが……正月ですよ？　店開いてるのかなぁ」

「ついでにバッテリーも換えてこいよ」

「吉田さん、人使いが荒いよ」

城はぼやきながら、吉田から金を受け取った。

「で、ワテらはどないしまんの？」

テンコーは内心、そんな器具を使ったところで、どうやって詰めんねん、と思っていたが、意外と面白い画が撮れそうな期待もあって、ここはスポンサー様の意向に従おうと黙っていた。

「俺たちも一旦上がって、外のカフェで待つか」

「そらええな」

そう決めて出口を目指して歩いていた一行に、左から誰かが走ってくる音が聞こえてきた。

「一層にも探索者がいるんだな」

「そらいますやろ。だけど、なんで走ってるんでっしゃろ？」

「何かに追い掛けられてるとかですかね？」

そう言って城は、カメラのスイッチを入れた。

「おお、イベントの画は逃さないって、プロっぽいでんな」

「テンコーさん！　もしかしたらユニークが出て逃げてるかもしれないから油断するなよ」

「代々木の一層に出るユニークなんて聞いたことあらへんで」

「だからユニークって言う――」

その瞬間、左側のわき道から飛び出してきたのは、性別不詳の細身のフェースマスクを被った人間だった。

「あ、なんかあったん?!」

その人物は、思わず声を掛けたテンコーをちらりと見ただけで、何も言わずに出口の方へと駆け

（注7）　かっぱ橋
東京都台東区にある調理関連の問屋街の名称。

食に関する機材なら、大抵なんでも揃う場所。合羽橋という地名があるわけではない。

十月九日頃行われる「かっぱ橋道具まつり」はいわゆる謝恩祭なのだが楽しい。

て行った。それを呆然と見送っていると、そのすぐ後から、もう一人の人物が現れた。

「うわっ！」

先に駆けて行った人物に気を取られていた吉田が、後から出てきた人物――こっちは明らかに女性っぽかった――に驚いて、後ろへと後退った。

「ごめんねー、別になんでもありませんから、お気になさらずにー！」

彼女は駆け抜けながらそう言うと、前を行く人物を追い掛けて走り去っていった。

「ありゃ一体なんだ？」

吉田が彼女たちの去った方向を見てそう言った時、テンコーは、彼女たちが出てきた通路に、奇妙な違和感を感じていた。

「ちょっと待っといてや」

そう言って、彼は、その通路へ入ると先へと走っていった。

「なんだ？」

「さあ？」

そう答えた城だったが、なにか言いたげな様子をしている。

「どうした？」

「いや、あの、吉田さん。今の、斎藤涼子じゃありませんでした？」

「斎藤涼子？」

「ええ、ちょっと前に、出来レースだった映画のオーディションを演技力だけでひっくり返して、主演を獲得したって噂の」

「そんな奴が、現実にいるのかよ」

それはまさに漫画やドラマの中の出来事だ。がっちりと柵に捕らわれたこの世界に、そんなことが起こる余地はないのだ。普通なら。

「だから、みんな驚いたんですよ」

「しかし、そんな話が表に出たら、出来レースを仕掛けた方は立場がないだろ」

「だから噂にはなっていても、皆、露骨には話していませんよ」

「普通そんな話は噂にもしないのが、持ちつ持たれつのこの業界だろ。よっぽど仕掛けた方が何か仁義にもとることをやって、嫌われたりしてたのか？」

「大手ですよ。そんなこと、仮に思ってても言えませんって」

「じゃあなぜ？」

「それが――」

斎藤が番宣のインタビューでポロリと、演技力向上の裏には、ダンジョンで彼女を鍛えた師匠の存在があるらしいことを漏らしたらしい。それを聞いたプロダクションの連中が、それは誰だと色めき立って、この噂と共に語られているのだとか。

「そんなんで演技力が上がっちゃうわけ？」

「オーディションの二ヶ月前まで、ほとんど誰にも知られてなかったんですよ？　それがこの有様でしたから。関係者の驚きが分かるでしょう？」

「じゃあ、前を走ってたのが師匠か？」

「だったら大ニュースですよ！　その師匠の正体は、業界中の話題なんですから」

　自分がカメラに収めたはずのその姿を見ようと、城は、カメラに付いている液晶で撮ったはずの画を確認していた。

「だがそんな話、ＴＶで見たことがないぞ」

「そりゃあそうでしょう。その師匠を知りたいのは視聴者じゃなくて、主にプロダクションの方なんですから」

「なるほどなぁ……」

　そのとき、城が、ふと思い出したように顔を上げた。

「噂と言えば、吉田さんがこの企画を持ち込んだのって、中央の石塚でしたっけ？」

「ああ、そうだ」

「製作会社方面の噂なんですけどね、こないだ斎藤涼子を追っ掛けてたディレクターが、おかしくなったって話が出てたんですよ」

「なんだそれ？」

「それが、石塚の大学時代の友人らしくって、どうやら彼の頼みで斎藤を追っ掛けてたんじゃないかって」

「それで、どうしておかしくなるんだよ。なにか失敗でもやらかしたのか？」

「はっきりしないんですが、実際に会ったやつの話だと、まるで幽霊にでも出会ったような顔色で、何があったのか聞いても一言も話してくれなかったそうです」

「どこのホラー映画だよ」

吉田は思わず苦笑してそう言った。

「彼女、なんか憑いてるんですかね？」

「バカ言え、ネタだろ。第一、どうして石塚が斎藤を追い掛けてるんだ？　スキャンダルでもあるのか？」

「斎藤涼子って、中央ＴＶが噛んでる映画のヒロインに抜擢されたばかりですよ。それを同じ局のプロデューサーが、スキャンダル狙いでストーキングみたいな取材をやらせますか？」

「なら、弱みを握って一発やりたいとか？」

「吉田さんならそうかもしれませんけど」

「お前、今日の報酬、一割減な」

「冗談ですよ！」

「プロダクションの連中なら商品には手を付けないだろうが、局の連中は接待される側だからな、意外と分からんぞ？」

「へー、そんな経験が？」

「あるわけないだろ。だが石塚が気に掛けてるってのが本当なら、斎藤を出演させれば点数が甘くなるかな？」

「無理無理。相手は今を時めく大女優――になるかもしれない新人ですよ。第一、映画はまだ撮影中でしょ。こんな企画で怪我でもさせたら大事ですよ」

「そんな奴と、なんでこんな所で会うんだよ」

「そりゃあ――」

城が「趣味だからでしょ」と言い掛けたところで、向こうからテンコーが戻って来た。

「おう、テンコーさん。いきなりどうしたんだよ」

「いや、なんかおかしな感じがしてな……」

「おかしな感じ?」

「最初はよう分からんかったけど……あん人らが出てきたとこな、スライムがおらへんねん」

「スライムがいない?」

「そうや。しばらく先までずっとスライムのおらんルートが続いてるんや」

通常、代々木の一層でそんなルートはありえない。どのルートにも、必ず一匹や二匹のスライムはいるのだ。

「彼女たちが狩り尽くしたってことか?」

スライムを倒しても、しばらくすれば新しい個体がその場に現れる。それがリポップであれ、移動であれ、いずれは現れるのだ。

それをきれいに片付けようとしたら、方法は一つしか考えられない。つまり時間を掛けず、現れる前に倒すしかないのだ。そうすれば一時的にスライムのいない状態が作れるだろう。

「一体どうやって?」

「分かれへん」

吉田は、信じられない気分で、彼女たちがやってきた方を覗き込んだ。そこでは新しく現れた一匹のスライムがフルフルと震えていた。

SECTION：

代々木ダンジョン　地上

テンコーたちと出会った後、遥と涼子は、ダンジョンの入り口を出て立ち止まっていた。

「ねえはるちゃん。すぐに戻るのはやめた方が良くない？」

まさか元旦から、業務用のビデオカメラを抱えた、どう見てもＴＶ関係者だとしか思えない人たちが代々木の一層でうろうろしているなんて思いもしなかった。

「あの人たち、何してたんだろう？　まさか涼子を追い掛けて、なんてことはないよね？」

遥はジト目で、涼子がやらかした師匠問題を思い出していた。

「いやー、後ろから追い掛けられたわけじゃないし、それはないんじゃないかな。もしそうなら、あの瞬間マイクを突き付けられてたって」

「ならいいけど」

「折角来たけど、これじゃあ安心して狩れそうにないし、もう帰ろうか」

「え？　でも、明日は来られないし。少し待って、今日はちょっと遅い時間まで粘ってみる」

「ええ？」

「ほら、予定していたノルマを達成しないと気持ち悪いし」

「いや、ないから！　スライムにノルマとかないからね！」

「エクササイズのプログラムは最後までやるでしょ？」

「それとこれとは……違うと思うんだけど」

涼子は、一応抵抗してみたが、遥の意思が固そうなことを確認すると、ため息をついて折れた。彼女は意外と頑固なのだ。

「はぁ、仕方ない。付き合いますか」

「ありがとう！」

「なら、そろそろお昼過ぎだし、先にご飯でも食べない？　ＹＧカフェだと、今の人たちと鉢合わせするかもしれないから、今日のところは外に行こう」

「いいよ」

「そういや、すぐそこにさ、お昼しかやってないお蕎麦屋さんがあるって師匠が言ってた」

「なんでそんな話を聞いてるの」

遥がおかしそうにそう言うと、涼子は「はるちゃんに付き合ってるから、この辺の食事事情も情報収集してたんだって」と頬を膨らませた。

「へー、それはありがとう。お蕎麦屋さんは興味深いんだけど、今日は元日だから、ファミレスくらいしかやってないんじゃない？」

「ああ、そうか！　一番近い、公園通りのガストはこないだ閉まっちゃったから、その一つ向こうの角にデニーズがあるよ。夏に食べた桃のかき氷は美味しかった」

「デニーズは、時々面白いデザートがあるよね」

「そうそう」

　しかし、そろそろ自分も有名になってきたし、気軽にデニーズにも行けなくなりそうだなと、涼子は、嬉しいやら寂しいやらで、なんだか微妙な気分になった。

「じゃ、着替えてから行こう」

「うん。付き合ってくれたお礼に奢る」

　更衣室に向かおうとする涼子にそう言うと、彼女は遥を振り返って、「デニーズで、そんなどや顔をされてもなぁ」と笑った。

「もう！　そんな顔してないでしょ！」

　二人はじゃれ合いながら、更衣室へと歩いていった。

「しかし、こりゃ凄い――いや、酷いな」

シャドウピットを利用した狩りを確立した三好は、色々なテストをし始めた。

今は横着モードらしい。椅子に座って目の前のスライムを倒すと、そのままシャドウピットの中に落ち、カヴァスが次のスライムを探して、その目の前に椅子に座った三好を復活させるのだ。

はたから見ていれば、まるで、椅子に座った三好が短い転移を繰り返しながら、スライムを叩いているようで、俺は苦笑するしかなかった。

「修道僧みたいな御劔さんと違って、入り口まで引き返しての三百匹は、絶対無理だと思ってましたけど、これなら行けそうですね！」

「いや、修道僧って。彼女たちにも教えた方がいいかな？」

「なら、アルスルズの増員も考えた方がいいですね」

現在四頭のアルスルズは、俺と三好の護衛と、事務所の警備に一頭ずつが割り振られている。予備は一頭しかいないから、何かが起これば、すぐに余裕がなくなるのだ。

もちろん三好のＩＮＴなら増員は可能だろうが、安易に増やすと、その分個々の個体が弱くなったりするのだろうか？　これは要検証だな。どうやって検証するのかは難しいところだが。

「でも、この方法は、ちょっと気持ち悪くなりますね」

シャドウピットの中に落ちている間は、視界が遮られる。次に視界が復活した時は全然別の場所にいるわけで、脳が混乱するようだ。

「それに、カヴァスが言っていた通り、MP消費も激しいみたいです」

一番精神的な疲れが少なく、カヴァスたちのMP消費も節約できるのは、倒した直後にその場で入れて出す方法のようだ。リセットされてからスライムを見つけて倒す一連の動作は今までと同じだし、行動の切れ目で一瞬暗くなるだけなので、長い瞬(まばた)きと大差ないらしい。

「なんだか、下に落ちる感じも少なくなってきたような気がします」

どちらかというと、突然闇(やみ)に包まれる感じになってきたのだそうだ。

アルスルズ空間が実空間と異なるなら、それは転移だと言っていいのかもしれないし、実際にそうなのかもしれない。接続時に、ダンジョンの入り口のようにシームレスに空間が繋がっていたとしても、影の中は現実の「下」とは異なる扱いにできるのかもしれなかった。それをどうするかは、カヴァスたちが適当に調整しているのだろう。

「それにしても――」

シャドウピットを利用したスライム狩りを延々と続けている三好のSPを、俺は〈メイキング〉を利用して、感心しながら眺めていた。

何しろスライム百匹で2ポイントも手に入るわけだ。毎日三百匹を倒し続ければ、半月でエンカイ一人分。わずか一ヶ月で、俺たちが計算したトップエクスプローラーの一角へと辿り着くことになる。そうしてそれは、代々木の一層なら十分に可能なのだ。

「――二月もやったら、シングルを独占できそうだな」

「WDARL（世界ダンジョン協会ランキングリスト）の上位が、匿名のエリア12で埋め尽くされる日はすぐそこですね」

俺のときと違って、突然ランクインしたりはしないだろうが、もの凄い勢いで駆けあがっていく様子が――って、あれ？

「なあ、三好、WDARLって更新間隔どうなってんだ？」

「知りません。さすがに例のタブレット状のアイテムが更新されるたびに連動して更新されるとは思えませんから、せいぜい週一とかじゃないですか？　月一の可能性だってありそうです」

「月一だったりしたら、いきなり上位陣が入れ替わるのか」

「そりゃ、エリア12で大規模な攻略が行われたのか！って大騒ぎになりますよ」

三好はくすくすと笑ってそう言ったが、たった一人が突然首位に立っただけでも大騒ぎだったのだ。ごっそりと入れ替わったりしたら、どこからどんな圧力が掛かってくるのか分からない。

それは超人を量産する技術があるということに他ならないからだ。イレギュラーが一人現れることと、それが量産できることとの違いは大きい。

「代々木がダンジョンワールドの中心になる日も近いですかね？」

「冗談じゃないぞ。それに、これをブートキャンプのメニューに入れるのは無理だろ」

これを公開するためには、スライムの退治方法と、闇魔法（Ⅵ）についての情報を公開する必要があるし、仮にそれができたとしても、シャドウピットの利用には、不自然な技術的な飛躍が存在している。仮に偶然このルーチンをやってみたのだとしても、数値化なしで経験値が十倍になっている事実に気が付くのは難しいどころか不可能だ。

　つまりこれが有効であるという事実に気が付くということは、それを数値化できる何かがそこにあることを想起させるのだ。

　〈鑑定〉を全面に押し出してごまかすというテクニックもあるにはあるが、それは二人目の〈鑑定〉持ちが現れたとき、状況を酷く悪化させることになるだろう。

「ブートキャンプは、あくまでも探索者が持っている経験値を任意に再配分する事業ですからね。こっちは――そうですね、言ってみれば社員教育？」

「社員はいないいんだけどな」

「いつかは必要になりますよ。だけど今のところ秘密が多すぎます。誰かが信じられるかどうかなんて、どうやって見分ければいいんでしょう」

「ついに三好も経営者や人事の苦悩を知る時が来たか」

「こうして考えてみれば、私たちって、結構周りの人に恵まれてますよね」

「そうだな」

　鳴瀬さんを筆頭に、御劔さんや斎藤さんも、知り得た情報を悪用したりはしないだろう。

　まあ、俺としては、最初にこいつを仲間にしたことが、最も恵まれていた事だと思っているが、口に出すつもりはない。だって恥ずかしいだろ。

「とにかくＪＤＡや社会が、その反動に対応できる程度の速度で小出しして、少しでも秘密?を減らしていくことが肝要だな」

「先輩、意外と社会のことも考えてるんですね」

「いや、お前、俺を何だと思ってるんだよ」

「達成したら満足して、結果は会社や社会に放り投げ、次の新しい事を始める人、かな？」

「あのな……ダンジョン素材の物性と、現代社会を根本から揺るがしそうな何かを一緒にしないくらいの常識は持ち合わせているから心配するな」

もちろん少しは自分たちの優位性を維持しておきたいという気持ちもある。少々エゴいんじゃないのと言われても仕方がないが、自分たちの安全確保は重要な要素なのだ。俺にとっては。

「そういや三好、秘密と言えばさ、あの椅子どうするんだよ」

「ああ、ンガイの玉座」

ンガイの玉座は、未だに〈保管庫〉の肥やしになっている。結構重いので、どうにかしたいのはやまやまなのだ。

「いっそのこと、悪趣味なインテリアとして事務所の奥の部屋にでも置いておくか？」

ヒブンリークスが一段落したので、めでたく鳴瀬仮眠室はその役割を終え、元の部屋へと姿を変えていた。

「絶対鳴瀬さんが座りますよ」

「効能だけを見るなら、マッサージチェアみたいなもんなんだけどなぁ……」

あの怪しげなフレーバーテキストのせいで、どうにも座るのが躊躇（ちゅうちょ）されるのだ。

「せっかくだから、今ここでスライム様に座っていただいて、様子を見てみるか」

「動物実験ですか……いいですけど、スライムが、ンガイスライムになったりしないことを祈りましょう」

「だからお前はそういうフラグっぽいことを言うなっての」

スライムにスプレーしようとしゃがんだ三好のつむじを、ビシビシとチョップで攻撃した。

「もうっ！」

「で、椅子を出すのはいいんだが、スライムをどうやって乗せるんだ？」

スライムは、つんつん突っつくくらいならぷよぷよと揺れているだけだが、押し込んだり摑んだりしようとすると、圧力を掛けてくる何かに巻き付くというか抱き付くというか、要するにそれを包み込むように張り付いてくる性質がある。

そうして、一度張り付かれると、それを引き剝がすのは非常に面倒だ。

「何か、板とかに、転がして乗せられませんか？」

「攻撃だと認識されたら、抱き付かれるぞ。斎藤さんにくっついてるのを見たことがあるが、あれを引き剝がすのは、かなり難易度が高そうだ」

引き剝がそうとすると、その手にも張り付いてくるし、握ろうとしても手ごたえがなかったりするんだと御劔さんが言っていた。

「倒してもいいなら、ベンゼトスプラッシュで一発だから問題はないんだけどな」

「なんですそれ？」

「ほら、霧吹きで塩化ベンゼトニウムをばらまく攻撃」

「確かに、なんとかビームよりはマシですけど。ともかくやってみましょう！」

三好はすぐ先にいるスライムに近づいた。

「都合のいい板なんかあったかな……」

何かこうプラスチック製のソリみたいな形状の物があれば……

「これくらいかな」

俺が取り出したのは、最初の頃使っていたチタンの中華鍋風フライパンだ。

「じゃ、それを添えておいてください」

俺はフライパンをスライムぎりぎりの位置に添わせると、反対側から三好が――

「お前、何を使ってるんだよ」

「適当なものがなくって……ほら、これだって『板』って言うじゃないですか」

確かにタブレットを翻訳すれば「平たい板」だ。十インチほどのそれを両手で持って、そっとスライムをフライパンの方へと押し出そうとしている。

「そーっと、そーっと……うにゃあ！」

ゆっくり力を入れていったところ、ある時点で突然、罠のようにスライムがタブレットに襲い掛かった。

「ああ、私のタブレット……」

スライムの中に取り込まれたタブレットが、体の中でふわりと浮かんでいる。しばらくすれば溶けてなくなるのだろう。

「仕方がありません」

そう言って三好は、ベンゼトスプラッシュでスライムからタブレットを取り戻した。

「思ったよりもすぐに反応しますねぇ」

びちゃびちゃになったタブレットをタオルで拭きながら、三好が困ったように言った。

「もういっそのことさ」

俺は、次のスライムの上に蓋をするようにフライパンを置いた。

「それでどうするんです？　さっと掬うとか？」

「そっ、金魚だってそうした方が上手く掬えるだろ？　よっと」

掬うように、手首でフライパンをひっくり返してやると、スライムは、一瞬何が起こったのか分からないようにフライパンの中で激しく蠢いていたが、そのまま椅子に乗せるくらいの間なら余裕で――

「イスはどこだ！」(注8)

「惜しい！　ちょっと訛ってますね！」

スライムがフライパンからあふれ、柄を伝わろうとしたところで、諦めて手を放した俺は、ベンゼトスプラッシュでモンスターからフライパンを救い出した。

俺は仕方なく棒読みで言った。

「ま、まさかこんな所に、い、い、スライムがいるとは思わなかった」

「いや、スライムはいるでしょう」

「いきなり素になるなよ」

俺は苦笑しながら、次のスライムの傍に歩み寄って、アルスルズに訊いた。

「近くに俺たち以外の人間はいないよな？」

彼らは大丈夫だというように頷いた。この椅子を見られるのはちょっとまずいからな。

「渇して井を穿つってやつでしたね」

「なるほど、きみの言わんとする意味がだいたい見当がつきました」

「いやそれはもういいですから」

俺は笑って、ンガイの玉座を取り出した。

「相変わらず、豪奢というか、やりすぎというか」

「ま、趣味がいいとは言えませんよね」

「だな」

（注8）　イスはどこだ！
つげ義春（作）『ねじ式』より。

もちろんオリジナルは「イシャはどこだ！」

「まさかこんな所に、メメクラゲがいるとは思わなかった」と続く。

メメクラゲは漫画には登場しないが、後年、小さなソフビのフィギュアが、マガイドウから発売された。それが、ちょっとスライムに似ているかもしれない。

俺はもう一度スライムを掬い上げると、今度はフライパンで蓋をするように、そのまま玉座の上へと叩きつけた。

「先輩、傷が付きますよ！」

「文化財でもあるまいし、いいだろ別に」

俺はそう言いながら、そっとフライパンを持ち上げた。すると――

「ええ？」

そこに置かれたスライムは、ほのかに青白い光に包まれて――

「三好！」

思わず臨戦態勢をとった俺たちの前で、ぺっと弾かれるように玉座からはじき出された。

「あれ？」

「ンガイスライムが登場するのかと思いましたね」

いや、本気でフラグかと思ったよ……

三好は弾かれたスライムをつんつんと突いた。

「今のって、玉座に嫌われたんでしょうか？」

「どうかな。スライムの状態は？」

「〈鑑定〉で見る限り、特に変わったところはないようですが……」

そう言って一度シャドウピットに落ちた三好が、いつものようにそのスライムを倒した。

それを見た俺は、思わず声を上げていた。

「ああ⁉」

「え？　なんです？」

「今のスライム、経験値を確認してなかった……」

「なんだ」

「なんだじゃないよ。今のスライムって、俺も捕獲時点で協力していただろ？　これって〈メイキング〉的に一匹とみなされると思うか？」

経験値を確認していたら、入る経験値でそれが分かったかもしれないが……あの椅子の上に置いた動作が攻撃とみなされるだろうか？

「そう言われれば、たぶんみなされそうな気はしますけど……確証はないですね」

「ぐわー！　数え直しかよ！」

相手がボス級だったりすると、一匹の数え間違いがチャンスを棒に振る原因になるのだ。〈メイキング〉の次のレベルは、何匹倒しているかを表示してくれる機能が欲しい……

「まあまあ、先輩。幸いスライム君は一杯いますから」

「くっ。しかし、玉座に座っても、何かが出てきたり呪われたりはしなさそうじゃないか」

「相応しき力を見せないと、玉座に拒絶されるって話ですけど、まさか座れないだけだとは」

「言葉通りに捉えるなら、座れないだけでおかしくはないよな」

「それはそうですが……じゃあちょっと座ってみましょう」

「お前が？」

「だって先輩は座れるでしょう？　エンカイ様を倒した本人ですし」

「いや、ほら、ステータスを調整しつつ座れるポイントを探るとか、あるだろ？」

「ああ、なるほど。じゃあ私はスライムの続きをやってますから、先輩はそれを調べておいてください」

「ＯＫ」

　この後、事務所の奥の片隅に置かれたこの趣味の悪い椅子は、なぜか座れない椅子として、事務所を訪れる一部の者の間で有名になることになる。

「それが終わったら、先輩も下二桁を揃えておいてください」

「分かってるよ。で、今日の狙いは？」

「アイボールなら〈鑑定〉でいいんじゃないですか？　先輩が使ってもいいですし」

「〈恐怖〉とか、〈監視〉ってのにも興味はあるけどな」

「そんな使うのも売るのも難しそうなオーブのことは忘れてください」

「ガーゴイルのオーブや、バロウワイトのオーブに興味は？」

「ありますけど、バロウワイトはスケルトンの上位種みたいなものですから、あんまり変わらないんじゃないですかね。ガーゴイルは……なんでしょう？」

「ガーゴイル、ガーゴイルねぇ……　〈不老〉とか〈不眠不休〉とか？」

「やっぱり必要ありませんね」

　確かにブラック臭が漂いすぎる。そして〈不老〉はどうせ石になったりするに違いない。

「んじゃ、基本アイボールの〈鑑定〉で」

「お願いします」

その後も三好は、アルスルズにスライムを探させつつ、黙々とそれを叩き続けた。

俺は俺で、三好とは別の場所で、下二桁を調整しつつスライム退治に精を出した。

さすがに一層に危険はないだろう。アルスルズもついてるしな。

§

二十二時を過ぎた頃、俺たちは、休憩を兼ねて、取り出した折りたたみの椅子とテーブルで、前回の探索時に余っていた弁当を食べていた。

アルスルズは、今日の仕事のご褒美に魔結晶を一つずつ貰って、美味しそうに齧(かじ)っていた。味なんかあるのかね、それ。

「ダンジョン内だというのに優雅なものですよね」

「弁当をもそもそ食ってるのを優雅と呼ぶかどうかは、ちょっと意見の分かれるところだな」

食ってるものにもよるだろうが、代々木公園のベンチで同じことをしても、優雅とは言われないだろう。

「むー。よし、じゃあちょっと優雅な感じにしましょう！」

そう言って三好が、自分の〈収納庫〉から取り出したのは、ゴシック風の燭台だった。

「なんだそれ？」

「燭台ですけど」

そう言って彼女はテーブルの上に並べたそれに蠟燭をセットして火をつけた。

「いや、なんで燭台なんか持ってるんだってことだよ」

「一層で何かの作業するとき、雰囲気が出るかなと思いまして」

「雰囲気ってな……」

揺れる炎の光が影を躍らせ、それは優雅と言うよりも――

「なんだか、変な儀式をやってるカルトみたいだぞ」

「曲がった道の向こうから誰かがやってきたとしたら、ゆらゆら動く光が、ダンジョンの壁を照らしだしているところが目に入るはずですから、曲がり角の向こう側に怪しい何かがありそうな雰囲気満点ですよ！」

「あのな……」

「どんな感じか、ちょっと見てきます！」

「ああ、まあ気を付けてな」

通路の向こう側へスキップで消えていく三好を見送りながら、テーブルの上のごみを〈保管庫〉へと片付けた。その辺に放っておいてもスライムが処理してしまうのだろうが、どうもごみを放置することには抵抗がある。

なんでも処理されてしまうダンジョンに、放射性廃棄物などの厄介な物質を持ち込んで処理させようなんて話もあったようだが、今のところ実行には移されていないようだった。

「もっと早くこの性質が分かっていたら、個人所有のダンジョンには、産廃のゴミ捨て場みたいな使われ方をするものがあったかもな」

なんでも捨てられ、それが処理されてしまうダンジョンは、究極のごみ箱になっただろう。その先にどんなことが起こるのかは、誰にも分からないが。

俺はポケットの中からスマホを取り出して、時間を確認した。

〈保管庫〉も〈収納庫〉も非常に便利だし、時間停止や遅延は使い道も多いのだが、電子機器を入れておくと、時計が無茶苦茶になるのだけは問題だった。それでもPCやスマホなら、取り出して使う前にNTPサーバー(注9)へ接続すれば事足りるのだが、ダンジョンの中ではそうもいかない。

つまり、時間を知るために使う機器は収納できないのだ。

「探索用に腕時計でも買うかな」

「向こうから見ると、最高に怪しくて格好良かったです！」

十分満足した顔で、三好が戻って来た。俺が時間を確認しているのを見ると、「先輩、そろそろ

(注9) NTPサーバー
Network Time Protocol Server.
一言で言うと、ネットワーク上にある機器の時間を合わせるためにアクセスするサーバー。

三十分ですか？」と訊いた。

「そうだな。何かあるのか？」

「ええ、まあ」

三好がそう言ったとたん、足元から一体の黒犬が現れた。

「お、来ましたね。ドゥルトウィン」

三好がポンポンと首を叩いて魔結晶を与えながら、先日糸で作っていたポシェットらしきものを外して、そこからマイクロSDカードを取り出した。

「なんだそれ？」

「鳴瀬さんに連絡した時、ついでに時間を指定して実験をお願いしておいたんですよ。さすがは鳴瀬さん。時間に正確です」

「いや、お前。正月だってのに……完全に業務時間を逸脱してるぞ」

「まあまあ。新しい実験だって言ったら、喜んで協力してくれましたよ。それに、立っている者は親でも使えって言うじゃないですか」

三好は取り出したメモリーカードをタブレットに挿入して再生を開始した。

「緊急時でもなんでもないけどな」

俺は苦笑しながらそう言った。

『あー、あー。これでいいのかな？　あ、鳴瀬です。見えますか？　って、録画だから返事があるわけないか』

てへっとばかりに自分で頭を小突いている。

「あざといな」

「あざといですね」

『一応言われた通りにメッセージを送ります。無事ですか？　まあ、無事でしょうけど。あの気持ち悪い館が出たら無理はしないでくださいね。えーっと、何か芸、芸……』

映像の向こう側にいる彼女は、困ったように小首を傾げていた。

「何を困ってるんだ？」

「実は何か芸をして送ってくださいとお願いしておいたんです」

「はぁ？　なんでまた、そんなことを……」

そこで、鳴瀬さんは意を決したように顔を上げ、『じゃ、無事のおまじないっ！』と言って目を瞑りながらキスの真似をした。

その瞬間ドゥルトウィンがひょこりと顔を出すと、ぺろりと彼女の顔を舐めた。驚いた鳴瀬さんは、『ひゃんっ！』と変な声を上げて、はしたない格好で転倒した。

「……先輩、これってお宝映像ですかね？」

「勝手にアップしたら殺されるぞ、たぶん」

慌てて起き上がった鳴瀬さんは、ドゥルトウィンをポカポカと叩きながら録画を停止した。その後はカードを詰めて送り出したのだろう。

「じゃあ、このお宝映像入りカードは取っておくとして、こちらからも送り返しましょう」

三好は新しいカードの入ったビデオカメラを〈収納庫〉から取り出すと、それを三脚にセットして、こちらに向けたが、俺はそれをひょいと取り上げた。

「じゃあ、ダンジョンの中でアルスルズにかしずかれながら、優雅にお茶をする三好お嬢様ってコンセプトで行くか」

「なんですか、そのコンセプトは」

呆れたように言った三好は、それでも椅子に座って足を組むと、狭い通路にアルスルズたちを呼びだして、自分を囲むように二頭をかしずかせながら、優雅っぽくカップを傾けた。中身は入ってないのだが。

「あれ？　残りは？」

「一頭は事務所で、もう一頭は、ドゥルトウィンと入れ替わりで、鳴瀬さんのところですね」

「ああ、なるほど」

そう言えばダンジョンの中と外は、入れ替わることで移動するんだっけ。

それから、我々は無事だよというメッセージを録画すると、送る前に再生して確認した。

「うーん。かしずかれていると言うより、襲われているように見えるな」

「空間が狭すぎて、アルスルズが大きすぎます。ちっとも優雅に見えませんよ」

お嬢様化失敗ですねと三好が笑う。

まあそんなところにこだわっていても始まらない。もともとメッセージが送受信できることを確かめたかっただけだからな。

取り出したカードをドゥルトウィンのポシェットに入れると、すぐにアイスレムと入れ替わらせた。これで、無事に鳴瀬さんの元に届けば成功だ。

「思ったよりも時間が掛かったおかげで、丁度いい感じだな。よし、じゃあ行くか」

「こんな環境でさまよえる館が出現したとして、それってどこに出るんでしょうね？」

言われてみれば、十層と違って一層には空がない。つまり高さがないのだ。しかも基本は通路と部屋からできている。

館が出現できるほど、大きな広場めいたものは存在していなかった。

「うーん……ま、考えても分からないことは、やってみれば分かるよ」

「実に実践的ですね」

そう笑って立ち上がった俺たちは、残りの五匹を探し始めた。

§

「あれ？」

涼子は、怪訝な様子で辺りを見回している遥に歩み寄った。

「どしたの？」

「なんて言うか……スライムが突然いなくなったみたいなんだけど」

「え？」

そう言われて、涼子もあちこちの通路を覗いてみたが、いつもならどこにでもぽよぽよしているはずのスライムが一匹も見当たらなかった。

「はるちゃん、全部討伐しちゃった？」

「まさか……」

あちこちの通路を覗いてきた遥が、ふと、「もうすぐ日が変わる時間だし、どこかの広場で集会でもやってるのかな？」と呟いたのを、涼子イヤーが聞き逃さなかった。

「なに、そのメルヘンな物語」

「ええ、聞こえた？」

「もう、それはそれは、はっきりと！」

そう言って涼子は笑ったが、一匹も見つからないというのは確かにおかしかった。

「もう少し奥の方も覗いてみようかな」

遥の言葉に、一瞬何かを考えた涼子だったが、さすがに一層に危険はないだろうと判断して、頷きながら言った。

「集会場が見つかるかもしれないしね」

「もうっ」

SECTION：

代々木ダンジョン　一層　さまよえる館

「……こう来たか」

三好が三百七十三匹目を倒した瞬間、それは突然現れた。

通路の先に、まるで空間が丸ごと入れ替わったかのように、館が出現したのだ。

一層との接続部分は、空間が突然切り取られたかのように、遥かな高みまで切り立った崖、といらか壁が続いていた。

つまり一層の空間を円柱で切り取って、そこに館のある空間をまるごとはめ込んだような、てんな構造をしていた。

「ある意味納得ですよね」

「そうだな」

昼夜があるフロアでは、ダンジョン内の時間も外の時間に連動するはずだが、一層に出現した館部分は、薄暮に沈んでいる風で、夜には見えなかった。

少しだけ軋む鉄の門も、ベルフェゴール素数が誘っているように見える門柱も、以前に見たままだった。もっとも古典へブライ語が読めるはずもない俺たちでは、書かれていることが同じかどうかまでは分からなかった。

しかし、館の様子は、随分様変わりしていた。

二階の軒先にあれほどいたアイボールは姿を見せず、屋根の上のグロテスクたちもこちらを向いたりはしなかった。黒い鳥は数羽が枯れた木に止まっていたが、ムニンのように巨大なものはいないようだ。その代わり――

「せ、せんぱぁい。私、幽霊はちょっと……」

三好が、俺の後ろに隠れるようにして、びびりながらそう言った。

彼女の視線の先には、青白い人型の何かがふらふらと動いていた。よく見ると、前庭の所々に、同じような人型がふらふらと歩いている。

「なんだ、あれ？」

「まんまですよ。ゴーストだそうです……」

三好の〈鑑定〉をモンスターに使用すると、名前と相手の状態が表示されるらしい。要はアルスルズに使ったときとほぼ同じ感じだ。

「耳元でずっと、アイムエンリー(注10)って歌うやつ？」

「サムなら私だって大丈夫です」

「見えないからな」

「それはそうですね」

相変わらず俺たちの緊張感が薄かったのは、ゴーストたちは特にこちらに注意を向けるわけでもなく、めいめいが勝手に動いていているだけだったからだ。

「生前の記憶のままに行動してるってやつですかね？」

「さあな。だがもしも襲われたりしたら、あいつらに鉄球は無力なんじゃないか？」

「効果があるのは聖水とかですかね？　そんなもの、持ってませんけど」

「純水じゃだめか？」

クリアって意味じゃ、似たり寄ったりだが。

「聖なる何かが溶けてなきゃダメなんじゃないですか？」

「聖なる何かって？」

「信仰心、ですかね？」

現代日本で生活しているパンピーな俺たちに、それを期待するのは間違っている。

宗教との関わりと言えば、冠婚葬祭を除けば、クリスマスやハロウィンのように商業化されたイベントくらいなものなのだ。

そもそも、信仰心の化学組成すら分からない。各宗教施設のほこりか？

「なに不敬なことを考えてるんですか、信じる心ってやつですよ、先輩」

（注10）　アイムエンリー
映画『ゴースト／ニューヨークの幻』（1990年）より
映画で幽霊になった主人公サムが、協力してくれない霊媒（ウーピー・ゴールドバーグ）の耳元で、一晩中歌
（I'm Henry The Eighth, I Am / Herman's Hermits）を歌い続けて
協力を要請（脅迫ともいう）するシーンのこと。
酷いなまりの歌なので、ヘンリーがエンリーに聞こえるのだ。

「何故バレた⁉」

「顔に書いてある……と言いたいところですが、ね・ん・わ、ですよ、先輩」

し、しまった。じゃあもう一つ考えていた聖水の候補のことは……

「ばればれです」

「げぇ……」

俺はもう一つ、聖水の候補を思いついていたが、あまりに下世話だったので、口にするのは、さすがに憚(はばか)られていたのだ。某メーカーがダンジョンができた年に発売したエナジードリンク(注11)のような真似はできない。念話でバレちゃ、意味ないが……

「ちょっと気を抜いただけでこれだ。念話が広まったりしたら、円滑な人間関係が崩壊するんじゃないか？」

「未成熟な精神が集まる学校組織は、確実に危ないですね」

「その理屈じゃ、学校どころか会社も危ないし、下手すりゃ社会だってヤバくないか？」

俺の精神が成熟しているとはとても思えない。

「大丈夫ですよ。有効距離が二十メートルで、同時接続が八人じゃ、三百万人(注12)をつないで革命するようなことはできません」

「そういや、カスケードに接続した孫パーティとの念話ってどうなってるんだ？」

目の前を横切って、門の脇(わき)にある枯れた花壇へと向かう青白い影に注意しながら、俺は疑問を口にした。

その影の顔にはディテールがなかったが、なんとなく庭師めいて見えるような気がした。

「ううっ……や、やったことありません」

三好がそれにびびりながら答えた。

青白い影は、まるで、俺たちがただの置物か、そうでなければそこに存在していないかのように振る舞っていた。

「もしもそれができたとしたら三百万人も不可能じゃないぞ？」

「直径二十メートル以内に全員が集まれるわけないじゃないですか」

ゴーストが遠ざかることで、気を取り直した三好がほっとしながら言った。

「それに、この念話って、プライベートチャットができない時点で、言ってみれば単なる放送ですからね。効果は街頭演説や政見放送と変わりませんよ」

「だといいな」

時刻は二十三時二十一分だ。

（注11）　エナジードリンク
その名も高き「お嬢様聖水」
東京メトロに出された広告は、インパクトだけはあった。

（注12）　三百万人をつないで革命
士郎正宗（作）『攻殻機動隊』／TVアニメ『攻殻機動隊S.A.C. 2nd GIG』より
攻殻機動隊S.A.C. 2nd GIG / 個別の十一人事件

碑文が前回と同じ位置に配置されているとすれば、取得には十分もあれば充分だろう。その後三十分も何かに追い掛けられるのは勘弁だ。

「先輩。少し辺りを調べてみませんか？」

「そりゃいいが、俺の下二桁は九十九で調整してあるし、もしも敵があいつらだったら、三好の鉄球も効果があるかどうか怪しいぞ？」

「私の魔法と、アルスルズで間に合いそうになかったら、大人しく撤退しましょう」

何もせずに館を去れば、もう一度スライム三百七十三匹で出現させることができるだろうか？　やってみなけりゃ分からないが、そういうのもありかもしれないな。命あっての物種だ。

「じゃ、うかつなことは避けて、なるべく刺激しないように調査するか」

「了解です」

俺たちは、正面玄関を避けて、屋敷の裏手に向かって歩いていった。

それを気にする様子の青白い影は、ただの一人もいなかった。

§

館の敷地は、標準的な学校の敷地と同程度には広かった。

側面にまわった俺たちは、窓から館の中を覗こうとしたが、窓の位置が高めな上、厚く積もった埃でガラスが白く汚れていて、中はいまひとつよく見えなかった。

屋敷の中にも青白い影たちは、そこここにいて、まるで使用人のように歩き回っていた。

「ひっ！」

三好が息を呑む音が聞こえたので、慌てて振り返ってみると、窓越しに青白い影と顔を突き合わせたようだった。影はまるで窓を拭いているような動作を繰り返していたが、もちろん窓の埃が落ちたりはしなかった。

「さ、賽の河原で石を積んでるみたいですね」

その影は、おそらくずっとそこで、窓をきれいにしようとしているのだろう。しかし、過ぎ去っていく年月は、窓に埃を積もらせこそすれ、それをぬぐい去ったりはしなかった。

外側は特に酷い。

俺は、妙な義憤に駆られ、収納から一枚のタオルを取り出すと、影の手の動きに合わせて窓の外側をきれいにしてやった。

窓は内側に多少埃が残っているとはいえ、見違えるようにきれいになった。

その瞬間、影の動きがぴたりと止まり、俺と目が合った、ような気がした。

しばらく動かずにじっとしていると、影は振り返って部屋を出て行った。

「先輩。うかつなことはせず、なるべく刺激しないんじゃありませんでしたっけ？」

息を潜めるように、その様子を見ていた三好が、囁くようにそう言った。

「すまん」

「まあ、気持ちは分からないでもないですよ。ブラックの左遷部署みたいでしたもんね」

三好にそう言われて、義憤の正体が分かったような気がした。

屋敷の裏手には、以前はおそらくきれいに刈り込まれていた芝生(しばふ)だったと思われるものが広がっていた。そして所々に、奇妙にねじ曲がった木々が生えていた。

「まるで、核戦争のしばらく後って感じですね」

「そうは言うが、むしろここにロイヤル・ビクトリア・パーク(注13)みたいな庭が広がってたら、その方が気味悪いぞ」

「誰が管理してんのかって話ですよね」

「さっきの庭師っぽいゴーストには無理だろうな」

裏庭を館沿いに歩いて、反対側の側面に回り込む頃には四十五分を過ぎようとしていた。

そうして俺たちは、裏のアプローチにある階段を数段上がった先に小さなドアを見つけた。

「普通のマナーハウスなら、きっと勝手口ですよ。反対側が、ドローイングルームやパーラーっぽかったですし」

ドローイングルームは応接室で、パーラーは客間だ。ってことはあの扉の先はキッチンか。

扉は、前回の正面玄関のように、近づいただけで自動的に開いたりはしなかった。

扉の向こうに何かがいる気配はない。とはいえ、〈生命探知〉にとってゴーストは苦手な対象なのか、あまり仕事をしているとは言えなかった。

「とりあえず、開くかどうか試してみましょう」

俺たちは、扉の左右に分かれて、俺がドアハンドルを握った。

「先輩、なんだか私たち特殊部隊っぽいですよ」

「そういや、相手もハウス・オブ・ホラーっぽいよな」

米国陸軍の特殊部隊、デルタフォースの訓練施設の館は、ハウス・オブ・ホラーと呼ばれているのだ。

「訓練なら、大抵死なないで済むんですけどねぇ……」

俺はそれなりに力を入れて引っ張ったが、扉はがたりと音を立てただけで、まったく開く気配がなかった。

そして三好が、可哀想な子供を見る目で言った。

「……先輩。西洋のドアは大抵内開きですよ」

「おう……」

日本の玄関ドアは大抵外開きだから、つい引っ張っちゃったぜ……

（注13）　ロイヤル・ビクトリア・パーク
英国のバースにある公園。

有名なロイヤル・クレセントは、この公園の北の端にある巨大な集合住宅（テラスハウスが繋がってる建物）だ。その大きさに比して、戸数はわずか三〇戸。

一八世紀の後半、三〇戸のために七年もかけて建てられたところが特別な方たち向けだということを彷彿とさせる。

現在、真ん中辺りの部屋はホテルになっていて泊まれる。

仕切り直して、今度は軽く押してやると、キィと小さな音を立ててドアは内側に開いた。

そっと覗き込んだその部屋は、やや暗めの小さな部屋だった。正面と左にはドアがあり、右にはドアのない入り口が闇を湛(たた)えるように口を開けていたが、他には何もなかった。

「たぶん右がバッテリーとかパントリーとかですよ」

バッテリーは、食料品貯蔵室だ。パントリーも同じようなものだが、食器室の意味もある。

「昔は、ワインなんかの酒類も保存されていたらしいですよ」

「……三好。時間がないんだから、寄り道はNGだぞ」

「そ、そんくらい分かってますよ」

失礼だなー、もー先輩はー、なんてプリプリしているが、その額に浮かんだ汗がすべてを物語っていた。

「左は普通キッチンですね。どうします?」

「色々と興味はあるが時間がない。とりあえず直進して玄関ホールを目指そうぜ」

「了解」

俺たちは、そっと足音を殺して、正面の扉へと歩み寄った。

「しかし、どこからどう見ても不法侵入した泥棒の二人組だよな、これ」

前回は正面玄関を入ったとたんに、三好がそこにある像を破壊してたし、俺たち、ろくなことをしていないな。

「他人の家に入って、タンスだの樽(たる)だのを調べてまわるのは、JRPGの伝統ってやつじゃないんですか？」

「小さなメダルが見つかるかな？」

そうして正面のドアに手を掛けようとした時、足下に何かが落ちていることに気が付いた。

拾い上げてみると、それは奇妙な形をした数珠（じゅず）のようなアイテムだった。

「なんだこれ？　数珠か？」

「ロザリオっぽいですね」

「ロザリオ？　あれって先に十字架が付いてるんじゃないの？」

「ほら、輪から飛び出た部分に、五個の珠（たま）が連なってますよね。両端が大きくて、間の三つが小さいデザインです」

「ああ」

「それに輪っかの部分は、大きな珠に続いて小さな珠が……たぶん十個連なって一セットになっているはずで、それが五回繰り返されています」

「そうだな」

間の個数は、ちゃんと数えないと分からないが、大体そんな感じだ。

「それがロザリオの構造らしいですよ」

「じゃあ十字架は？」

「クルシフィクスは、本来その飛び出た部分の先にあるはずですが……」

そこには何もなかった。

最後の珠が終端を意味するかのように付いているだけで、特にちぎれたような跡もなかった。

「それにそのメダイ、なんだか地球に見えませんか？」

メダイというのは、飛び出た部分が輪にくっついているところにある、少し大きな珠や飾りのことらしい。他の珠がすべて黒い物質でできているのに対して、その珠はやや青みを帯びていた。

「考えすぎじゃないか？」

「かもしれません」

ともあれ、形状はロザリオと一致している。

「きっと、あの青白い影の連中の中に、地球の宗教に詳しいやつがいるんだろ」

俺はなんとなくそれをポケットに入れて立ち上がった。そして、後ろの入り口同様、注意深く正面の扉を開いた。

扉の先には、建物を貫いていると思われる廊下が、真っ直ぐに裏の窓沿いに続いていた。

時折、ゴーストが部屋へ出入りしたり、廊下を行き来しているが、やはり俺たちの姿はまるで見えないかのように無視されていた。

「アタックタイムになったら、あれがまとめて襲ってくるんでしょうか？」

「上手く逃げられることを祈ろうぜ」

タイムリミットまで後十分を切る頃、俺たちは玄関ホールへの入り口に辿り着いていた。

ホールはまるで図書室のごとく、壁が本で埋まっていた。

この間壊したはずの四隅の像は復活していて、正面玄関の扉は閉じていた。

「さて、バロウワイト殿は元気かな」

俺がそう言うと、三好は勝手に本棚に近づいて何かしようとしていた。

「おい、何をやってるんだ？」

「本棚を丸ごと収納しようと思ったんですけど無理でした。館と一体化してるみたいです」

三好はさらに、本棚から一冊の本を抜き出したが、どうやらそれも収納できないようだった。

本も館だとみなされているのだろうか？　本に意識があるからってのは――怖い考えになりそうだからやめておこう。

三好は悔しそうに、中身を撮影するために開こうとした。

「せ、先輩。なんですか、この本。開くこともできませんよ？」

「そら、魔導書あるあるだな。無理に開こうとしたら、手を燃やしたりするものもあるらしいから気を付けろよ」

「ええー」

三好は仕方なくそれを本棚に戻すと、今度は背表紙だけでもと撮影を行っていた。

「しかし、バロウワイトが出ないな」

正面玄関を開けていないからだろうか？　ならどうやって、碑文を出現させるんだ？

「三好ー。四隅の像を監視しておいてくれ。動き出しそうならすぐに攻撃していいから」

「了解です」

三好にそう頼んだ後、俺は仕方なく部屋の中央へ向かって歩き出した。

そうしてほぼ中央に到達した時、突然足下に魔法陣が広がった。

慌てて俺は部屋の隅へと飛び退る。

「来るぞ！」と緊張したのも束の間、床の下から迫り上がってきたのは、前回と同様、『さまよえる館の書』のページらしきものを載せた台座だった。

「ガーディアンみたいな連中は、一体どうしたんだ？」

「やっぱり裏から来て、正面玄関を開けてないからですかね？」

理由は分からない、だが無駄な戦闘が省けたのなら幸いだ。

「で、今度は何が書かれてるんでしょう？」

「何か重要な情報であることは間違いないと思うけど――おお?!」

近づいて、それを覗き込んだ俺は絶句した。

なぜなら、俺たちには読めないはずの文字で記されたそのページの最後に、読むことができる部分があったからだ。それは、紛う方なきアルファベットだった。

「先輩……」

「ああ」

そこには、筆記体でサインのようなものが書かれていた。

「Theodore N. Tylor……だと？」

「先輩。タイラーって……」

「たぶんな」

Theodore J. Tylor

セオドア＝ナナセ＝タイラー。

それは三年前ネバダで起きた、ダンジョンによる事故としては最も悲惨だと言われている事故で死んだはずの男と同じ名前だった。

「なんかの冗談ですかね、これって」

「さあな。書かれている内容が分かれば、それも分かるだろ」

俺は周囲を細かく撮影した後、時間を確認すると、その碑文を収納した。

その瞬間、廊下側から甲高い叫びのような声が上がった。

「先輩！　あれ！」

そこには、今までこちらを無視していた青白い影が一人、こちらを向いて立っていた。

大きく開けた口からは甲高い叫び声が上がり、そうしてディテールがなかった顔の目が開いたかと思うと――

「げぇ……」

その目がずるりと抜け落ちて、こちらに向かって這い寄ってきた。

「アイボールのヤツあんなところに……」

俺はそれに向かってウォーターランスを放ち、目の前に表示されたオーブのリストから、素早く〈鑑定〉を選択すると、三好と共に正面玄関へと走った。

「先輩！　開きませんよ、この扉！」

ドアハンドルを全力で引っ張ってそれを確かめた後、向かってくる目玉たちにガンガンと鉄球を飛ばしながら三好が叫んだ。

正面玄関から入らなかったからか、ガーディアンが出なかったのは良かったが、ドアが開かないとは予想外だ。そう言えば碑文を取り上げたのに鐘も鳴り始めない。

俺はドアに向かって鉄球を思い切りぶつけてみたが、かすり傷一つ付かなかった。どうやらダンジョンの壁などと同じ扱いのようだ。

廊下の方からは、件の叫びがいくつも聞こえ始めていた。

アイボールが抜けたゴーストは、やたらと飛び回っているだけだったが、アイスレムがそれに触れたとたん、びくりと体を震わせた。そしてゴーストの体はアイスレムをするりとすり抜けた。

「先輩！　あれに触れるとなんだか体力が削られるようです！」

ドレインってやつか？

「とにかく廊下側へ逃げるぞ！」

「了解！」

廊下側へ走り出た俺たちが見たものは、ワラワラとやってくるゴーストの群れだった。

俺たちを見つけると、あの甲高い叫び声を上げてアイボールを目から生み出し、てんでバラバラに飛び回り始める。

パーラー側からもキッチン側からも押し寄せてくる群れの前に、俺たちは、二階へと上がる階段を駆け上がるしかなかった。

「先輩、時間的に後数分で零時です！　いざとなったら窓を壊して飛び降りましょう！」

かった。

「いざとならなくても、そうしようぜ！」

俺は階段を上がりきったところにあった窓に向かって、全力で鉄球を投げつけた。

ガンッと大きな音を立ててぶつかった鉄球は、そのまま跳ね返ったが、窓には傷一つ付いていなかった。

「マジかよ?!」

三好は、その窓に駆け寄ってそれを開けようとしたが、そちらも頑として動かなかった。

「せ、せんぱい〜っ」

「心配すんな、いざとなったら、全部倒して――」

「時間がないんですってば！」

おお、そうだった……

「あ、こっちからも何か来ますよ！」

三好が二階のパーラー側から聞こえてくる声に反応した。

下からは、どうやらさっきの群れが這い上がって来ているようだ。

もはやどこへ逃げていいのかすら分からない、いっそのことあの群れに突っ込んで……と、そう考えた時、目の前の埃だらけの床に矢印が描かれた。

「先輩！　あれ！　罠かもしれませんけど！」

「この状況で罠もクソもあるか！　付いていくぞ！」

「はいっ！」

次々と描かれる矢印を追い掛けるようにして、俺たちは走り出した。

不思議なことに矢印の先には、ゴーストの群れがいなかった。何度か上がり下がりした後、最後に描かれた矢印は、廊下のどん詰まりにある部屋を指し示していた。

「下がって下がって上がって上がって上がって下がって上がって下がって下がったから、一階ですよ、ここ！」

後ろから追い掛けてくる気配を感じながら、三好がそう叫んだ。

「下がって下がったから一階?!　この建物二階建てじゃなかったか?!」

「うぇ……」

三好が声にならない奇妙な声を上げたが、きっと屋根裏に隠された三階があったに違いない。絶対そうだ、そういうことにしよう！

ともかく俺たちは、その部屋に向かって走った。

「あの扉が開かなかったら、どん詰まりですよ？」

「死ぬにはいい日か？」(注14)

「ヤですよ！　私は、心残りがありまくりですからねっ！」

後ろを見もせずに、ありったけのウォーターランスをばらまいた俺たちは、ドアハンドルを握ると、覚悟を決めて、それを思い切り押した。

もしかしたら開かないかもしれないと思っていた部屋のドアが、何の抵抗もなく開いたせいで、俺たち二人はたたらを踏んだ。

どうにか転けずに頭を上げると、そこには一人の青白い影が立っていた。

突然のことに、一歩後ろへ下がろうとした瞬間、三好が激しくドアを閉めて施錠した。その後すぐに、何かが激しくそのドアにぶつかる音が立て続けに聞こえた。

頑丈なドアのようだが、あまり長くは持ちそうになかった。

俺が警戒しながら影を見ると、それは、一枚の窓を指差していた。

「先輩、あの窓って……」

「ああ」

指されていた窓から、一筋の明るい光が差し込んでいた。それはさっき俺が拭いた窓だった。

三好は素早くその窓へ駆け寄ると、勢いよくそれを上へと引き上げた。思っていた通り、その窓は――

「開いた！」

俺は彼女――そう、たぶん彼女だ――を見て、礼を言った。

「ありがとう。助かった」

「先輩、早く！」

三好は窓枠を乗り越えながら、俺を促した。

俺はそれに頷きながら青白い女に近づくと、なんとなくお礼のつもりで、さっき手に入れたロザリオを彼女の首に掛けた。

不思議なことに、それは彼女の体を素通りせず、床へと落ちていったりはしなかった。

そのとき、館の鐘楼が別れの歌を奏で始めた。

すぐに部屋の輪郭は歪み始め、時が経つにつれ、それが大きくなっていった。

「じゃあ、元気でな！」

聞こえているのかどうか分からないが、俺はそう言って窓枠を乗り越えた。

その瞬間、後ろからドアにヒビの入る音が聞こえた。

一瞬だけ振り返った俺の目には、青白い影が、歪んでいく窓を守るように立っている姿が見えたような気がした。

（先輩、一応言っておきますけど）

（なんだ？）

念話のいいところは、全力疾走中でも会話ができるってところだ。

（ロザリオは普通首に掛けたりしませんから）

（注14）　死ぬにはいい日

ナンシー・ウッド（著）『今日は死ぬのにもってこいの日／Many Winters』より
ナンシー・ウッドが、プエブロ（ネイティブアメリカン）の古老たちの言葉を収集したりして、触発されて書いた詩。
タイトルの〝Today is a very good day to die〟という印象深いメッセージがあちこちで引用されている。
大雑把に言うと、何もかもが調和して上手く行ってて、いつも通りの日々が続いていて心配事がまるでないから、死ぬんなら丁度いい日だな、という詩。。

「マジで?!」

あまりの驚きに足を止めそうになった俺だったが、後ろから来る圧力に慌てて速度を上げた。

(どう見てもネックレスだろ！　早く教えろよ、そういうことは！)

(いえ、なんか格好つけてたから、ニヨニヨしながら見守ってました)

(くっ……)

「ああ！　芳村さん?!」

突然聞こえた聞いたことのある声に、俺は思わず間抜けな声を上げた。

「へっ？」

§

「ねえ、はるちゃん……私、寝てるのかな」

「大丈夫、私にも見えてる」

どこにもいないスライムを探して彼女たちが辿り着いたのは、ぽっかりと開けた空間だった。

こんな広い空間が一層にあることにも驚いたが、その空間の真ん中に、大きな館が建っているとなれば、夢でも見ているのかと考えてしまうのも無理からぬことだった。

「それって、二人で同じ夢を見てるってこと？」

「焼け火箸を額に当てられるよりは、ずっとましな夢だけど……」

遥が、山椒大夫の安寿と厨子王の話を思い出してそう言うと、涼子が何の話と言わんばかりに、首を傾げた。遥はなんでもないと首を振って、「で、あれ、どうする？」と涼子に訊いた。

彼女たちは最初こそ色々と情報を集めていたが、芳村たちと知り合って、一層でスライムを叩くようになってからは、毎回同じ作業だったこともあって、ＪＤＡの情報サイトなど見ていなかった。そのため、館のこともよく知らなかった。

「そりゃ、探検するでしょ」

「ええ？　危なくない？」

「危なそうなら逃げるから大丈夫！」

「それ大丈夫って言うのかな？」

触らぬ神に祟りなし。それはある意味真実を言い当てていたが、ゲームやアニメで育った日本人は、ダンジョン内に怪しげな館があれば、それを探索してしまうことは確実だ。三つ子の魂百まで。それもまた、一つの真理なのだ。

彼女たちは恐る恐る門へと近づくと、そっと中を覗き込んだ。

「はるちゃん、なんかいる！　なんかいるよ！」

ふよふよと庭を動いている青白い影を見た涼子は、門の陰に隠れながらそう言った。

遥はそれを観察しながら、特に敵意などは持たれていなさそうだと考えた。しばらく見ていると、青白い影は、突然繰り返していた行動をやめて、屋敷の裏へと移動していった。

「どうしたんだろう？」

「なに？」

涼子がそっと門から覗き込むと、そこにはもう何もいなかった。

「どこ行ったの、あれ？」

「館の向こう側へ行ったみたい。何かあったのかな？」

「うーん。ちょっと様子を……」

「ええ?!　引き返した方が良くない？」

「そうだけど。そうなんだけど。なんか気になるじゃない？」

そう言って涼子は門の隙間から滑り込むと、辺りに気を付けながら数歩進んだ。

「あ、こら！　もう……そういうのって蛮勇って言うんじゃない？」

遥が涼子に駆け寄った時、突然鐘の音が鳴り響き始め、二人は思わず身をすくめた。

「な、なに？」

「こ、これ、入っちゃダメなやつじゃない？」

「は、はるちゃん！　あれ！」

涼子が指差した先では、建物の輪郭が揺らぎ始め、辺りの輪郭が歪み始めていた。

「なにこれ?!」

「揺れてる？」

二人の足元が不安定に揺れ始め、すぐに逃げ出さなきゃと感じた時、館の角から飛び出してくる人影が見えた。

「え⁉　あれって、もしかして……」

「ああ！　芳村さん⁉」

§

「ねえ吉田さん、最後のバッテリーもそろそろ上がりそうですし、ぼちぼち上がりませんか」

業務用ビデオカメラの撮影可能時間は、実際に撮影すると半分以下になることはざらだ。撮影だけではなくズーム等でもバッテリーを消費するからだ。城の経験では、後数分も撮影できないだろうと感じられた。

「せやな、疲れたわ」
二、三十分前から、スライムの姿を見掛けなくなった彼らは、実験用のスライムを探してウロウロしていたが、一匹も見つからない異常事態に首をひねっていた。
城がバッテリーの残量を確認していると、テンコーがどかりと腰を下ろして、手に持った天突きを持ち上げた。

「けど、これは、もっと口の大きい天突きが要りまっせ」

アイデアは良かった。

スライムを天突き状のものに詰め込んで絞り出すことで、コアとそれ以外を分離しようという目論見は、結果として上手く行きそうだった。問題は――

「しっかし、スライムって硬うおまんな」

ところてんと違って、スライムは思ったよりもずっと硬く、押し出そうとしても口金が壊れてしまうのだ。金属製の丈夫なものなら、なんとかなったが、押し出すには凄い力が必要だった。

「もっとも、その前によう入れられへんのやけど……」

天突きの入り口に漏斗のような器具をくっつけても、スライムをその中に入れるのは、滅茶苦茶大変だったのだ。

まともなやり方では、まるでタコのように天突きや手に張り付いて、引き剝がすだけでも一苦労した。押し出すことで倒す時間が短縮できたとしても、機器にセットするための時間が、それ以上に掛かっていた。

「まあ、メドが立っただけでも良しとするか」

そう言って吉田が立ち上がった瞬間、すぐ近くから、まるで教会で鳴らすような鐘の音が聞こえ始めた。

「なんやこれ……ここ、ダンジョン内やで？　どないなっとんねん？」

ＪＤＡに提出された映像に音は付いていなかった。だが、ネットではその映像が撮影されたと思しき時期に、とある噂が広がっていたことを吉田は事前調査の過程で知っていた。

「まさか、この音は……」

それは、十層で教会のような鐘の音が鳴り響いていたという噂だ。そうして館が現れた時、二百七十三体の供物にされたモンスターは――

館とゾンビと十層の鐘の音の関係に気が付いた吉田は、すぐにそれが聞こえる方向へ向かって走り出した。

「確か、ゾンビだ……」

「吉田さん！」

思わず彼を呼び止めた城を振り返りもせず、彼は「カメラを持って付いて来い！」と叫んだ。

「吉田はん！　どないしてん！」

慌てて立ち上がったテンコーが、彼の後を追って駆けだした。彼の業務は一応護衛なのだ。ここで護衛対象と離れればなれになるような真似はできなかった。

鐘の音は通路内で乱反射していて、その方向をはっきりとうかがい知ることはできなかったが、少しでも大きいと思われる方へと走り続けた吉田は、幸運にもすぐに館によって切り取られた空間へと辿り着いた。

「なっ」

そこには、彼が恋焦がれていたと言ってもいい館が出現していた。

思わず頬をつねるなどというベタなことをしてしまった吉田は、追いついてきた城に、撮れ！と館を指差して言った。城は興奮してカメラを構えたが、いかんせんバッテリーがもうなかった。

「行くぞ！　すぐに中へ――」

「誰かいます！」

　カメラを覗いていて、門の付近に二人の探索者を見たような気がした城は、目いっぱいズームを行って門を拡大した。

「誰か？」

　そりゃあ、この館を出現させた誰かがいるだろう。しかし、一体誰が？

「うっ、うわっ！」

　突然城が驚きの声を上げて、ファインダーから顔を上げた。

「どうした?!」

「何かが、何かが出てきますよ！」

「アカン、吉田はん、こりゃヤバそうや」

　テンコーがそう言った瞬間、門から二人の……いや四人の探索者が飛び出してきた。

「くそ、遠いな。おい城、あれどうなってんだ?!」

「ちょっと待ってください！」

　城がもう一度ファインダーを覗いてピントを合わせようとした。そして、それが先頭を走る探索者に合ったと思った瞬間、カメラがバッテリー切れで落ちた。

「くそっ！　バッテリーが！」

「なんだと?!　目の前に最高の素材があるんだぞ?!　予備はないのか！」

　吉田が悲痛な声を上げたが、城は力なく首を横に振るだけだった。

「おい！　吉田はん！　ヤバいって！　逃げなはれ！」

「なんだと？　あれを目の前に――」

そう言って、自分のスマホを取り出した吉田の目にも、飛び出してきた探索者らしき人影を追って、なにかの生物の塊のようなものが門を出てきたのが見えた。

「げぇっ……」

吉田は思わず声を上げたが、それは、その塊の一部が、こちらに向かって来始めたからなのか、それを撮る手段がなかったからなのか、テンコーには分からなかった。

「ええから、こっちや！」

吉田はそれでも、スマホのカメラアプリを呼び出して録画ボタンを押した。と同時に、テンコーに手を引かれて奥へと突き飛ばされた。

「ええかげんにしいや！」

このままじゃ追いつかれる！

そう感じたテンコーは、血走った眼差し（まなざし）を追い掛けてくるモンスターの群れに投げて、愛用のグルカスタイルのマチェットに手を掛けながら、「はよ逃げ！」と吉田たちに向かって叫んだ。

吉田たちは、まるでそれが聞こえなかったかのように地面に座り込んだまま、目に怯えの色を浮かべつつ、それでも携帯のカメラを襲ってくる目玉の集団へと向けていた。

腰でも抜かしてんのかいと、小さく舌打ちしたテンコーは、もう放って逃げたろかいなと、半ば真剣に考えていた。

そうしている間にも、群れはすぐそこまで押し寄せてきていた。

気持ちの悪い目玉の一つ一つが、自分の姿を映し込んでいる様子まで見えるような気がしたテンコーは、逃げ出すことを諦めて、それを迎え撃とうと腰を落とした。

そうして、群れが彼らに覆いかぶさろうとして、彼がマチェットを横なぎに振るった瞬間――

「はっ？」

彼のマチェットは、何の抵抗もなく空気だけを切り裂いた。

そして、目の前には、ブレーカーが落ちてスクリーンに映っていた映像が突然途切れたかのように、直前まで迫っていた悪夢の欠片一つ存在していなかった。

鐘の音はいつの間にかやんでいて、ただ一層の通路が奥へと続いているだけだった。

§

「ああ！　芳村さん⁉」

「へっ？」

屋敷の角を曲がり、門へと走り始めたところで、ここにいるはずのない二人組が、こちらを指差していた。

「何でこんなところにいるんだよ！」

「何でって……これって一体――」

斎藤さんが館のことを尋ねようとした時、角を回ってアイボールたちが姿を見せ始めた。

「ええ?! なにあれ?!」

「いいから、逃げろ！」

「え、ええ？」

何が起こっているのか分からないからだろう、二人の反応が鈍い。ＡＧＩ自体はそこそこあるはずだが、このまま追い抜いて置き去りにすると危なそうだ。

「くっ」

「先輩！　後ろは抑えときますから、二人を抱えてください！」

「お、おお！」

俺たちは、角を回って追い縋ってくるアイボールや、でたらめに飛び回るゴーストに向かって、魔法や鉄球をひたすら撃ちながら、すれ違いざまに、棒立ちになっている二人を小脇に抱えこむと、そのままスピードを上げた。

「きゃ！」

「し、師匠！　どこ触ってんの！」

「非常時だから許せ！　逃げるぞ、三好！」

「どこへです！」

「とりあえず門の外だ！」

　そのまま疾走して門をくぐり抜けたが、館の鐘はまだ高らかに響き続けている。そして、俺たちに引きずられるように、目玉の群れも門を通過した。

「やっぱ、あいつら門を出られるんじゃないか！」

「これでまた一つ分からないことが減りましたね！」

「嬉しくねぇ！」

　とにかく逃げろと、一層の通路へ走り込もうとした時、俺たちの左手、館によって切り取られた空間の端に誰かがいるような気がした。

「人⁈」

「どうしました！」

「いや、向こうに人影みたいなのが……」

「先輩！　仮に気のせいじゃなくても、今はどうにもなりませんよ！」

　それは三好の言う通りだ。確かですらない人影を確認するために、追い組ってくるアイボールの中に飛び込むような真似はできない。ましてや二人を抱えているのだ。そんな危険に巻き込むようなことはできるはずがなかった。

　館が切り取った空間に開いた通路の穴にぶつかったアイボールたちは、トンネルを埋め尽くす勢いで通路を進軍していた。

「先輩！　コロニアルワームよりエグいです！」

「観察してる場合か！」

「細い道に入って追跡数を減らしますか?」

「行き止まりだったら死ねるからやめとけ!」

「なら、アルスルズを先行させます!」

もはや後ろの大群を数頭のアルスルズが抑えるのは不可能だ。それなら行先を先行して確認してもらった方が――

そう考えた瞬間、鐘の音が何かで切り落とされたかのように突然途切れ、まるで意識が浮かび上がったかのように、追い縋ってきていた悪夢は煙のように消え失せた。そうして振り返った先には、アイボールを倒したドロップだろうか、水晶のようなものがぽつぽつと現れていた。

「経験したのは二度目だが、何度見ても幻だとしか思えないよな」

「仮に先輩が見た人影が本物でも、このタイミングなら助かってますよ」

「そう願いたいね」

「ちょ、芳村さん、そろそろ下ろして」

「あ、ああ、ごめん」

小脇に抱えていた二人を静かに下ろすと、斎藤さんが感心したように言った。

「芳村さん、力持ちだね」

「あ、まあ、火事場のなんとかってやつだよ」

「あれ、一体なんなんです?」

御劔さんが恐る恐る、今までアイボールたちがいた通路を透かし見て言った。

「いや、俺たちにもよく分からないんだが、さっき見た館の住人……かな」

「ええ？　あそこって、あんなのがうじゃうじゃいるわけ?!」

「ほら、入らなくて正解だったでしょ」

「いやー、あんな家が立ってたら、入ってみたくなるって」

確かにこれが現実じゃなかったらその通りだが――

「君子、危うきに近寄らずって言うだろ」

「中から出て来た、芳村さんたちにだけは言われたくありませーん」

「いや、まあそうなんだけど……大丈夫だったか？」

「精神的に？」

「まあ、そんな感じだな」

「なんのなんの。これで、ホラー映画のオファーが来てもばっちりだね」

「何がばっちりなんだよ、何が」

「ほら、経験に勝る演技の勉強はないって言うじゃない」

「私はちょっと……夢に出てきそう」

「そりゃ、悪夢だわ」

斎藤さんがけらけらと笑いながらそう言った。肝っ玉かーちゃんかこいつは。

「でもあんなのが一層にいるんじゃ、ちょっと……」

「ああ、あれは特殊な館にいるやつだから、おそらく一層にはもう出ないよ」

「そうなんですか？」

「たぶんね」

「良かった。ダンジョンの訓練ができなくなるかもなんて思っちゃいました」

そうだ、ダンジョン訓練と言えば、例のアルスルズを利用した方法を彼女たちに教えてもいいものかな？

向こうでアイテムを拾い集めている三好に、相談しようと念話を飛ばしてみた。

（なあ、三好）

（いいんじゃないですか。ずっとは貸し出せませんけど、都合が合えば）

（え、また漏れてたか？）

（いいえ、でもバレバレですよ）

（そりゃどうも）

「芳村さん？」

急に黙った俺を気遣うように御劔さんが声を掛けてきた。

「あ、いや。ダンジョンの訓練と言えば、新しい方法を開発したんだよ」

「新しい方法？」

「そう、いちいち入り口まで戻らなくてもいい方法なんだけど――」

「なになに、そんな素敵な方法が？　あれって、何の意味があるのか分からないけど、結構大変なんだよね。割と目立つし」

　斎藤さんが、興味深げに御劔さんと反対側から顔を出した。

「ちょっと特殊な装備を使うから、今度ダンジョンに入るときは、あらかじめ連絡をくれないかな。そうしたら用意しておくからさ」

「ふーん。新しい方法とかいって、私たちで実験しようってこと？」

「いやいや、ちゃんと実験は済ませてあるよ」

「ふーん」

　俺の顔を疑わし気に覗き込む斎藤さんだったが、いや、ホントに実験は終わってるから。

「ま、いいか。じゃ、連絡するね」

「あ、ああ、よろしく頼むよ」

「それで、地上への階段ってどこにあるの？」

　館からデタラメに走って来たせいで、地上への階段がどこにあるのか、さっぱり分からなくなっていたようだ。

「じゃあ、カヴァスに案内させますから、付いて行ってください」

　三好がそう言うと、斎藤さんたちの向こう側からカヴァスがひょいと顔を出して、尻尾（しっぽ）を振って歩き始めた。

　御劔さんは、カヴァスの様子に「かわいい」と表情を崩し、斎藤さんは、「上手いことごまかしちゃって。やっぱ、研究職は油断できないねー」と嘯（うそぶ）きながらカヴァスの後を追って行った。

「先輩、これ……」

それを見送った三好が、アイボールの水晶とは違う、淡い水色の何かが付いたアイテムを差し出してきた。それは、見覚えのあるロザリオだった。

「これは……」

それは、俺たちを逃がしてくれた彼女の首に掛けたものに見えた。

だが、何も付いていなかった、本来クルシフィクスがあるはずの場所には、涙滴型をした透明感のある淡い水色の宝石が輝いていた。

「綺麗ですよね。アクアマリンでしょうか?」

三好がそれを覗き込みながらそう言った。

「さあな」

そう答えた俺には、それが俺たちを助けてくれた彼女の、心の欠片のように思えた。

SECTION：

港区　赤坂

　代々木ダンジョンを出た吉田は、例の館がどこまで撮れているのか気になって、城の所属するスタジオまで押し掛けて来ていた。テンコーは疲れ切った様子だったが、ここまで来たら自分のチャンネル用の素材に利用できるかもしれない映像を逃すわけにはいかないと、吉田と一緒にスタジオのドアを潜(くぐ)った。

「吉田さーん、勘弁してくださいよ。正月ですよ、今日」

「もう明けて二日だよ。それより、どうなんだ？　どこまで撮れてる？」

　何しろバッテリー切れで落ちたため、その場で映像を確認することができなかったのだ。

「もう眠いんですが……」とブツブツ言いながら城は、メモリーカードを取り出して、編集用の機器にセットした。

「やっぱり、最後に出てきたやつにズームしようとしたところで、バッテリーが切れてますね」

　三十インチのPCモニターに映し出された映像は、館から飛び出してきた人影に今まさに寄ろうとしたところで停止していた。

「しかし、この人、えらい力持ちでんな。これ、人やん？」

　テンコーが指差したところにいる人影は、二人の人間らしきものを抱えていた。

「もうちょっと解像度上がらないか？」

「多少は前後のコマがありますから、超解像用のソフトにかけてみましょうか？」

「頼む」

数十秒かけて、少しずつ静止画の解像度が上がっていくのを見ながら、城は、そこに抱えられている二人を見たことがあるような気がした。

「吉田さん、これ、あの前に会った二人じゃないですか？」

「それって、例の斎藤涼子（仮）のことか？」

「だけどこれって、普通の初心者用装備でっせ。別に珍しくないやろ」

「確かに初心者用の装備なんですが、それ以外が格好良くまとめられていて個性的なんですよ。さすが女優さんはセンスありますよね」

そう言って、最初に撮った師匠（仮）画像周辺を呼び出した城は、色の使われ方から、ほぼ確実に同一人物であると結論づけた。

「やるな、城。おまえ、画像分析もいけるじゃないか」

「デジタル時代ですからね。ソフトさえあれば誰だってこれくらいは」

残念ながら、館の映像はまともに撮れていなかった。

だが、襲われた時スマホで撮影していた映像は、暗いしブレブレだしで酷いものだったが、それでも奇妙な臨場感があった。

「悪くないですけど、パイロットを作るには、ちょっと素材が足りませんよ」

何しろ今日はお試しで、スライムを三百七十三匹狩るための準備をしていただけだったから、攻略っぽい映像はほとんどなく、言ってみればメイキング映像のようなものばかりだった。

「ちょっと、カマでもかけてみるか」

「いや、待ってください。あれが本当に斎藤涼子だったとして、吉田さんはどうするつもりなんですか？　うちだって中央と無関係ってわけじゃないんですからね、内容によっては協力できませんよ。ヤバい橋は渡れません」

「そんなに危ないことはやらないさ。あれが斎藤なら、館の内側の映像を持ってるかもしれないだろ？　ほら、今時の子なんだからスマホで撮影くらいしてるかも」

「まあ」

「それにさ、他の三人が誰なのか気にならないか？」

「いや、それは……」

「だって、そいつら、館を出現させて、内部を探索してきてるんだぜ？」

「……」

「抱えられるくらいだから、きっと仲もいいんだろう。もしかしたら、お前が言ってた師匠って奴かもしれないじゃないか」

「そりゃそうですが……」

「大物を釣り損ねたからには、どっかで元を取らないとな」

吉田は笑いながら城の肩を叩いたが、城はなんとなく気乗りしなかった。

「しかし、正月休みは癌だよなぁ……」

どこを攻めるにしても、社会が動き始めるのは四日からだ。それまで悶々(もんもん)としながらゴロゴロし続けるのは、いくらなんでも精神に悪そうだった。

「ほんで、吉田はん。ワテはどこまで映像を使こうてええのん？」

「そういや、それもあったか……」

その後しばらく、テンコーと吉田の綱引きを見ていた城は、そろそろいい加減にしてくれと、大きな欠伸(あくび)を一つすると目を閉じて首を振った。

二〇一九年　一月二日（水）

SECTION：

代々木八幡　事務所

翌日ゆっくりしすぎた俺は、昼過ぎに事務所へと下りていった。

「おはようございます。ずいぶんゆっくりですね」

昨日は、あれから、斎藤さんと御剱さんの質問攻めにあったが、時間が遅かったこともあって、後日説明すると約束して彼女たちをタクシーに押し込んだのだ。

「昨日遅かったからな。そういう三好は？」

「さっきまでぐっすり。残念ながら、今年も富士山からなすびをくわえた鷹が飛んでくる夢は見られませんでした」

富士山や、なすび、それに鷹は、初夢に登場すると縁起がいいと言われるアイテムだ。

富士山はともかく、なんでなすびがと思わないでもないが、徳川家康のお膝元で、高いアイテム三種だという説がある。当時なすびは値段が高かったというオチだ。

「七福神の絵でも枕の下に入れてみたらどうだ？」

正月に、『長き夜の遠の眠りの皆目覚め　波乗り船の音の良きかな』という回文の句が書かれた七福神の絵を枕の下に入れていい夢を見ようとする風習がある。もしも悪い夢を見てしまったら、その絵を川に流して縁起直しをするらしい。

「悪い夢を見たら、絵を川に流すんでしたっけ？」

「そうそう。そういや、夢を見なかったらどうするんだろうな」

「そりゃ悪い夢扱いに決まってますよ」

「なんで?」

「夢がないってことでしょ」

俺は、あまりの言い草に吹き出してしまった。

「それにその方が都合がいいでしょう?」

「都合?」

「来年も絵が売れますからね。どうせ『遠の眠り』じゃ、夢なんか見るはずないですし」

夢を見るのは眠りが浅い時だ。深い眠りで夢は見ない。もっとも『疾(と)うの眠り』というのも見たことがあるから、さっさと寝て夢を見ろと言うことなのかもしれないが。

「そりゃまた近江(おうみ)商人様らしい言い草だ。で、何を見てんの?」

「箱根ですよ」

TVの中では、興奮したアナウンサーが、口から泡を飛ばさんばかりに叫んでいた。

「五区で、青菱(せいりょう)大三年の成田(なりた) 翔(かける)選手が、なんと、五十七分三十二秒八という、ぶっちぎりの新記録を打ち立てました!」

「箱根往路の五区は、九十三回大会以降距離が二〇・八キロメートルに変更されていまして、変更以降の区間記録は去年の蒼木(あおき)選手が記録した、一時間十一分四十四秒だったんです。それを十四分弱以上縮めたことになります」

「単純には比較できませんが、ハーフマラソン(注15)の世界記録は二〇一〇年のリスボンでエリトリアのゼルセナイ＝タデッセ選手が記録した五十八分二十三秒なんですね。これを一キロメートルあたりの時間にすると、二分四十六秒〇四、今回の記録を同様に正規化すると、二分四十六秒フラットで、ほぼ同じなんですよ」

「え？　じゃあ、これって世界記録？」

「距離が二百メートルほど短いですから、そこはなんとも言えませんが、問題は、これが箱根の五区で記録されたってことなんです」

解説者も、アナウンサーに負けず劣らず興奮している様子で、この記録がいかに凄いのかを力説していた。

「このコースは標高差八百六十四メートルを駆け上がる、ほとんど山登りともいえるコースなのはご存じの通りです。このコースでこのタイムは異常としか言いようがないでしょう。実際、タイムが表示された時、時計の故障ではないかと慌ててチェックをされたようです」

「実は放送局のビデオのタイムコードをチェックした結果も同じような記録を示していたため、おそらく時計は正常だと思われます。我々の放送も役に立ってますね」

アナウンサーの言葉を受けて、解説者は、おざなりに笑った。

「いずれにしても成田選手は、とびきりの『山の神』として、末永く崇(あが)められることでしょう」

俺は、その様子を見て、三好に訊いた。

「なんかあったのか？」

「今年の箱根に、山の神様が降臨したんですよ」

「なんだそれ?」

箱根駅伝往路の最終区間になる五区は、俗に『山上り』と呼ばれる過酷なコースだ。そこを圧倒的なタイムで駆け抜けたランナーを『山の神』と呼んで称（たた）えるのだそうだ。

「へー」

「ただ、いくらなんでもタイムが異常ですからね、この人多分――」

「探索者、か?」

「おそらく」

「〈鑑定〉って、TV越しにステータスを確認できるわけ?」

「残念ながらそんなことはできませんね」

そりゃそうだよな。ステータス計測デバイスで捉える何かを、そのままスキルで捉えているとすれば、映像の上にその何かが残されている可能性は低いだろう。

「しかし探索者だとすると、スポーツ界を席巻（せっけん）する第一号ってことか」

(注15)　ハーフマラソンの世界記録
当時。

出版時点では、二〇二〇年の十二月六日、スペインで開催されたバレンシアハーフマラソンで、ケニアのキビウォット＝カンディが五十七分三十二秒の記録を打ち立てた。

厚底シューズの影響の議論は、ちょっとステータスに似ている。

「叩きだした記録が凄すぎましたからね。すぐにマスコミが根掘り葉掘り情報を提供してくれると思いますよ」

「凄すぎた？」

「標高差八百六十四メートルのコースで、ハーフマラソンの世界記録と同等だそうです」

それは凄い、というよりも異常だ。何しろ二十キロの距離で高低差がそれだけあれば、全体に均したとしても勾配は四％を超える。

「それにどうやら、青菱大って探索者が多いらしいです」

「これからもいろんな選手が出てくるかもな」

「ブートキャンプにも参加するかもしれませんね。青菱大、要注目です」

そう言って、三好がＴＶのスイッチをオフにした。往路の中継は五区で終了だ。

「どこの局のキャスターだよ」

俺は笑いながらソファに腰を下ろした。

「あ、ブートキャンプと言えば、サイモンさんから連絡がありました」

「サイモン？　なんて？」

「例の教官の件です。三日にＪＤＡの小会議室へ面接に行かせるって」

「三日って……ＪＤＡも大変だな」

探索者の活動に年末年始は関係ない。

正月はともかく、むしろ趣味探索者たちの活動は増えるくらいだろう。だからＪＤＡも全部が全部一度に休めたりはしないのだ。

「鳴瀬さんも、今日うちに来られるらしいですし」

「帰省中じゃなかったのか?」

「それが、昨日碑文の画像を送ったら、折り返し連絡があって」

「……何か特別なことが書かれていたのかな?」

「うーん。それもあるかもしれませんが……」

「あのサインか」

「あれは異常ですからねぇ……」

ダンジョンから出た碑文に、アルファベットでサインが書かれているというのは、さすがに異常以外の言葉がない。普通に拾っていれば、絶対にフェイクだと思い込んでいたはずだ。だが、それが見つかったのは、さまよえる館の内部から現れる碑文が置かれた台の上なのだ。もしもフェイクだとしたら、そんなことができるのはダンジョンの神様くらいだろう。

「それと、あの宝石も鑑定してもらうよう、昨日代々木に提出しておきました」

「宝石?」

「ほら、ロザリオに付いていた」

「ああ。って、〈鑑定〉があるだろ?」

「うーん、それがですね」

三好が鑑定結果を記したメモを取り出した。

赤い胸のロザリオ
the rosary for red-breast.

受難の道行きの証人の卵。

真実を見通す心は、再び現れる。


「なんだこれ？」

三好は俺の疑問の声に、どうにもお手上げですと言わんばかりに、肩をすくめた。

「……赤いって、宝石は青かったろ？」

「それなんですよ。調べてみたんですけど、西洋じゃ、レッドブレストはコマドリのことみたいなんですよね……」

「じゃあ、受難の道行きの証人って……」

コマドリといえば、キリストに刺さったいばらの棘を抜こうとしてその血にまみれ、胸が赤く染まったとされている鳥だ。

「受難はキリストの受難ってことか？」

「断定はできませんけど」

「なら、真実を見通す心って？」

「分かりません。コマドリは死んだ人を見送る力を持っているってことになっていますけど、真実を見通す心にあたりそうな故事成語はブルーワー[注16]には見当たりませんでした」

うーん。俺にもすぐには思い当たらないな。

「危険はなさそうですし、一応宝石は宝石っぽいので、鑑定してもらってから象徴になっている要素を探ろうと思うんです」

「なるほど」

「卵は、誕生や生まれ変わりや創造の象徴ですし、再び現れるというからには、何かが生まれるのかも……」

「……それ、本当に危険はないんだろうな？」

宝石が割れて、ファンタジーな生き物が生まれてきたりしたら、パニックだぞ。

「ちょっと不安になってきましたね」

（注16）　ブルーワー
エベニーザ・コバム　ブルーワー（著）『ブルーワー英語故事成語大辞典』より。
一八七〇年以降改訂が繰り返されている、文学作品等における故事成語を網羅したリファレンス本。

いや、今更そんなことを言われても……

「新年にあたって、世界の無事を祈っとくか」

そうして俺は心の中で手を合わせた。

§

しばらくして鳴瀬さんが事務所を訪れた。

「お疲れ様です。帰省してたんですよね。大丈夫ですか？」

「あ、いえ。どうせ二日に戻って来る用事があったので、半分はついでですから」

「用事？」

「ええまあ、市ヶ谷でちょっと」

「ＪＤＡも人使いが荒い」

「まったくです」

そう笑いながら鳴瀬さんは資料を取り出した。

「それで碑文ですが、一応翻訳はしてみましたけど後半部分はまったく分かりませんでした。明らかに書かれている言語が異なるようで、件(くだん)のアラム語の方にも一部を見ていただいたのですが、見たことのない文字だそうです」

確かに前半と後半じゃ使われている文字が明らかに異なっていた。俺は、その写真をタブレットで確認しながら言った。

「前半部分の内容は？」

「そこに翻訳文を載せておきましたけど、要約すると、ダンジョン探索者に向けた激励のような文章ですね」

「激励？」

「はい。どうやらこれは、件のグリモアの最終ページみたいなもので、いわゆる後書きとか奥付に近いんじゃないかと……」

アイテム名は『The book of wanderers (fragment 127)』だ。

「じゃあ、このノンブルっぽい数字は……」

「たぶんそのものです。つまり『さまよえる館の書』は、全一二七ページの本だと思われます」

「また裁断が面倒くさそうな本ですね」

三好が、新しいお茶を淹れながらそう言った。

「因みに、十三番目のラマヌジャン素数ですよ、先輩」

「またか」

「書かれている内容が分かりませんから、まさかネット上に晒して集合知を頼るわけにもいきませんし。自動翻訳による言語の推定を頼ろうにも、ＰＣへの入力自体ができませんから……」

何しろアルファベットのサインが書かれているページなのだ。その文章の中に固有名詞が存在していたりしたら、何が起こるか分からない。彼女の不安は杞憂とは言えないだろう。

「それは仕方がありませんね」

最終的にどうしようもなければ、まずい内容が書かれていないことを祈って、最初の一行の画像をアップして様子をみることになるだろうな。

「それで、問題のこれなんですが……」

そう言って鳴瀬さんが指差したのは、アルファベットで書かれたサインだった。

「失礼ですが、これは本当に『さまよえる館』から？」

鳴瀬さんがすまなそうな顔をしてそう訊いた。

うん、まあ気持ちは分かる。ダンジョンから出た碑文の中に、三年前の事故で死んだと思われている男のサインがある？　ＨＡＨＡＨＡ、どこの三文ミステリーかっての。冗談もいい加減にしろと、最初から相手にしてもらえなくても当然の出来事だ。

「俺も未だに信じられませんが」

そう言って頷いた。

鳴瀬さんは、はぁ、と息を吐くと、冗談だったら良かったのにという表情で、次の資料を取り出した。

「一応タイラー博士については調べてみたのですが……」

そこには一般的に公開されている彼のキャリアが書かれていた。肩書きには、数多くの組織が並んでいた。

AIP会員
APS会員
KLI会員
AGU会員
……

「American Institute of Physics や、American Physical Society は分かりますけど、KLIってのは？」

「すぐに思いつくものは、韓国労働研究院（Korea Labor Institute）ですけど、どうにも据わりが悪いですよね」

物理学者が労働研究組織の会員というのはとても奇妙だ。

「最終的には、ネバダの素粒子物理学研究所の所長をされています」

「そこで例の事故が起こったんですか？」

「余剰次元の確認実験の最中だったと記録されていました」

「それで直筆のサインは……」

「残念ながら見つかりませんでした」

もしそれが見つかるなら、碑文に書かれている文字と比較してみたかったが、新年になりたてでは仕方がない。

「だけど、この資料はどこで？」

「最初はネットで調べていたんですが、最後はモニカの伝手を頼りました」

何だって？

「モニカの？　質問の内容は？」

「え？　タイラー博士について知りたいんだけど、プロフィールやサインの資料はないかって聞いただけですけど……何か？」

モニカに出したメールでそれを尋ねたとしたら、そのこと自体は、ＤＡＤの当該部署あたりに筒抜けのはずだ。

来日したときに仲良くなったという体で、二人は他愛のないやり取りをしているらしいが、ＪＤＡ職員である鳴瀬さんが、モニカに直接連絡して、タイラー博士について尋ねるというのは、当該部署の興味を引くだろう。

「いえ、モニカへの連絡は、おそらくＤＡＤあたりの監視対象になっているはずですから、ＪＤＡ職員がそれを尋ねるというのは、監視組織の興味を引くと思うんですよね」

「ええ？　まずかったでしょうか？」

「それだけなら、特に何もないとは思いますが、問い合わせが来た時のために、なにか言い訳を考えておくといいですよ。ダンジョンの歴史について研究しているとか」

「ああ、それならザ・リングの話は避けて通れませんね」

どうせ調査の情報がＤＡＤに漏れているなら、タイラー博士の情報は、直接サイモンあたりにぶつけて様子を見てみるか。

そう思った時、門の呼び鈴が鳴った。

「来客の予定なんかあったっけ？」

「いえ、そんなはずは……」

そう言ってインターホンの映像を確認した三好は、「あれ？　斎藤さん？」と声を上げた。

ああ、昨日の説明ってやつか……どこまで話すべきか、まだ考えてなかったな。

「御劔さんも一緒？」

「残念ながら、斎藤さんお一人のようですよ？」

そう言って三好が玄関へと向かい、ドアを開けて斎藤さんを迎え入れた。

「やっほー、師匠、お元気？」

「昨夜会ったばかりだろ」

「お、なんかそこだけ聞いてると、ちょっと艶っぽくない？」

斎藤さんはリビングのソファに座っている鳴瀬さんを見て、ぴょこんと頭を下げると、「お取り込み中だった？」と訊いた。

「いや。だけど昨日の話なら、新方式の説明もあるし御劔さんがいるときの方がいいだろ」

「はるちゃんは、今日は仕事なんだよ。残念？」

「昨日の影響がなきゃいいけど」

「うーん、朝方は平気そうだった」

「そりゃ良かった。しかし、新年の二日から仕事なんて大変だな」

「まあ、そういう業界だから。でも芳村さんや管理監の人も仕事っぽいじゃない？」

そう言って、リビングのデスクに散らばっている資料を見た。

「じゃあ今日は？」

「もちろん昨夜の件もあったんだけどさ、そろそろ例のヨダレが切れそうだから、私がヒマなうちに補充しとこうと思って」

「ああ、了解。ちょっとその辺に座って待っててくれるかな？」

「おっけー」

そう言って、彼女は鳴瀬さんに目礼すると、向かいの椅子に腰掛けた。

机の上には、碑文が表示されたままのタブレットが放置されていたが、とくに秘密にするようなものはなかった。

俺が塩化ベンゼトニウムのボトルを取りに行こうとしたとき、斎藤さんがタブレットを持ち上げると、「へー、懐かしい」と言ったのが聞こえた。

懐かしい？　あのタブレットは一応最新型だし、一体何が？

俺が不思議に思って振り返ると、彼女はタブレットを指差して言った。

「『地球の同胞諸君に告ぐ』って、なにこれ？　新しい遊び？」

それを聞いた時、全員が心の中で叫び声を上げていた。

（（（な、なんだってーーーー?!）））

「さ、斎藤さん、これが読めるの?!」

「え？　え？　ピカドでしょ？　まあちょっとだけ。一応昔はトレッキーのはしくれだったし」

ピカド？　なんですかそれは？　トレッキー？

「……ちょっと待て。これって一体何語なんだ？」

「え？　クリンゴン語でしょ？」

「「「はぁ?!」」」

想像もしていなかった内容に、俺たちは一斉にのけぞった。

「去年、ネットフリックスでディスカバリーが配信された時、クリンゴン語の字幕が話題になりましたけど、こんな文字じゃありませんでしたよ？」

「ゴーグルにもクリンゴン語のサイトがあるけど、全然違うぞ」

「ああ、それはアルファベットで発音っぽいのを表記するやつだから」

なんてこった、あれはラテン文字への転写だったのか。

「じゃあ、これはピカド?とかいうクリンゴンの文字で書かれたクリンゴン語だってこと？」

「そだよ。誰が書いたの？」

それが、まさかのダンジョンなんですよ、とは言えないよな。

しかし、どうしてダンジョンからクリンゴン語が出土するんだ？　確かに星間国家を築き上げるほど科学技術が発達している連中なら……って、そういう問題じゃないな。

「いや、それは……まあ。で、これを翻訳できる人ってどのくらいいるんだ？」

「ネイティブ並に話せる人が二十人くらいいるって、ＫＬＩの会長が言ってたのを聞いたことがあるけど」

「ＫＬＩ？」

俺と鳴瀬さんは顔を見あわせた。

「クリンゴン語学会（Klingon Language Institute）だよ」

「なるほど……」

韓国労働研究院じゃなかったのか。

「クリンゴン語の製作者は、マーク・オークランドさんですね。まだご存命ですけど、連絡を取りますか？」

「翻訳するの？　簡単な翻訳なら、ベイング翻訳に、クリンゴン語の指定があるはず」

今もあるかどうかは分からないけど、と斎藤さんが言った。

すぐに三好がアクセスして確かめると、確かにクリンゴン語がメニューに存在している。

「さすがマイクルソフト」

「誰が使うんだよ、この設定」

このやり取りを聞いていた鳴瀬さんは、さりげなく立ち上がって奥の部屋へと移動した。

キーワードさえ分かれば、ネットで簡単に検索できる時代だ。おそらく、ピカドをラテン文字へ転写するつもりなのだろう。

その後しばらく、斎藤さんがトレッキーになった経緯を聞いたり、ディスカバリーや、今年予定されているピカードの話などで盛り上がった後、彼女は車を呼んで帰る準備を始めた。

「いや、斎藤さん。ホント助かったよ」

「ふふーん。ちょっとは見直したかな？」

「元から見直すようなところはないだろ？」

「うむうむ。よく分かってるじゃない。ヨカヨカ」

斎藤さんは、俺の胸をパンパンと叩きながらそう言った。

俺たちは、今回のお礼に塩化ベンゼトニウムのボトルを半ダースほどプレゼントすることにして、呼んだタクシーに積み込んだ。

「それじゃ、また、何かあったらよろしくな」

「アイアイ。次は、はるちゃんも連れてくるね」

「彼女によろしく」

斎藤さんは後部座席に乗り込む前に、くるりとこちらを振り返り、バルカンサリュートを決めて、「長寿と繁栄を」と言った。さすがは元トレッキー、最後まで徹底してる。

俺はお返しに、強く胸を叩いて「カプ・ラ！」(注17)と怒鳴っておいた。

「しかし、クリンゴン語ねぇ……」

俺は走り去っていくタクシーを見ながら、そう呟いた。

ダンジョンから出た碑文にクリンゴン語が書かれていて、しかも英語の署名がある？　ますます怪しさ倍増だな。

「取ってきた俺ですら、誰かの悪戯だとしか思えないな……」

「取得したのがさまよえる館で、しかも最後に現れる台座の上に置かれた碑文じゃ、悪戯の可能性はゼロですよ。映像にも残ってますから幻覚でもありませんし。後はダンジョンの嫌がらせって線ですかね」

「しかし、なんでわざわざこんな言語で書いたんだ?」

そのとき、ラテン文字への転写を行っていたはずの鳴瀬さんが、バタバタと出掛ける準備を始めていた。あの量の文字を転写するには、いくらなんでも早すぎる。

「さっき言ってた用事かな?」

「碑文翻訳が終わってから、鳴瀬さん、ちょくちょく忙しそうですもんね」

資料を整理して出てきた鳴瀬さんが、俺たちの会話を聞いて苦笑した。

「今、講習に若い人たちが殺到していて、急遽講習の規模や頻度を拡張しているところなんです。暇そうに見えるのか、そのお手伝いをお願いされちゃって」

殺到?

「例の食料ドロップの件ですかね?」

エクスプローラー五億人で食料ドロップが始まる件は、各国、特に貧困地域を抱える国や人口が急増している国などで真剣に受け止められ、国を挙げての探索者登録が進んでいた。

これでドロップが発生しなかったら、世界中から袋叩きに遭いかねない勢いだ。

「いえ、恋人同士でパーティを組んで、テレパシーで会話をするのが目的らしいですよ」

鳴瀬さんが、ほほえましいですよねと、くすくすと笑った。

「なんだそれ、爆発しろ！」

「便利ですもんねー、念話。私も、今、中高生だったらきっと欲しがると思います。丁度その頃スマホが欲しかったですもん」

三好が中学に上がった頃といえば、アイフォーンが日本で発売された頃だろう。それは丁度、ドコモがアンドロイド端末を販売し始めた頃でもある。

ガラケーはそれなりに普及していたが、色々できるスマホはちょっとした憧れだったのかもしれない。電話として利用するなら、絶対二つ折りガラケーの方が使いやすいと思っていた俺は、しばらくガラケーのままだったのだが。

「そうですね。中高生でも講習を受けられるのかという問い合わせも多いようですよ」

ＷＤＡ設立前なら、勝手にダンジョンへ入ってＤカードを取得することもできただろうが、現在では未発見ダンジョンを発見するなどという幸運？に見舞われない限り、そんなことは不可能だ。

ダンジョンへ入るためには、必ずＷＤＡのライセンスが必要になる。

（注17）　カプ・ラ！
「Qapla'」クリンゴン語で「成功あれ！」を意味する言葉だが、別れを始めとして、何かの最後に言うことが定番になっている。クリンゴン語なので、威嚇するようなイントネーションで発音される。

そして、オーブ利用のためにDカード取得が必要だという事情があったため、建前上、ＷＤＡのライセンス取得に年齢制限は設けられていない。その代わりに各国のダンジョン協会が、その国の事情に合わせて年齢制限を設けていた。

日本だと、十八歳から許可されていて、それより若い場合は保護者の同意が必要だ。もっとも、すべての責任を保護者が負うなら、取得年齢は制限されていない。

「そのうち、クラスＬＩＮＥのように、クラス念話が作られそうですよね」

そうして再び試験の問題がクローズアップされるだろう。しかも、普通の教室内なら、どこにいようと二十メートルの圏内だ。つまり、授業中でも、先生にはまったく知られることなくグループ会話ができるのだ。当てられたところで、答えを他人に教えてもらえるわけだし、教育現場が一体どうなっていくのか予断を許さない。

「中高生へのDカード取得が制限されるかもしれませんね」

原付免許だってＮＧの高校は多い。Dカードが制限されない理由はないだろう。

うちの高校も、ご多分にもれずバイクの免許はＮＧだった。その規制がおかしいと、反発した連中は、一斉に船舶免許を取得しに行ったものだ。

二級小型船舶操縦士や特殊小型船舶操縦士（水上バイクだ）は、原付と同じように十六歳から取得できる。つまり、陸上を走るバイクがダメで、水上を走るバイクがＯＫなのは何故（なぜ）なのか、という学校側への問い掛けだったのだ。そりゃ普通の高校に船舶免許を制限する校則はないだろう。

今にして思えば、船舶もＮＧと言われてしまえばそれでおしまいの短絡的な行動だったのだが、当時は結構盛り上がっていた。

「おそらく講習を受けるために、保護者だけでなく所属している学校長の許可が必要になるように調整されると思います」

ＪＤＡとしては学校が許可したんだから、後はそちらの責任でお願いしますということか。

「さすがＪＤＡ。あざといですね」

「組織防衛とはそういうものですから」

鳴瀬さんは、明後日の方向を見ながらそう言った。

「だけど念話って、送りたいメッセージと単なる思考を区別するのに、ちょっとした経験がいるかならなぁ……」

初心者の場合、思わぬ思考が送られて大きなトラブルになるんじゃないかと少し心配だ。

「クラスの念話網が本当に作られたら、殺人事件が起きたりしないか心配だよ」

「え、殺人事件ですか？　それはさすがに考えすぎでは」

鳴瀬さんはそう言ったが、念話は会話ツールというよりも、個々人が放送局になるようなものだ。送信すれば登録しているメンバー全員に声が届く。それは会話じゃなくて放送だろう。

「もしも八人でグループを作って、そのうちの二人が、残りの六人に全然関係ない会話をずっと続けていたとしたら、聞かされる方はキレますよ、たぶん」

送信や受信を、任意にオン・オフできるような機能があれば別だろうが、今のところそういう機能は発見されていない。

「それに、不意に漏らした思考が、いじめや破局の原因になるかもしれませんよ。ＪＤＡで念話講習とかやった方が良くないですか？」

「それはそうかもしれませんが、いかんせん人手が……」

「三好、これはビジネスチャンスか？」

「そんな面倒な領域に近づくのはやめてくださいよ、先輩。大体、ダンジョン攻略に関係ありませんから、会社の定款からも逸脱しますよ」

会社の定款には、その会社の事業目的が書かれていて、そこから逸脱する事業は、本来定款を変更しないと行えない。

もっとも、少々逸脱したからといって法的に罰せられた事例はない（たぶん）。

大抵は事業目的を列挙した後、「上記の附帯関連する一切の事業」と付けておくのだが、念話の訓練は附帯関連ですらない可能性が高かった。

「世界が突然変化すると、社会システムがそれに追いつかないよな」

「それは、ホント、日々実感しています」

そこで、あんたたちのせいだよという目を向けるのはやめてほしい。

「しかし、この先念話が一般化して家庭でも普通に使われるようになると、子供の成長に影響が出たりしないかな？」

「それは平気じゃないですか？」

「そうか？　音声によるコミュニケーションがなくなると、子供が言語を習得する機会がなくならないか？　理解の方は、ウェルニッケ野[注18]に直接アプローチしているのかもしれないけれど、話し方は——少なくともブローカ野の弁蓋部の成長には影響が出ないか？」

何しろ言葉を喋(しゃべ)らなくてもいいのだ。音声を発するために、発声器官を調整する訓練はまるでなされないに違いない。

「いや、先輩。それ以前に、どうやって乳幼児にＤカードを取得させるんですか」

「そりゃそうか」

Ｄカードを取得できない以上、乳幼児を始めとする子供とのコミュニケーションは音声を使わざるを得ず、問題が起こるはずはないのだ。

「芳村さん……その理解の方はってくだりですけど、実は念話は、音声によるコミュニケーションとは、脳に対するアプローチがまるっきり異なる可能性があるんです」

「え？　どういう意味です？」

「最近ＳＮＳで見掛けた情報なんですが、念話は……どうやら他国語の話者とも意思の疎通ができるそうなんです」

「ええ？」

（注18）**ウェルニッケ野**
ウェルニッケ野は、音声を言葉として理解するための脳の領域。
ブローカ野は、発話するための機能を提供する脳の領域で、弁蓋部はその後部にあたり、発声器官のコントロールを担っているとされている。

「念話は、ただ音声の代わりをするだけのものじゃないってことですね」

人間は、普通、言葉で複雑な思考をしている。

だから、英語が話せない人間に、英語の念話がやってきても内容を理解することはできないと、そう思っていた。

「直接人間の内言語機能[注19]にアプローチしている？」

「街がバベル[注20]と呼ばれる前に回帰しちゃいそうですね」

三好が混ぜっ返すようにそう言ったが、それが福音となるか災厄となるかは分からない。

例えば、外国語がダメな政治家は多い。もしもこれが首脳同士の話に使われれば、コミュニケーションの難度は劇的に下がるだろう。だが、そこで不用意に思考を漏らしたりしたら？

「やっぱり、すぐに念話の機能を調べ尽くして、訓練コースを立ち上げた方がいいんじゃありませんか？　クラス内の問題で済んでいるうちはいいですけど、下手をしたら国際問題になりかねませんよ」

「……上申してみます」

鳴瀬さんはそう言って時計を見ると、急ぎ足でＪＤＡへ手伝いに向かった。

「内言語への変換ね……」

「どうしました？」

「いや、もしかしたら念話って、ダンジョンの向こう側の世界にいる誰かと、コミュニケーションを取るために用意されてるんじゃ……なんてな」

Dカードを始めとして、ダンジョンからもたらされる情報は、見る人間のネイティブ言語で表記されているというのも、これと同じような現象だと言えるのかもしれない。

「それより先輩」

「なんだ？」

（注19） **内言語機能**
思考するための言語活動。

思考中は、発話せずに音声で考えるだけでなく映像や音楽が直接イメージされたり、概念そのものを思い浮かべたりするが、そういったものをひっくるめたものを言う。

（注20） **バベルと呼ばれる前に回帰**
『創世記』より
創世記十一章九節付近の話。

一～九節を要約すると、皆が同じ言葉を使って協力し、天に届くような塔を作ろうとしたら、神様が下ってきて、そこから皆を追い散らし、言葉が通じないようにして、それを邪魔した。そのせいで、その街はバベルと呼ばれるようになった、というお話。

内言語に直接アプローチすることは、皆が同じ言葉を使うことに等しいわけだ。

バベルは「神の門」だの「混乱する」だのいう意味だと言われていて、皆をここから散らした始まりの門という意味でバベルなのか、言葉を操作して混乱させたからバベルなのかは分からない。

ところで、神様が怒った理由は、あちこちに行って「地に満ちよ」って命令したのに、それを無視して一か所で発展しようとしたからだとか、天に届くような塔を作って、神がいなくても大丈夫と慢心したからだとか、色々と説があるようだ。

「そろそろ、例のデバイスの名称を考えないと。商標の申請もありますし」

「あー、名称かぁ……じゃ、今日はそれを？」

「仕方ありません……」

俺たちは色々な資料を引っ張り出して、その準備を始めた。

掲示板【パーティについて語れ！93】

235:メンバーはエマノン
おい！　パーティ関係で、新しいコマンドが見つかったみたいだぞ?!

236:メンバーはエマノン
うっそ。JDA発表？

237:メンバーはエマノン
草の根だ。admit, dismiss, n% に次ぐ、第四のコマンドは、find。
n%と同じ利用方法でfindを実行すると、対象キャラの横に数値が表示され、どうやらそれが、自分を基点とする相対座標っぽい値らしい。

238:メンバーはエマノン
キャラってw

239:メンバーはエマノン
スゲー。発見者はよく見つけたな。

240:メンバーはエマノン
みたみた。4chan のダンジョン板の、“OEDの単語をDカードに試すスレ”だろ？

241:メンバーはエマノン
OEDってなに？

242:メンバーはエマノン
the Oxford English Dictionary。オックスフォード英語辞典だ。
歴史的な単語の意味の移り変わりを用例の引用で説明するスタイルで書かれた、英語圏における最も有名な辞書だな。
全20巻で、登録項目数は60万ちょっと。

243:メンバーはエマノン
なんだそれw

244:メンバーはエマノン
最初は、ネタスレだったんだよ。
パーティ機能に使うコマンドが英語だったもんだから、スレ立てしたやつが、OED

の単語をAから順番に試した結果を書き込んでたんだ。
まあ、全部「invalid」で、あまりにそれが続くものだから「EwNIL」とか、しまいには「v.」とか書かれるようになったんだが。

245:メンバーはエマノン
EwNIL って？

246:メンバーはエマノン
the effect was nil.かな。「効果はゼロ」

247:メンバーはエマノン
v. って、validなら効果あるんじゃないの？

248:メンバーはエマノン
そういう揶揄を込めて、void だったらしい。

249:メンバーはエマノン
虚無w

250:メンバーはエマノン
んで、スレ主が途中で飽きてきたところに、それに賛同したガチ勢が大量に流入してな、全員で手分けして26個のスレを立てて、A~Zで始まる単語をガチでチェックし始めたらしい。
お前前から、お前後ろから、じゃあ俺はANからやるぜ、みたいな感じで重複チェックもされて盛り上がってたんだ。

251:メンバーはエマノン
何故過去形。

252:メンバーはエマノン
いやそれがな、OEDじゃなくてODEをベースにするべきだ派が登場してカオスにwwww

253:メンバーはエマノン
さすが4chan民！　まとまりがないw

254:メンバーはエマノン
バカだ (TT)/

255:メンバーはエマノン
OEDを見る限り、ODEは、Oxford Dictionary of English？

256:メンバーはエマノン
YES。日本語だと、オックスフォード英英辞典。
OEDと違って、こっちは現在の英語の用法にフォーカスして編纂されたらしい。単巻の英語辞典としては最大で、登録項目数は35万ちょっと。

257:メンバーはエマノン
確かに新語はODEの方が多いもんな。

258:メンバーはエマノン
いや、発見された碑文の内容を見ると歴史的な概念も多いじゃん。

259:メンバーはエマノン
>257>258
ま、こいつらみたいな話が向こうでも散々行われてて、今ではそれぞれ別々に検証しているというアホな状況なわけだ。

260:メンバーはエマノン
まあ、ダブルチェックをしてると思えば……

261:メンバーはエマノン
ネット文化っぽくていいけどさ、それ、すぐに全部調べられるんじゃないの？

262:メンバーはエマノン
バカ言え、OEDなら60万語だぞ？　あと、シチュエーションもあるし。

263:メンバーはエマノン
シチュエーション？

264:メンバーはエマノン
パーティ中は、メンバーの名前を押さえてコマンド発行が基本だけど、パーティを組むときはDカードを触れ合わせてコマンドを発行するだろ？
そんな風に、いろんな操作に対してコマンドを試してるって事じゃないの？

265:メンバーはエマノン
そそ。まるでスマホの操作みたいだから、もしかしたらWタップや、フリックなんかもあるかもしれないと、色々試しているやつらがいるんだよ。

266:メンバーはエマノン
こういう事やらせると、redditより4chanだな。

267:メンバーはエマノン
結果だけは reddit にサブミが作られてて、みんな面白がって4chanに流入してるみたいだ。

268:メンバーはエマノン
情報が広がるルートを特定するチャンスじゃないか。ネットの調査会社は、必死で監視してそうだな。

269:メンバーはエマノン
ああ、情報発信の序盤が確実に特定できるからか。

270:メンバーはエマノン
今はOED/ODEだけじゃなくて、操作に対してどう検証するのかのプロトコルが分裂前の元スレで話し合われている状況。

271:メンバーはエマノン
OEDだとかODEだとか、なんでそんな紛らわしいんだ。

272:メンバーはエマノン
日本人なら「古い方は、お江戸」って覚えればOK。

273:メンバーはエマノン
おお！　分かりやすい！　新しい方は？

274:メンバーはエマノン
ＯＤＥは、叙情詩とかいう意味があるが……

275:メンバーはエマノン
広尾のOdeは、八丁堀のCHICにいた井生シェフが「最近」開いた店だ。面白きれいな料理が好きなら。

276:メンバーはエマノン
宣伝かよw　いくら新しい方ったって、そんな覚え方があるかい。

277:メンバーはエマノン
りあじゅー野郎は帰れ。

278:メンバーはエマノン
まあ、二つしかないんだから、お江戸とそれ以外でいいだろ。
合言葉は「古い方は、お江戸」

279:メンバーはエマノン
おい、今4chan見てきたら、さらに分裂してたぞ。

280:メンバーはエマノン
何だってーーーー（AA略

281:メンバーはエマノン
今度は何だよ。俺英語読めないんだよ。

282:メンバーはエマノン
発見済みの機能についてのチェックらしい。
例えば、さっきのfindの後ろに表示される数値が一体何を表しているのかとかから始まって、一番盛り上がってるのはテレパシーのチェックだったな。

283:メンバーはエマノン
何か特別なことが？

284:メンバーはエマノン
どうやら、あれ、言語の壁を乗り越えるらしいぞ。

285:メンバーはエマノン
はい？

286:メンバーはエマノン
英語ネイティブとフランス語ネイティブが、お互い相手の言葉を知らないのに、テレパシーでは意思が疎通できてたってのが発端だったらしい。

287:メンバーはエマノン
なにそれ？

288:メンバーはエマノン
あー、俺らはほとんど単一言語利用民族だから気が付かないよな……

289:メンバーはエマノン
いや、向こうでも気が付かなかったらしいぞ。
何しろ、お互いに相手が自分のネイティブ言語を流暢に喋っているように感じてたらしい。

290:メンバーはエマノン
ずっとパーティを組みっぱなしだったのか。それで、なんで分かったわけ？

291:メンバーはエマノン
電話したら、まるで話が通じなかったんだと。

292:メンバーはエマノン
ｷｷ('ᗜ'*) wwww

293:メンバーはエマノン
それを切っ掛けに、パーティのカスケードはどこまで有効なのかとか、何段階下のカスケードまでテレパシーが有用なのかとか、調査項目が次々アップされてて、それを主催者がモデレートしてリスト化してる状況。

294:メンバーはエマノン
主催者？

295:メンバーはエマノン
どうやら、大規模オフをやるらしい。

296:メンバーはエマノン
なるほど、チェックには人数がいるもんな、そういうのって。

297:メンバーはエマノン
オフってどこで、俺も参加したい！

298:メンバーはエマノン
残念ながらNYだ。

299:メンバーはエマノン
ああ、人種のサラダボウルだから、多言語のチェックには便利だろう。
BPTDがあるから、探索者も多いしな。

300:メンバーはエマノン
BPTD?

301:メンバーはエマノン
ブロックドパントタッチダウン?

302:メンバーはエマノン
NFLファンキター。
俺にはあのルールがさっぱり分からん。

303:メンバーはエマノン
Breezy Point Tip Dungeon。
ロングアイランドの西の果てというか、ブルックリンの南側の細い島上の半島っていうか、そういう場所の端っこにできたダンジョン。深深度らしい。
都市部近郊にできた巨大ダンジョンとしては代々木と似ているが、ここはなにやら面倒な土地らしい。

304:メンバーはエマノン
面倒って?

305:メンバーはエマノン
公有地の中にある私有地というか、住民しか通っちゃだめな道だとか、よく分からん。
私有地と公有地の綱引きが続いている場所だってさ。
ビーチはナショナルパークの一部らしいので、公共交通機関の終点から、ずっとビーチを歩いていけば当面法的な問題はないらしい。

306:メンバーはエマノン
ほー。

307:メンバーはエマノン
ストリートビュー見たら、道路の電柱にずーっと、米国国旗が翻ってて凄かった。
日本でやったら、右傾化がーとか言われそうな風景w

308:メンバーはエマノン

で、そのオフっていつなのさ？

309:メンバーはエマノン

近日で調整中とあったから、それでまた何か新しい発見があるといいな。
そしたらこっちにも転載するぜ。

310:メンバーはエマノン

ジャパニーズオンリーな俺のためにもタノムー。

SECTION：代々木八幡　事務所

二〇一九年　一月三日（木）

「名前、名前ねぇ……」

俺たちは昨日からずっと、機器の名前を考えていた。

「下手の考え休むに似たりとは、よく言ったもんだよな」

俺は手にしていた、キャサリン・ブリッグズの妖精事典を放り出して欠伸をした。

「何しろ俺たちには、ネーミングセンスというものがないからな」

「失礼ですね。それは先輩だけです」

三好は、メモを取りながらページをめくっていた、アト・ド・フリースのイメージ・シンボル事典から顔を上げると、シャーペンを放り出して頚(くび)を鳴らした。

「んじゃ、どんな名前にするってんだよ」

堂々と、ダンジョンパワーズなんて名前を付けたやつが、何言ってんだっつーの。

「もう色々面倒なことを考えるのはやめて、簡易版は、ＳＭＤ－ＥＡＳＹでいいかなって」

確かに機器の意味を各国の言葉にしてみたり、世界中の神話をひっくり返してみたりしていたが、どうにもぴんと来なかった。

そもそもペルーやコンゴ辺りの神話から名前を持ってきたとして、この日本で、誰がそれを理解するんだって話だ。

この際、プリニウス(注21)もボルヘスもブリッグズもフリースも、ぽいっ、だ。ぽいっ。

「しかしそれじゃ型番だろ。Status Measure Device なんて、まんまだし」

「ちっちっちっ。先輩、ＳＭＤは『ステータス見えるくんです』の略ですよ」

はぁ？　お前はピース電器の健太郎(注22)か？

「……三好のネーミングセンスが酷いってことだけはよく分かった」

「なんでですか！　可愛いじゃないですか、見えるくん！」

「まあいいけどさ。なんだかメガドラの廉価版みたいだよな」

ＳＭＤは、Sega Mega Drive の略でもあるのだ。

「確かに、ソニックが走り回りそうではありますす」

「俺が生まれた頃のゲーム機なのに、よく知ってるな。例のサークルってやつ？」

コミケに付き合わされた時、なんだかそんな話をしてたっけ。

「まあそうです。そこで、くるくる回るハリネズミキャラを散々走らせられたわけです」

「じゃあ精密測定版は、ＳＭＤ－ＰＲＯか？」

「よく分かりましたね」

分からいでか。

「型番はそれでいいとして、後は愛称だな。『ステータス見えるくんです』だから、ステミエＥＡＳＹとかか？」

「最近はもっと変なところを残しませんか？」

「なら、スタルクＥＡＳＹとかスーミルＥＡＳＹとか……」

「ルエミスターＥＡＳＹにしましょう！　なんか輝きそうですし」

「どっから出てきたんだ、それ？」

「ここですよ、ここ」

三好は紙の上に、「ステ『ータス見える』くんです」と書いて指差した。

「逆読みは、ワードナとトレボーの時代からの定番ですよ！」(注23)

そういや、こいつ散々プレイさせられたとか言ってたな。

（注21）**プリニウスもボルヘスもブリッグズもフリースも**
ガイウス・プリニウス・セクンドゥス（著）『プリニウスの博物誌』より。

ホルヘ・ルイス・ボルヘス（著）マルガリータ・ゲレロ（共著）『幻獣辞典』より。

キャサリン・ブリッグズ（著）『妖精事典』より。

アト・ド・フリース（著）『イメージ・シンボル事典』より。

原書はおろか英語版すら図書館でもほとんど読めなかった博物誌を、雄山閣出版さんが出版（27cm版）したのはまさに福音、喜び勇んで購入したのはいいけれど、重くて読むのが大変だ。電子版が欲しいです。マジで。他はまあ、我慢できる重さ。

（注22）**ピース電器の健太郎**
能田達規（作）『おまかせ!ピース電器店』より
おまかせ!ピース電器店の主人公。
気楽にどっからでも読めて、気楽にいつでも読むのをやめられる、大変面白い漫画。
鉄道だの機械だのを愛する人にお勧め。こたみか号さいきょー。

「しかし、一晩中考えた挙句にこれかよ……」

「往々にして結果ってのはそういうものですよ。開店時に、書家にロゴを書いてもらったけれど、どうもぴんと来なくて、ふと見た自分の子供が書いたロゴが気に入って、そのまま店のロゴにしてしまったお店を知ってます」

そりゃそうかもしれないが、ルエミスターで、ＳＭＤだと、どっから来たんだそれと混乱しそうな気がするぞ。

「うーん。まあ、それでいいか」

Ｄパワーズの時と違って、べろべろじゃないだけましだと思おう。

「あ、先輩。そろそろ用意しないと、面接に間に合いませんよ」

俺たちは手早く後片付けをすると、そのまま市ヶ谷へと向かった。

（注23）ワードナとトレボーの時代から

『ウィザードリィ（Wizardry）』／サーテック（制作）より。
ハクスラ系RPGの金字塔。ウィザードリィに登場するキャラ。
ワードナは andrew を、トレボーは、robert を、それぞれ開発者の名前を逆からつづったものなのは有名な話。
apple II時代は、戦闘が終わってからディスクに書き込まれるシステムだったため、死んだ直後にフロッピーを取り出してしまえば、書き込まれずにリセットして直前の状態からやり直せた。the 邪道（だって、カドルト神に祈っても灰になるんだもん）

SECTION :
市ケ谷　ＪＤＡ本部　小会議室

鳴瀬さんに案内してもらった小会議室では、サイモンに紹介された女性が待っていた。

均整のとれた引き締まった体つきをした大柄な美女で、まさに名前の通り、百八十五センチは確実にありそうだった。ミッチェルには、もともと「大きい」という意味があるのだ。

『こんにちは、私がアズサ＝ミヨシです。今日はご足労いただきありがとうございます』

『初めてお目に掛かります。キャサリン＝ミッチェルです。キャシーとお呼びください』

『では私もアズサと』

『いえ。ボスと呼んでも？』

『え？　ええまあ、構いませんけど』

握手して席につくとすぐに三好が色々と質問を始めたが、その受け答えにも淀みがなく、まさに「ザ・プロフェッショナル」って感じの女性だ。

俺はその間に、提出されたレジュメ（履歴書）を見ていた。

それによると、EDUCATION（学歴）もWORK EXPERIENCE（職歴）もQUALIFICATICNS（スキル）も完璧と言えるものだった。添付されていたＤＡＤの訓練成績も大したもので、ついでに言えば容姿もとても優れている。

どうして、こんなに完璧な人間が、サイモンチームのバックアップなんだ？　自分のチームを任されてもまるでおかしくない人材に見えるけど……

　考え込んでいた俺は、三好の呼び掛けに、すぐには気が付かなかった。

「先輩？　せんぱーい！」

　それを聞いた、キャサリンが奇妙な顔をした。んん？

「あ、なんだ？」

「で、どうですか？　もう完璧って感じの人ですけど」

「あ、ああ。そうだな。いいんじゃないか？」

「ですよね。先輩は何か聞きたいこととかありますか？」

　聞きたいこと？　いや、特にはないけれど、自己紹介くらいはしておくか。今後パーティを組むことは確実だしな。

『はじめまして、キャサリンさん』

『あなたは？』

『私は、ケイゴ＝ヨシムラと言います』

『私の上司にあたる方ですか？』

　上司？　うーん、株式会社Dパワーズの役付きは三好だけだからな。そもそも俺って社員なんだろうか？

「なあ三好。そういや、俺って社員なの？」

「いえ、まだ箱を作っただけですし、社員登録はゼロですね、そう言えば」

　ワンマンアーミーならぬ、ワンマンコーポレーションとは斬新な。

「だから先輩の身分は……んー、アルバイト？　か、契約？」

『あたらないみたいですよ。私はDパワーズに所属している探索者で、訓練時はあなたとパーティを組むことになると思います』

『パーティ？　……ランクは？』

『Gです』

　そう言った瞬間、キャサリンが顔をしかめた。

『どうしました？』

『……どうやら、きちんとした上下関係を身に付けさせる必要があるようね』

『はい？』

「なあ三好。何か、今上下関係を身に付けさせるとかなんとか言ったか？」

　俺はあまりのことに、ヒアリングを間違えたかと三好に尋ねた。

「言いました。どうやらパーティリーダーを巡る争いが勃発するようですよ！」

　三好は楽しそうにそう言った。

　ちょっと待て。お前は高みの見物かよ！　まあ、こいつはボスだからな……

『ボス。今すぐダンジョンに向かってよろしいでしょうか。この男に秩序というものを叩き込んでやる必要があります』

　三好はちらりとこちらを見ると、にっこりと笑って『是非お願いします』と言った。

『ちょ、ちょっと待って』

三好の悪乗りが始まったことを感じた俺は、慌てて廊下に出ると、サイモンに電話を掛けた。十八層に潜っていたら仕方がないが、それでも留守番電話くらいには——

『サイモンだ』

——繋がった！

『こんにちはサイモンさん。芳村です』

『ヨシムラが俺に電話？　……ああ、挑まれたのか』

電話の向こうで含み笑いをしながらサイモンがそう言った。

『どうやら正しく状況を理解しておられるようで……サイモンさんの差し金なんですか？』

『違う、違う。勘違いするなよ。あいつが海兵隊のサージェントだった話はしただろ？』

『ええ』

『キャシーの家は代々軍人の家系でな、小さい頃から階級というものを、骨の髄まで叩き込まれて育ったらしいんだ』

『はあ』

『その結果、組織に所属する際は、必ず自分のポジションを決めなければ落ち着かないらしい』

『ポジションって、学生の時はどうしてたんです？　片っ端から喧嘩(けんか)をふっ掛けて歩いた？』

『成績順』

『なるほど……』

成績が序列ってのもどうかと思うが、比較のための指標としては確かに分かりやすい。

軍に所属していれば、階級がその役目を果たしてくれるので問題ないが、階級が曖昧なところに所属すると、こうなるのだそうだ。

『もしかしてＤＡＤへの出向の時って……』

『想像通りだ。みんなめっちゃ挑まれたってわけ』

それで、あんなに実力がありそうなのにサイモンのところのバックアップなのか！

『他には御せるチームがいなかった？』

『ご明察』

実力は折り紙付きだし学力も非常に優秀、そしてあの美貌（びぼう）だ。付いたあだ名がレディ・パーフェクトだったらしい。だが、本人は揶揄（やゆ）気味に使われるこの名が大嫌いらしく、目の前で使うと後悔することになるそうだ。

『最後に一つだけ忠告しておこう。キャシーは犬と一緒だからな。日本人特有の気質で、下手に出ると見下されるぞ』

なるほど。だから謙譲精神にあふれた俺に当たりが強かったのか。言葉遣いも見直した方がいいな、こりゃ。

『なに、心配するな。あれで一流の軍人だし、訓練経験も豊富だからな。ちゃんと手加減してくれるさ』

たぶん必要ないだろうけどな。と含みのある言葉を残して、サイモンは電話を切った。

あんのやろう……

電話を仕舞って、仕方なく会議室へと戻った。

「おまたせ」

「で、先輩。どうするんです？　彼女はもうダンジョンに行く気満々みたいですけど」

戦闘は面倒だから避けたいが……よし、平和的な勝負を提案しよう！

『なあ、キャサリン』

『なんです？』

『勝負ってなにをするんだ？　ジャンケンじゃだめか？』

『ジャンケン？　ってなんです？』

「三好、ジャンケンって英語でなんて言うんだ？」

「Rock-Paper-Scissorsだって聞いたことがありますけど……」

「まんまなのかよ」

俺は笑いながら、キャシーに向かって言った。

『岩ー紙ー鋏（はさみ）、だよ。日本じゃ、ジャンケンって言うんだ』

それを聞いたキャサリンは頭を振った。

『確かに勝負には運も必要ですが、運だけのゲームでは実力は測れません』

『ミズ・ミッチェル。ジャンケンが運だけのゲームだと思っているようでは、まだまだだな』

『なんですって？』

俺はサイモンに倣って、少し上官っぽく発言してみた。

『嘘だと思うなら、俺に勝ってみたまえ。そうしたら君の言う勝負にも応じよう』

『いいでしょう！　勝負しましょう！』

「Rock, Paper, Scissors, Go!」

彼女はチョキで、俺がグーだった。

『おや、どうしたんだ？』

『運だけのゲームなんですから、一度や二度の負けはありますよ』

『ほっほー。じゃ、次だ』

「Rock, Paper, Scissors, Go!」

彼女はパーで、俺はチョキ。

『ぐぬぬ……次！　次です！』

「Rock, Paper, Scissors, Go!」

彼女はチョキで、俺はグー。

『そんなバカな！　次！』

それから、十数回ジャンケンを繰り返したが、すべて俺の勝ちだった。

ＡＧＩ２００の動体視力と反応速度を舐めてはいけない。一般人相手のジャンケンに全勝すること くらいは朝飯前なのだ。

キャサリンは呆然と、自分が最後に出したチョキを見つめていた。

「先輩、それって反則じゃないですか？」

三好が苦笑しながら突っ込んできた。相手の、手の形を認識してからこちらの手を決めるんだから、負けるはずがないのだ。

「何かしたんですか?!」

「別にインチキってわけじゃないだろ」

キャサリンはがばっと音を立てて顔を上げると、俺に迫ってきた。でかいから迫力がある。

そういや三好の奴は『日本語が話せるグッドな人材』って、サイモンに頼んでたっけ。もしやこいつ日本語ペラペラかっ！

「おま、日本語……」

「最初にボスが英語で話し掛けてきたから、英語で答えました。それで一体何を？」

「別に何も？　ジャンケンでどんなインチキをするっていうんだ？」

「今、ボスが反則って……」

「ああ、俺が反則級に強いって意味だ」

「も、もしや、相手の考えていることが分かるスキル持ち……だとか？」

「じゃ、別のことを考えたり、違う手を考えてれば勝てるんじゃないの？」

「くっ、もう一度です！」

なんとも負けず嫌いなやつだなぁ。でもなんだか面白くなってきたぞ。

「Rock, Paper, Scissors, Go!」

彼女はパーで、俺はチョキ。

『も、もう一度！』

「Rock, Paper, Scissors, Go!」

彼女はパーで、俺はチョキ。

それから、何度も何度もジャンケンが繰り返された。しかし、勝利はすべて俺のものだった。

『…………』

彼女は半分涙目で、拳を握りしめて、床を見ていた。

意外と可愛(かわい)いところがあるよな、こいつ。

「どうだろう、理解していただけたかな？　キャシー君？」

「くっ。Ｓｉｒ　Ｙｅｓ，Ｓｉｒ！」

そう言うと、彼女は、かかとを合わせて気を付けの姿勢をとった。

いや、極端すぎるんだよ、キミは……

ともあれ、俺たちは非常に優秀かつ、客ウケしそうな鬼教官を手に入れたのだ。

SECTION：

市ケ谷　ＪＤＡ本部　ロビー

「あ、鳴瀬さん」

「どうも。面接は終わりましたか？」

「はい、つつがなく。それで、ちょっとご相談なのですが――」

三好は俺と顔を合わせた後、そう切り出した。

「え？」

鳴瀬さんはそれを聞いて、眉をひそめると同時に少し身構えた。なんだか、同じ反応を先月も見た気がするぞ。よし、これを相談反応と呼ぶことにしよう。

俺は内心苦笑いしながら、二人のやり取りを見ていた。

「実は、今度のオークションに、アイテムボックスを出品しようかという話がありまして」

それを聞いた鳴瀬さんは、一瞬ポカンとした表情を浮かべると、手に持っていた書類をバサバサと床に落とした。

「え……ええ⁈」

その様子に、ロビーにいた少数の人たちの視線が一斉にこちらへと集まった。

俺は、へこへことその人たちに頭を下げながら、落ちた書類を拾い集めた。

「まだお話だけなので、なんとも説明し辛(づら)いのですが……」

その反応を見て、まずかったかなと勢いを調整した三好が、言葉を濁した。

俺が拾った書類を、まだ呆然としていた彼女に手渡すと、再起動した彼女は、俺たちの腕を掴んでロビーの隅へと足早に移動した。

「アイテムボックスって、あのアイテムボックスですか?」

距離を詰めて声を潜めた彼女は、眉間にしわを寄せながらそう訊いた。

「ええ、まあ、たぶん」

詰め寄って来る彼女を押しとどめるように、顔をのけぞらせながら両手をストップのポーズで体の前に差し出した俺は、そう曖昧に答えた。

その瞬間、眉をハの字に落とした彼女が長く深い息を吐いた。

気持ちは分かる。ここにまた、対応の難しい案件が登場したのだ。

「それで、ものがものですし、〈異界言語理解〉の時と同じで、いきなりオークションにかける前に、一旦管理監に相談した方がいいんじゃないかという話になりまして」

「そ、それは、ありがとうございます?」

お礼の言葉が半疑問形で発音されたところに、彼女の葛藤(かっとう)が表れているようだった。

「オークションはすぐに開催するつもりですから、明日中にご連絡を頂ければ」

「明日中?! わ、分かりました。善処します」

明日は仕事始めだ。また一陣の風が吹き荒れることになるだろう。

二〇一九年　一月四日（金）

SECTION：日本宝石学研究所　ＪＤＡ出張所

「あけましておめでとうございます」

新年早々、ＧＩＪ（日本宝石学研究所）のＪＤＡ出張所へ足を踏み入れた小柄な女性は、そこで忙しそうに作業をしているスタッフに声を掛けた。

「あ、六条さん。今年もよろしくお願いします」

長い髪を太い一本の三つ編みにしている女性は、六条小麦。『ＧＩＪのマニアック』などと、まるで揶揄されているようなニックネームを皆から賜っている彼女は、ＦＧＡ（英国宝石学協会認定資格）のディプロマも、ＧＩＡ（米国宝石学会）のＧ．Ｇ．（宝石学修了者）も取得している優秀な鑑定士だ。

「あー、なんですそれ。ロザリオ風デザインのネックレス？」

それは、ＪＤＡ職員に急ぎで頼まれたとかいうスタッフが持ち込んだものだった。

「急ぎの鑑定、というか同定を頼まれたんですよ。ダンジョンから出たアイテムらしいんですけど、石を外すのはＮＧとかで」

「ええ？　それじゃ、まともにカラットも量れませんよ？」

全然自分に関係のない仕事に首を突っ込む彼女は、鉱物女子と呼ばれるのが大嫌いな、筋金入りの鉱物マニアだ。

宝石鑑定を仕事にしている以上、そこで働いている人間は多かれ少なかれ、マニアックな傾向があったが、彼女のマニア魂は、同僚でも引きかねないところがあるくらい強烈なものだった。

§

あれは忘れもしない一九九七年の六月八日。

化石マニアの父親に手を引かれて行った東京国際ミネラルフェア、そこには非常にめずらしい、テリジノサウルスの孵化(ふか)直前の卵殻内の胎児の化石が展示されていたのだ。

単に父親がそれを見に行くためのダシに小麦を使っていただけのような気もするが、小学校に上がったばかりの小麦は、日曜日にパパと一緒にお出掛けすることにテンションが上がっていた。

問題の化石は、なんだかごちゃっとした骨みたいなものが、卵形の石の中に詰まっているだけで、特段美しいわけでもなんでもなかったので、小麦はそれを見ても何も感じなかった。

それを夢中で見ていた父親を尻目(しりめ)に会場をきょろきょろしていた小麦は、大きく飾られていたモロッコ産のエラスモサウルスの全身骨格に驚いて、つい走り出してしまい迷子になった。

そうして、不安にかられながら、きょろきょろと父親を捜している時、それに出会ったのだ。

「きれい……」

今にして思えば、それは、少し形が良いだけの特に珍しくもない水晶クラスタだった。

しかし、そのときの小麦の目には、それが不思議の国にある素敵な宝物のように見えたのだ。

小麦はポケットにあった、お小遣いの五百円玉を取り出してみたが、とてもそれで買えるような値段ではない。水晶クラスタと手の中の五百円玉を交互に見比べていると、それをずっと見ていた、優しげで垂れ目のおじさんが話し掛けてきた。

「嬢ちゃん。水晶が気に入ったのかい？」

「すいしょう？」

「ほら、そこのキラキラしているやつさ」

小麦はそれを見て、うんと頷いた。

「じゃあ、これなんかどうだい？　小さいけれど形がいいから取っておいたんだ」

そう言っておじさんが取り出したのは、今まで自分が見ていた宝物をそのまま子供にしたような、小さな小さなクラスタだった。

小麦はそれを一目で気に入った。

「これで、買え……ますか？」と、ギュッと握りしめていた五百円玉を小さな手を開いて見せると、おじさんは大きく頷いて充分だよ、と言ってくれた。

「この水晶は、赤ちゃんだから壊れやすいんだ。ぶつけたりしないようにな」

おじさんはそれを、透明な蓋の付いた、マイクロマウントと呼ばれる小さなケースに固定すると、そっと小麦に手渡してくれた。

小麦はそれを恐る恐る受け取ると、そっと光にかざして透かし見た。あちこちで虹（にじ）のような光がきらめいて、それがまるで彼女を夢の世界へと誘う入り口のように思えた。

「気に入ったかい？」

そう聞くおじさんの言葉に、小麦は満面の笑みを浮かべ、力強く頷いて「ありがとう！」と言った。

そうして彼女は底のない沼へと、自ら進んで身を投げたのだ。

その後、慌てて彼女を捜しに来た父親に、危ないから一人でウロウロしちゃダメだよと怒られたが、ちょっと理不尽だと思った。

そのときのおじさんは、御徒町にある、とある鉱物ショップの経営者だった。

今では、もうお爺さんと呼べる年齢に差し掛かっていたが、あれからずっと、彼女とは友達のように付き合っている。

§

「あくまでも急ぎの簡易鑑定ですよ。正式な鑑定書を出すわけじゃないですから、そこは概算でいいんです。どうせラボに戻らないと、ラマンも、フォトルミネッセンスもありませんし」

フォトルミネッセンス測定装置は、組成や結晶性を測定する装置で、ラマン分光装置は光学的に色々なテストができる装置だ。主要な用途は半導体開発への利用なのだが、石の分析にも使われている。結構お高くて、ほいほいと買えたりはしない。

簡易チェックが主体のここで使えるものは、せいぜいマイクロとダイクロ、ＵＶマルチに屈折計といったところだろう。

マイクロスコープは要するに顕微鏡で、ダイクロスコープは複屈折性(注24)のあるカラーストーンの多色性を調べるシンプルなツールだ。ＵＶマルチスコープは、蛍光(注25)を見るための長短波両対応の紫外線ライトで、屈折計は名前の通り屈折率を測定する器械だ。

「それに、その石がどうやってくっついてるのかよく分からないんですよ。外したりしたら元に戻す自信がありません」

小麦は白い手袋を装着すると、それを手に取って、接続部分をルーペで見てみたが、先が少しめり込んでいるだけで、これでどうやって固着しているのか確かによく分からなかった。

それから表面に触れて、撫(な)でるように指を動かすと満足そうなため息をついた。熟練の職人の手を感じさせるブリオレットカットだ。

(注24) 複屈折性
透過させたものが多重に見える性質。

(注25) 蛍光
大雑把に言うと、紫外線を当てると光る現象。物質によって色が異なる。

「カットがいいですね。まるでアンティークみたい」

ペアシェイプ・ブリリアントも、屈折率が計算された美しい涙滴型のカットだが、全方向に細かくファセットを刻んだブリオレットには、現代のカットとはひと味違うエステートジュエリー(注26)のような雰囲気がある。

「最初はアクアマリンかと思ったんですが」

「それはありません。屈折率がまるで違います」

小麦はルーペでその石を見ながら言った。

「屈折率は、大体コランダムと同じくらいでしたが――」

「複屈折性がありますね。サファイアじゃないし、シアナイトでもない……蛍光は？」

「鮮やかな青、でした」

「青？」

小麦は思わずルーペから目を離して彼を見た。

残っていた可能性は水色に発色したジルコンだが、その蛍光は黄色やオレンジ系になるのだ。

「オレンジなら、波風が立たなかったんですけどね……」

「いままでの情報プラス、極めつけはこの派手なファイア――」

角度を変えながら、石を光に透かせる。

「――もしかして、ベニトアイト？」

「数値からは、ほぼそうなります」

「……ベニトアイトが、人工合成されたって話は知りませんでしたね」

「されていませんから」

鑑定していた男が肩をすくめた。

「十カラットはありますよ？」

小麦は手元のケースの上に、その石を置いて言った。

「スミソニアンのものよりは、確実に大きいです」

ベニトアイトには宝石品質の大きな石が少ない。そのため一カラット（〇・二グラム）でも十分に大きいとされている。

そうして、ファセットカット(注27)されたおそらく世界最大の石はスミソニアン博物館にあって、その大きさは七・七カラットなのだ。

「ちょっとラボへ持って帰りたいんですけど……」

「無理ですね。もうすぐ返却時間です」

「延長してくれますよね？」

「勘弁してくださいよ……」

顧客から預かった石を勝手に持ち出した挙句、予定日時に返却しないなんてことになったら、信用問題も甚だしい。

小麦は、ちぇっと口をとがらせて、未練がましそうにその石を見ていた。

「でもダンジョンって、こんな石が出てくるんですか？」

「こないだ発表された資料だと、二十層から七十九層までの階層からは鉱物資源が産出するそうですから、あるいは」

「で、どうすれば、そこへ行けるでしょう?」

「は? ははは……」

小麦がぶっ飛んでいるのはいつものことだとはいえ、さすがにこれは冗談だろうと男も笑ってごまかすしかなかった。

しかし、このとき、小麦は極めて真剣だったのだ。

(注26) **エステートジュエリー**
ここでは、代々受け継がれていくような宝石くらいの意。

(注27) **ファセットカット**
宝石を面で囲むように切り取っていくカット。その面のことをファセットという。ブリリアントカットも、ブリオレットカットもファセットカットの一種。

SECTION :

市ヶ谷　ＪＤＡ本部　ダンジョン管理課

「あ、美晴。今日はどうしたの？　早いじゃん」

　どうやって斎賀課長に説明しようかと考えながら、ダンジョン管理課のドアを開けると、同僚が声を掛けてきた。

「色々と案件が溜まっちゃってて」

「仕事始めから？　お騒がせパーティの専任管理監殿も大変ね」

　美晴は乾いた笑いでそれに応えた。

　Ｄパワーズは、美晴が専任管理監に任命されたことで一躍他の課でも有名になった。しかも管理監が課長補佐待遇で自由裁量勤務ときては、人事に敏感な人たちの注目を集めても仕方がない。

　年始の挨拶を交わして仕事に戻る彼女を見送りながら、美晴は苦笑した。

「課内でも、お騒がせパーティなんて言われているのね」

　まったくその通りだと思いながら、彼女は、ダンジョン管理課の部屋の隅にある、一部が透明なパーティションで区切られた場所に向かった。

　斎賀はすでに出勤していて、そこで何かの資料を見ていた。

「あけましておめでとうございます」

「おめでとう、今年もよろしくな。で、どうしたんだ、仕事始めの日からこんなに早く？」

ちらりと美晴を見た斎賀は、すぐに手元の書類に目を移して、忙しそうにそれを繰っていた。

「色々報告が。って、課長もいらっしゃるじゃないですか」

「朝一から面倒な会議があるんだよ。その準備だったんだが……」

「大学入試センターの件ですか?」

それを聞いて斎賀は、書類をめくる手を止めて、美晴の方を見た。

「どうして?」

「どうしてじゃありませんよ。ステータス計測デバイスの件、どこかに漏らしたでしょう」

「なんの話だ?」

美晴は、年末、Dパワーズに大学関係者からの問い合わせが殺到していたことを説明した。

「それでか……」

「何かあったんですか?」

「仕事始めに出て来てみれば、業務がパンクしそうな勢いで問い合わせが来ていてな、それが全部こっちに回されて来てたんだ」

「問い合わせ?」

最初は各国のDAからだった。それが様々な試験実施機関(注28)から送られてき始め、現在では単独の学校からのものも増えているらしい。

「見てみろよ、ETS(教育試験サービス)にIB(国際バカロレア)にカレッジボード。フランスの国民教育・青少年省やオフクォールを始めとした各国の試験機関。果てはロシア連邦政府の教育・科学省や、中国教育部からも問い合わせが来てるぞ」

ロシアは二〇〇九年から、統一国家試験を導入したし、一千万人が受験する中国の高考（がおかお）はあまりにも有名だ。

各試験会場では、金属探知機を利用した持ち物検査や監視カメラだけでなく、不正な通信を遮断するシステムや、本人確認に虹彩チェックまで行われる。しかし、どんなにハイテクを利用したところで、パーティ編成によるテレパシーは防げないのだ。躍起にもなるだろう。

「それって……」

各国のDAはJDAからだろうが、それ以外は、日本の各大学の関係者から広まったに違いない。この問題はすべての試験実施者にとって青天の霹靂（へきれき）だ。昨年末から情報収集に血眼になっていてもおかしくない。

「だがまあ、ほとんどは検討中だの、調査中だのといった回答を返すしかないだろうな」

「国外のそういった試験は、大部分が六月、早くても五月ですからね」

そうでなくても、例えば高考なら、受験会場だけでも四十万か所もある。チェック機器が一か所に一台でも、四十万台が必要になる計算だ。

それを現時点でDパワーズに依頼することは不可能だろう。

「こいつはますます漏洩が現実味を帯びてきたぞ」

遠い目をする斎賀に、美晴は心の中でそっと手を合わせた。

「しかし、結論が出るまで行動は慎めって釘（くぎ）を刺しておいたのになぁ……」

「情報が流出してしまえば、この短期間に発売前のデバイスが揃うわけがないと誰にでも想像できますからね。担当者の気持ちとしては、先に問い合わせて、少しでもそれを得られる確率を上げたいってところでしょう」

「ほぼ全員がそう考えたとすれば、総メール数は大した数になっただろうな」

この有様を見ていれば分かるよと、斎賀はメーラーの受信箱にある未読数を見て言った。

「書く方の労力は一通分でしょうが、読む方はそれの千倍以上だったそうです。三好さん怒ってましたよ。あ、あと守秘義務違反が疑われるって」

（注28）試験実施機関

ＥＴＳ（Educational Testing Service）は、世界最大の教育テストを実施する非営利民間団体で、有名なTOEIC、TOEFL、GREなどはここの試験だ。その事業は百八十カ国、九千地域に及んでいる。

カレッジボードはアメリカのＳＡＴ（標準試験）を行っている非営利法人。

ＩＢ（International Baccalaureate）は、ジュネーブで設立された非営利団体で、国際的な大学進学のための成績証明を行う機関。フランスのバカロレアとは無関係。

フランスの国民教育・青少年省は、フランスのバカロレアを行っている政府の省。

オフクォール（Ofqual/The Office of Qualifications and Examinations Regulation）は、イングランドの一般教育修了上級レベル認定試験の実施元。

ロシア連邦政府の教育・科学省は、統一国家試験という日本のセンター試験のような試験を実施している。

中国教育部は、おそらくは世界最大の入学試験である、全国普通高等学校招生入学考試を行っている。

美晴はちょっと盛った。

　何しろ年末から色々ありすぎて、少し気持ちがささくれ立っていたのだ。要するに不幸になる仲間が欲しかった。人間というのはさもしい生き物なのだ。

「げっ。待て、漏らしたのは俺じゃないぞ。関係各所に問題解決に関するレポートを配布しただけで――」

「漏出元がＪＤＡなら、外から見れば同じ事じゃないですか。それに問題のメールは三好さんの商業ライセンスにくっついているパーティ用アカウントに送られて来たそうですよ」

「なんだと？」

　それは見過ごせない情報だった。パーティ用アカウントはＤＡからの連絡に利用される、基本的に非公開のアドレスだからだ。

　斎賀は焦った。

　社会は信用で成り立っている。ＪＤＡが会員の情報を余所に流していたなんて話になるのは、甚だ困る。さらに言うなら、Ｄパワーズにヘソを曲げられるのは、もっと困る。

「まいったな……どこのバカがやらかしたのかは後で調査するとして、何か懐柔策とか条件とか、ないかな？」

「ミーティングルームのカードを切ったばかりですからね……探りを入れてみますか？」

「よろしく頼むよ」

「ところで課長。Ｄカード検出デバイスの件には、もう一つ大きな問題があるんです」

「なんだ？」

まだ何かあるのかよと顔を上げた斎賀に向かって、美晴はさりげなく爆弾を投下した。

「Dパワーズは、この技術に対するダンジョン特許を、まだ申請していません」

「なん……だと？　なぜだ？」

「さあ。そこは分かりませんが、機器を発表するスケジュールが、ずっと先だったからじゃないでしょうか？」

これはつまり知的所有権を得る前に、実際に動作する製品が世に出まわるということだ。しかも、緊急に組み立てたプロトタイプ状態で。つまりそれは、製品に特殊なチップなど何も使われておらず、現在購入できる部品のみで組み立てられていることを意味していた。

さらに悪いことに、それは世界的なヒットが間違いのない商品だ。

何しろ、ダンジョンは世界中にある。そして試験を必要とする組織は、それこそ世界中に数え切れないくらいあるのだ。

「まいったな……ＪＤＡが無理強いして発表前の技術を提供させ、どこかの誰かがそれを手に入れ、模倣して製品を発表したりする？」

結果として、ＪＤＡは産業スパイに荷担した挙句、情報を提供させた企業に大損害を与えるってことだ。それはまさに悪夢だった。

金や女で、担当者から機器を買い取ったり、ちょっと拝借して解析したりするくらいのことは平気でやってのける連中が、世の中にはうようよしている。だからと言って、全大学の関係者に見張りをつけることは物理的に不可能だ。

特許は先願主義だから、機器配布前に出願してもらえばいいとしても、海賊版は防ぎようがない。特許が公開される前に本物の機器をコピーしてばらまかれれば、各試験機関としても、背に腹は代えられないと購入してしまうところもあるだろう。大きな機会損失だ。

「あー……大学には1年だけ煮え湯を飲んでもらうか？　それがベストって気がしてきたぞ」

各大学の試験関係者が聞いたら憤慨しそうなことを呟きながら、斎賀も頭を抱えていた。

何しろ、年末に配布したレポートの内容が、翌日には日本中の大学関係者に出回っていたのだ。この機器の情報が漏れないなどと、どの口で言える？

「それと、当面二千台くらいは用意できる可能性があるそうです」

「そりゃ助かる」

「一人五秒でチェックしたとしても、一時間で七百二十人ですから、センター試験の会場に合わせて配布すれば、全体をなんとか一時間でフォローできるのではないかというお話でした」

センター試験の会場は約七百だ。最大規模の会場で四千五百人だから、確かに可能性はある。

「問題は二次試験だそうです」

センター試験と違って受験生は重複する。そのため、延べの人数は格段に跳ね上がることになるだろう。

「三好さんによると、現在、日本の大学の数は八百校くらいあるそうで、今年の二次試験をすべてフォローするのは難しいのではないかということです。そもそも各校に二台くらいじゃ、どうにもなりませんし」

　最大の志願者数を誇る近畿大学なら一校で十四万人以上が志願する。すべてが受験したとして、それを一時間でチェックしようとするなら、最低でも百九十五台の機器が必要になる。

「そうだな」

「ですから、この問題をなるべく広くカバーするには、入試日を確認して貸与スケジュールを作成し、全体で使い回すのが最善だろうとのことです」

「なるほど。販売じゃなくてサービスの提供か」

「もっとも人員の提供はＪＤＡがやるしかないと思いますけど……」

　斎賀は苦笑した。

　何しろ急な話だ。サービスの提供までＤパワーズに振ったりしたら、じゃあ無理だからやめときますと言われることは確実だ。競合企業があるわけでなし、彼女たちに機器の秘密が漏れる危険を冒してまで、急いでこの事業を執り行うメリットはないのだ。

「こいつは頭の痛い問題だな」

　期間がばらけているのならともかく、国立に至っては、全大学がほぼ同じ日――今年なら二十五日だろう――に試験が行われる。各大学に連絡して日程を変更することが可能なら、適宜ずらすという方法もあるが、それだと予定していた大学を受験できない学生が出かねない。

「三好さんの弁を借りれば、不正をしても入りたいと思うような大学に絞って対応することにしても構いませんよ、とのことです」

もしその恣意的な選択をＪＤＡがやれば面倒なことになりかねないが、私企業が行うなら単なる商業的な契約にすぎないわけだ。Ｄパワーズが多少理不尽な恨みを買うかもしれないが、全部に行き渡らないものを対象を絞って提供することなど、当たり前の商行為だ。

「じゃあ、うちはＤパワーズに対する協力って線で行くわけか。それは助かるが……」

「国公立なら、旧帝大や各大学の医学部を中心にするのが妥当ですが……そのあたりはこちらで選択しろということでしょう」

「ふーむ」

確かに妥当なところだ。しかし、それをどう会議で全体に納得させるのかは別の問題だ。各部署にはそれぞれの思惑や付き合いがあるだろう。

「よし、大学入試センターに連絡して、二次試験の入試日程を手に入れておいてくれ」

「課長。私は課長の秘書じゃありませんよ？」

「なあに、補佐だろ？　大した違いはないさ」

仕方ないなぁと、美晴はその指示をメモした。そうして、ペンの尻で下唇の下を押さえながら、考え深げに懸案を伝えた。

「それらを踏まえて聞いていただきたいんですけど、三好さんたちは、これを買い取りにするのかレンタルにするのかお聞きになっていました。料金は同じだそうです」

「同じ？　つまり、いずれにしてもＪＤＡに管理責任を求めてるってことか」

状況的に当たり前だとはいえ、結構きついな。斎賀がそう思った時だった。

「それが……」

「なんだ？」

美晴は斎賀に、先日三好に言われた文言を伝えた。

「ＪＤＡは精一杯その管理を厳しくして、第三者に開示されない努力をする？　それだけか？」

「それだけです」

本来なら流出に関するペナルティを設定して当然だろう。それが単なる努力目標？

「連中、一体何を考えてるんだ？」

「文言だけを見るなら、単に発生するかもしれない問題の影響範囲からＪＤＡを除外しようとしているように見えます」

「あいつら、いつからＪＤＡの法律顧問になったんだ？」

まるでＪＤＡを契約の危険性から守ろうとするような文言だ。普通なら相手先から突っ込みが入ることは確実だ。それを相手先から提案される？

一応考えてはみたが、連中の意図は分からなかった。

もちろんただ脇が甘いだけ、という線もあるかもしれないが、あのＤパワーズに限って、それは考え難かった。緩いだけなら何もしないだろう。わざわざこんな文言を鳴瀬に伝えてきたからには、そこには何らかの意図があるのだ。

連中が何を考えているのかはまったく分からないが、開かれたカードだけを見れば、最大二千台の機器の提供形態も、管理も、サービス方法も、ＪＤＡの好きなようにしろと言っている。

「まあ自由度が高くてありがたいことはありがたいが……自由度が高いってことは、考えなきゃならないことが多いってことなんだよなぁ」

ぼやくように言う斎賀を見ながら、美晴はすまなそうに切り出した。

「それで課長、別件で、次のオークションの前に相談を受けたんですが」

「相談？」

その語調に、不穏な響きを嗅ぎ取った斎賀は、嫌そうに眉根を寄せた。

「実は――アイテムボックスを出品したいそうです」

その言葉を耳にして一瞬ポカンとした斎賀は、次の瞬間、思わず立ち上がっていた。

「アイテ！――」

課長のスペースは、ダンジョン管理課の一区画を一部透明なパーティションで区切って作られている。多少の防音効果はあるが、さすがに大きな声は外に漏れる。

立ち上がった斎賀は、課内の視線を集めたことを悟ると、そのまま咳を一つしてごまかした後、なんでもないと、視線を手で制して、椅子に腰を下ろし直した。

§

「ねえねえ、今の見た？」

「見た見た。課長が激高しかけるなんて珍しいよね」

「なんだか、『相手』がどうのって言ってなかった？」

「ええ？　美晴の相手ってこと？」

「うーん。課長って独身だっけ？」

「確か、独り身だとか聞いたような気が」

「なら、まあ、外野がどうこう言う話でもないか。いい大人なんだし」

「え、それってやっぱり？」

「うーん、どうだろ」

「あー、ごほん」

あまりの内容にそれを見かねた主任の坂井が、さりげなく咳をすると、彼女たちは蜘蛛の子を散らすように仕事へと戻って行った。

§

「アイテムボックスだと？」

椅子に座り直した斎賀は、身を乗り出すと声を潜めて確認した。

「はい」

「で、それをどうするって？」

「いえ、どうすればいいですかと相談を受けたんです。返答は今日中に、だそうです」

「今日中?!」

斎賀は思わず頭を抱えた。

ただでさえ、Dカード検出デバイスの取り扱いを決める会議が紛糾しそうだというのに、伝説のスキルオーブの取り扱いまですぐに考えなければならないと来た。

「質(たち)の悪い冗談なんかじゃないんだな？」

「あの人たちのやることですから……」

連中のやることには、質の悪い冗談にしか聞こえないことも多かったが、実際に冗談だったことは、ただの一度もなかった。

斎賀は腕を組んで思考に沈んだ。

先にＪＤＡに報告した理由は分かる。

もしもこれが無制限にオークションにかけられたら、世の犯罪捜査組織にとって、大問題になる可能性があるからだろう。

最もありそうなのは麻薬の密輸だ。

南米からメキシコを経由してアメリカに流れる麻薬は、現在でもあの手この手で運ばれているが、これがあれば何を気にすることもなく大手を振って正規の手続きで入国することができる。摘発される心配もなく、密輸の歩留(ぶど)まりは急上昇するだろう。それに資金も潤沢だ。

ヨーロッパの麻薬の流れをバルカンルートで牛耳っていると言われるPKK（クルド労働者党）の収入は、トルコ警察によると年間十五億ドルだ。これさえあればすぐに元が取れそうな現状、法外な大金が積みあがる可能性がある。

大陸から、日本の消費税を目的にした金の密輸も考えられなくはないが、一億円分の金を一回運んで八百万では、これを落札することなど不可能だろう。

それを案じて入札者を絞るにしても、入札会社を帝国データバンクや東京商工リサーチで調べたくらいではどうにもならないことは明らかだ。調査能力がない以上、判断をJDAに丸投げしてきたと考えるのが妥当なところか。

「くそっ」

いくらなんでも時間がなさすぎる。もっとも時間があったからといって、どうなるものでもなさそうだが……

JDAで買い取ろうにも、連中がうちに与えてくれた余剰資金はざっと四百五十億ほどだ。オークションにかけられて大物の組織が出てきたら、勝負にならない額であることは想像に難くない。四百五十億は大金だが、庭先で引き取るには額が小さすぎるだろう。

とは言え、どこに相談しようと、なんとかできる可能性は低い。

このスキルは、犯罪やダンジョンの中で使用する際の有用度に比べて、現代社会で利用するための絶対的な必要性がないからだ。もちろんあれば便利だろうが所詮はその程度の話なのだ。

相手に使われれば社会システムを脅かすかもしれないが、積極的に使おうとしても使い道がない。

その価値の差が落札動機に反映されれば、表の社会が裏の社会に敵(かな)うはずがない。

　斎賀は、連絡しておかなければ後で文句を言われそうな連中に情報だけ送りつけて、今は会議に集中することにした。

「さてさて、寺沢(てらさわ)氏や田中(たなか)氏はどういう反応を示しますかね」

　機密文書発信の手順に従って内容に暗号化を施されたメールは、送信終了と共に、送信済みフォルダへと移動した。彼はそれを黙って削除した。

SECTION：
市ヶ谷　防衛省

「あの野郎……」

その日JDAから送られて来た暗号化されたメールに書かれていた内容は、出来の悪いｓｐａｍにしか見えなかったが、送信者を見れば、現実なのは明らかだった。

『アイテムボックスが明日のオークションに出品されるそうだぞ。どうする？』

そのメールをじっと見つめながら、寺沢は〈メイキング〉のことを考えていた。

もしも〈メイキング〉が、君津二尉が口にした通りスキルオーブを創り出せるスキルだとしたら、ここまでアイテムボックスを作らなかったのはなぜだろう。

「なにかこう、エネルギーみたいなものをチャージする期間が必要なのか？」

口に出してみれば、それもまた納得できる理由のようにも思えるし、バカげた考えのようにも思える。そもそも思考の原点が荒唐無稽な想像にすぎないのだ。

メールは同時に田中氏のアドレスにも送られているようだが、向こうじゃこれを取得する予算は出ないだろう。有用だが必須ではないからだ。犯罪者に渡さないために手に入れるという線は考えられるが、日本でそれに大層な予算が割けるとはとても思えない。

「だが、うちの予算でも無理だろうな」

手に入れる可能性があるとしたら、オークションに出品させずに、庭先で買い付けることだが、スキルの相場を考えても、百億やそこらじゃ話にならんだろう……

麻薬カルテルでも出てくれれば、予算の規模は〈異界言語理解〉級だ。しかもそいつらなら元が取れるのだ。支払わない理由がない。

「出品者に倫理を説いて……」

馬鹿げている。撲殺事件が起こらないように金属バットを売るなと言っているようなものだ。

欲しいかと聞かれれば、それは欲しい。ダンジョン探索が飛躍的にはかどることになるはずだ。

だが、容量を始めとする性能が分からない以上、上を説得することは難しいだろう。

もしも戦車や装甲車規模のものが収納できるのだとしたら、ダンジョンの攻略方法が根底から変化する可能性もあるが――

横浜で試せなかった戦術が、またぞろ頭をもたげてきたが、頭を振ってそれを締め出した。

「これぱっかりは、使ってみなければ分からんか」

自分の権限の範囲で、こいつを手に入れることは不可能だ。だが、上げると言ってもどこへ？

「まったく面倒な」

皆が夢見ているそのスキルは、実際に現れてみれば、なんとも扱いに困る微妙な存在だった。

SECTION :

永田町　内閣府庁舎

首相公邸の向かいにあるビルの最上階では、某田中氏が頭を抱えていた。

「なんですか、これは……」

最近要注意人物の一人になりつつある、ＪＤＡの課長から送られて来たそれは、なんとも処理に困るものだった。

〈異界言語理解〉と違って、国家間の問題には表面上は無関係なスキルオーブがオークションにかけられたからといって、国家が介入するなどということは通常ありえない。

だがそこに書かれているスキルが、犯罪者の手に渡れば警察庁あたりが大迷惑を被ることは間違いがない。

田中は思わずため息をついた。内調は、霞が関では警察庁の出先機関と捉えられている程度に関係が深い部署なのだ。

しかしどんなに思い悩んだところで、彼にできることは上司の村北内閣情報官に情報を上げることだけだった。しかもスキルの内容については何も分からないときたものだ。

「新人が書いたリテーク間違いなしのレポートと大差ないですね、これは」

彼は眉をひそめながらも、それを送信した。

SECTION：

市ケ谷　ＪＤＡ本部　会議室

朝から始まった会議は一向にまとまりを見せず、一旦休憩を挟むことになった。

斎賀が、疲れた顔で背筋を伸ばしながら廊下に出ると、美晴が駆け寄って来た。

「どうでした？」

「会議は踊る、されど進まず、ってところだな」

「課長はいつからリーニュ公に？」

「死んだような目をしてるだろ？」

ウィーン会議で、有名なこの台詞を吐いたリーニュ公シャルル・ジョセフの肖像画は、大体目が疲れ果てて逝っている。酷いのになると、焦点がまるであっていない目つきの絵まであるのだ。

「そんな面倒な話でしたっけ？」

「センター試験だけならどうと言うことはなかったんだが、二次試験まで考えると、対象がいきなり全大学に広がるだろ？　そこで営業が茶々を入れてきたんだ」

「営業？　そもそもこの会議は、Ｄパワーズから提供されるデバイスを上手く割り振って、大学入試に対応するための体制作りが議題じゃないんですか？」

「俺もそう思うんだが、どうもなぁ……」

斎賀はどうにもおかしな方向に進みかけた会議の内容に首を傾げた。

　突然会議に割り込んできた営業関連の部署が、機器をＤパワーズから一括購入して、センター試験後、それを各大学に販売するというプランを持ち出してきたのだ。

　それだと、フォローする大学の取捨をＪＤＡが行うことになる。せっかくＤパワーズが泥を被ってくれようとしているのに、どうしてこの状況でうちから再販する必要があるのか斎賀には見当がつかなかった。

　そもそもそんなに台数が確保できるとも思えない。

「台数が足りないから、大学を集めてオークションでもやるんじゃないですか？」

「現状を鑑みるに、ダンジョン協会の立場でそんなことしちゃまずいだろう」

「なら、将来的な取り扱いの布石でしょうか？　台数が見込める機器ですし」

「今回は突然の依頼だからこんな形になってるが、Ｄパワーズは法人も持ってるんだから、普通はステータス計測デバイスと同じ販路に乗せるだろ。うちが嚙める余地がどこにあるんだよ」

「そうでないなら、ブラフしか考えられませんよ。今後の話し合いを有利に進めるための」

「馬鹿みたいに強気に出て、少し引くことで目的を達成するってやつか？」

「そうです」

「しかし、落としどころが分からんな」

　斎賀は首を傾げた。

「現状ＪＤＡにとってベストなのは、Ｄパワーズから提案があった通り、Ｄパワーズの依頼を受けてＪＤＡが各大学へサービスを提供するという形だろう」

「それならＪＤＡは、各大学の要請を受けて企業と大学を繋いだという名目が立ちますし、取りこぼしがあっても、それは大学とＤパワーズの間の問題で、ＪＤＡとしては第三者の立場を守れますからね」

「そうだ。だが、Ｄパワーズから購入したりリースしたりして大学へ再販すれば、それはＪＤＡと大学の取引になるぞ。立場上相手の取捨が難しい」

「まさかとは思うんですけど……」

「なんだ？」

「前者なら、Ｄパワーズの依頼を受けるのは、立場上ダンジョン管理部の商務課ですよね」

「だろうな」

「つまり取引はダンジョン管理部扱いになります。でも後者なら――」

「大学と取引するのは、営業二課か、でなけりゃ営業企画課だろうな」

「――ってことじゃないですか？」

「いや、しかし、いくらなんでもそれだけのためにＪＤＡの立場を悪くするってのは、本末転倒も甚だしいだろう」

「課長。今の営業部って、それくらいなりふり構ってない気がするんですけど……原因は、今年度の成績でしょうか？」

「営業の成績なら、例年と大差ないだろ」

「全体の割合が違いすぎますよ」

今年度のＪＤＡの利益の大部分は、営業と無関係の部署から上がっていた。端的に言えば、それは美晴が仲介したオーブの仲介料だ。

「会長選挙の点数稼ぎ、なんてことは……」

「おいおい、臆測でヤバい発言をするなよ」

昔からちょっと跳ねる傾向があったが、それを上手く自己フォローして立ち回っていたはずの部下が、露骨な発言をするのを苦笑しながら遮った。

専任先に影響されたのか自分の信頼度が上がったのか、その辺は斎賀にも判断が難しかった。

美晴は、片手を口に当てて、それをつぐむポーズを取りながら、「いずれにしても、今年のダンジョン管理課は、営業方面から疎まれてそうじゃないですか」と付け加えた。

「ほとんどお前のせいじゃないか」

「私、関係ないですよね!?」

実際、営業部としては、自分たちの頭越しに行われるオーブの取引は気に入らないだろう。

従来のオーブ取引は、営業企画課が運営している売買用データベースを介していたため、営業部が仲介していた。Dパワーズの件にしても、何事もなければ営業部仲介になっていたはずだ。

しかし、肝心のDパワーズ側が美晴を指名したため、そこに捻れが生じていた。

もっともDパワーズが美晴を指名したのは、オーブ預かりの件であって売買ではなかったのだが、そのパーティの異常性にいち早く気が付いた斎賀が、人事と上司に手を回し、彼女を専任にして押しつけたため、なんとなくそうなっているというのが真相なのだが、営業から見ればうまうまと金の生る木を自分の課に取り込んだようにも見えるだろう。

「いいか、鳴瀬。あのＤパワーズだぞ？　営業の連中なんかにくっつかせたら最後、一月しないうちに、ＪＤＡとの関係がおかしくなるぞ。そういった未来が目に見えるようだろ」

大真面目な顔でそんな話をする斎賀に苦笑しながら、美晴は、わざわざここまで来る原因になった情報を伝えた。

「そうそう、入試スケジュールの件ですが、返信があったので課長のパーソナルフォルダに送っておきました」

「そうか。ありがとう」

「上手くまとまるといいですね」

「まったくだよ。例のスキルの件もあるからなぁ……」

「うちに理想的な展開ってなんでしょう？」

「そりゃ庭先で安く譲ってもらうことかな」

「安くと言いますと？」

「今期はべらぼうな余剰資金があるとはいえ、それでも四百五十億くらいだ、それでなんとかなればなぁ……」

「凄い大金ですけど」

「もしもオークションに出品されたりしたら、これくらいではおそらく太刀打ちできないだろう。ここは鳴瀬君に泣き落としでもやってもらうしかないかもな」

「泣き落としって……仮に譲ってもらえたとして、誰に使わせるんです？」

「実はそれが大問題なんだよ」

ＪＤＡは、半分公的な機関に近いところもあるが、一応営利組織だ。そこで四百億の資産を預けられた職員は一体どうなるだろう？　しかも返却はできないのだ。

「勝手に退職できない契約書を結ばされそうだが、それって憲法違反にならないか？」

「どうでしょう」

「なんならお前、使うか？」

「はぁ？」

「ほら、鳴瀬なら退職時にオーブを返せと言われても、Ｄパワーズの連中が都合してくれそうじゃないか」

「なに言ってるんですか課長。あの人たちの利点が全然ありませんよ、それ」

「いや、あいつらドライそうに見えて、意外と情に脆い気がするぞ。結構いいアイデアだと思うんだがなぁ……」

「ＪＤＡはいつから悪の組織になったんですか」

相手の情につけ込むなんて、一種の脅迫だ。

「鳴瀬が潔癖だったのが唯一の誤算か」

「バカなことを言ってないで、会議、頑張ってくださいね」

「そうだな。ああ。そうだ」

会議に戻りかけた斎賀が、振り返って美晴に声を掛けた。

「なんです?」

「悪いんだが、今日一日は、連中にくっついていてくれ」

「? 分かりました。Dパワーズの事務所に詰めておきます」

「よろしく頼むよ。終わったら連絡するから」

「はぁ」

そう言って斎賀は、再び不毛な戦いへと身を投じた。

SECTION：

市ヶ谷　ＪＤＡ本部　ダンジョン管理課

長い不毛な会議を終えて、自分の席へと戻って来た斎賀は、さっさとスケジュールと体制を構築しようとする自分に、それ以前の部分で執拗に食い下がった営業部の連中のことを考えていた。

「しかし、あそこまで露骨に食い下がってくるとは……」

結局、買い取りを取り下げ譲歩したように見せた営業部は、次に所有権移転ファイナンスリースを提案してきた。

しかしそれだと、結局大学と契約を結ぶのはＪＤＡだ。しかも所有権移転となると、期間だけ見ればレンタルでおかしくない今回の場合、買い取りと同じだろう。どうしても大学との契約を渡したくなかったのか、取捨もせず申し込み順で、できる限り対応するという前提で、色々とごねた結果、最終的にはファイナンスリースで決着した。

「これじゃ、より必要な大学へ割り振られるかどうかも分からないな。第一、ＪＤＡとＤパワーズの間の契約がリースのみじゃ、機器情報の取り扱いもＪＤＡ責任でやりたい放題か……」

なんとか機器管理の危険性を周知しておいたから、もしも情報が流出すれば、それを意図していなかったとしても未必の故意が適用される可能性は高い。法務も慎重になるだろうし、多少の抑止力にはなるだろう。

「まったく、なんでわざわざ面倒事に頭を突っ込んでいくのかね……まさか本当に鳴瀬が言ったように選挙の点数稼ぎじゃないだろうな」

ＪＤＡの組織は、会長の下に事務局を統括する専務理事がいる。

専務理事は理事会の議長でもあるが、理事会の実体は、関係省庁や企業等、関連組織への連絡会に近く、実務にはほとんどタッチしていない。

そして実務に関しては、専務理事の下にいる二名の常務理事の管理下にまとめられていた。

一人は言うまでもない瑞穂常務理事で、彼は管理部・営業部・法務部を統括する理事だ。そうして、もう一人は、ダンジョン管理部を統括する真壁聡常務理事だ。

彼は瑞穂常務と違って民間から引き抜かれた人材で、その頃のコネもあって産業界に知己が多く、大抵はＷＤＡとの連携で関係各国を飛び回っていて、年の半分近くは日本にいない。

そのことについて理事会で質された時、「常務理事は二人いるんだから、国内に一人いれば充分だろ。管轄は、ダンジョン管理部だけだし、橘君が優秀だから問題なし」と言い切って話題になった人だ。

理事会も彼の実績は認めているし、業務が滞るわけでもないため苦笑して承認したらしい。

何しろＪＤＡと各国ＤＡ間の協定やルールは、ほとんどが真壁によって策定されたと言っても過言ではないのだ。

橘というのは、ダンジョン管理部の部長で、橘三千代というバツイチの女傑だ。

名前と経歴から、誰が藤原不比等役になるのかが時折話題に上る、美魔女と言われる四十代だ。

なお下一桁を追求して生還した者はいない。

ともかくＪＤＡの組織構造のうち、ダンジョン管理部を除く他の部は瑞穂常務の管轄なのだ。

今年９月の会長の退任に伴って、理事会が後任を選出することになっているが、候補の筆頭が、二人の常務理事であることは公然の秘密だった。

「面倒なことは勘弁してほしいんだがなぁ」

ちらりと時計を見ると、もうすぐ退勤時間だった。本日の残業は確定したようだ。

予想通り、防衛省からも内閣情報調査室からも何のリアクションも来なかった。

「こいつは貸しだぜ……」

彼は仕方なく自分の携帯を取り出すと、本日最後の無茶振りを発令するために、最近見慣れてきた番号に電話を掛けた。

SECTION :

代々木八幡 事務所

「ええ?!」

鳴瀬さんが、振動した携帯を取り上げて、思わず声を漏らした。

「なんです?」

「え? あ、いえ……」

言いよどむ彼女を見て、三好は腰に手を当てて、謎解き後に犯人を名指しする名探偵よろしく、彼女を睥睨(へいげい)した。

「この雰囲気は最近見ましたよ、先輩」

「ほう」

「あれは丁度、Dカードチェッカーで無理難題を言い出した時です!」

そして、犯人はお前だ!とばかりに、彼女を指差した。鳴瀬さんはピクリと動いて、引きつった笑顔を浮かべた。

「あー、ええっと……はい」

「察するに、アイテムボックスの件ですね」

「ええ、まあ……」

「それで、どうされるんです?」

　三好が嬉しそうに近づいてきて、彼女の横へ座った。鳴瀬さんは実に言い出しにくそうに、額に汗を浮かべながらも笑顔を崩さなかった。

　実はこの件について、俺はあらかじめ三好と話をしていた。元々これは観測気球なのだ、実際に販売する必要は場合によってはない。

　国レベルの機関は、そもそもこの商取引を妨害する名分がないし、かといって、実利のある巨大な犯罪組織と張り合うような予算は出せないだろう。何しろ利用するシーンがないのだ。

　外務省の職員に使わせて、敵対する国家へ外交官として送り込み、大量の武器を与えて内戦を起こし、国を転覆させるなんてことをやれば別かもしれないが、そんなことを日本政府がやるはずがない。内心歯噛みするだけで、表向きは平静を装うはずだ。

　これを十全に利用できる可能性があるのは自衛隊だが、アイテムボックスの性能が分からない以上、莫大（ばくだい）な予算を投入するわけにはいかないはずだ。他のオーブとは、おそらく桁が違うのだ。

　現在各社が開発していると言われるポーターと呼ばれる搬送するための機械で間に合うような量が格納できたからといって、何も嬉しくはないし、それに大きな予算を割く意味はない。

　結局、これがオークションにかけられ、犯罪組織かもしれない誰かによって落札されていくのを指をくわえて見ている以外にできることはないはずだった。

　だから俺たちは、とある条件を飲んでくれるようならＪＤＡに言い値で販売して、オークションへの出品を中止しても構わないと考えていた。

　さすがにこういった状況で、犯罪組織の片棒を担ぐのは寝覚めが悪いからだ。

「えーっと……実はですね」

鳴瀬さんは、非常に言い辛そうに切り出した。

「アイテムボックスを、オークションにかけないでほしいという要請なのですが……」

「国のですか？　それともＪＤＡの？」

「えーっと……強いて言えば私の？」

「はぁ？」

「じょ、冗談ですよ！　そんなバカなの？みたいな顔をしなくっても」

「いや、なんか珍しい雰囲気だったから、つい」

鳴瀬さんは、はぁと息を吐いて、諦めたように言った。

「できればＪＤＡ――というより、ダンジョン管理課で買い取りたいそうですが、いかんせん予算がそれほど多くなくて」

「はいはいはーい、近江商人の出番ですよ！」

三好が嬉しそうにそう言って手を挙げた。

「それで、いかほどで？」

そろばんをはじくジェスチャーをしながら、三好が鳴瀬さんに詰め寄った。

その勢いに、若干引きながら彼女は、「よ、四百億円くらいでお願いします」と口にした。

「ええー？　それって、今までうちが払った手数料じゃないですか！　なんかずるい！」

「三好、三好。本音が漏れてるぞ」

「はっ」

「まあ、ご要望にお応えしてもいいんですが――」

「え？」

「先輩、四百五十億ですよ、四百五十億！　この線は譲れません」

それは俺たちが売ったオーブの手数料と、ほぼ同額だ。

「三好、三好。お前、一台十万円で、二千台ほどＪＤＡに売り飛ばしただろ」

「それで丁度二億円ですから、ぴったり四百五十二億円ですよ！」

さすがは近江商人、なにやら綿密に計算された数字だったらしい。

「それに、この売買が成立すれば、手数料として四十五億円が入ってくるんですから、ほとんど四百億と変わりませんって」

「まあ、それはそうなんですが……そこは上司に相談してみないと」

「ただ、その代わりと言ってはなんですが、条件が二つあります」

「条件？」

「おお！　もしも先輩が悪人だったら、これは貞操の危機ですよ！」

「数百億の女って凄くないか？」

「光栄です。それで条件って？」

「一つ目は、使用者を教えてほしいんです」

「使用者の開示……ですか」

「はい、ちょっと研究してみたいこともありますので、ご協力いただければ」

「もう一つは?」

「我々が必要な時に、その人が力を貸してくれること、でしょうか」

「え、それって……」

　額面通り捉えるなら、Dパワーズはアイテムボックスを使用していないということだ。だけど、そんなことがあり得るだろうか? 〈超回復〉の時に三好さんがポロリと「販売するのに実験は必要じゃないですか?』とこぼしたことがある。あのときは芳村さんに上手くごまかされたが。

「うちのお願いで物を優先的に運んでもらうとか、ちょっと計測させてもらうとかでしょうか。まあ無理は言いませんから」

「うーん」

　使用者の開示は微妙なところだが、後者を受け入れるなら自然とバレることになるだろう。

「条件を飲んでいただければ、四百五十億円でお譲りします」

　鳴瀬さんは少し考えていたが、「上司と相談させてください」と言うと携帯を持って、奥の部屋へと移動した。

「いや、三好、吹っ掛けすぎじゃないの? 俺は百億くらいでもいいかと思ってたんだけど」

「先輩。販売価格はJDAの収入の詳細をチェックされると隠しようがないんですから、あんまり安くすると、いくらでも都合ができると思われちゃいますよ」

　どうやら三好は、〈収納庫〉の相場感ができあがることを良く思っていないらしい。

もしも、これをJDAが手に入れて、その性能が明らかになれば、各国のダンジョン攻略組織は目の色を変えて欲しがることは間違いない。何しろ、戦車や装甲車が持ち運べるようになるし、武器だって使いたい放題になるのだ。

庭先での取引を、断りにくい組織から要求された時、妙に安価な相場が形成されていることは避けたいって気持ちは分かる。

「今回は性能がはっきりしないというリスクを負ってますから、次回で価値が跳ね上がっても、言い訳は立つんですけど、やはりベース価格は重要ですからね」

「なるほど」

その言い訳で十倍まで許された場合、上限が一千億と四千五百億になるわけだ。まあ、選択の幅は広い方がいいに決まっている。

そうこうしているうちに鳴瀬さんが戻って来ると、開口一番、「それで構わないそうです」と、言った。

「え?!　本当に？」

デバイスの価格のときも驚いたが、あれは今回に比べればたったの二億だ。今回は桁が違う。この決済を行う権限が、課長職にあるなんて、とても信じられなかった。

「あの人、一体何者だ？」

「実はJDAの影の支配者なんですかね？」

言いたい放題言っている俺たちを笑いながら見ていた鳴瀬さんが、真顔になって続けた。

「ただし、一つだけ飲んでいただきたい条件があるそうです」

「なんです？」

「必要になるまで預けておくから、そのコストはまけてくれ、だそうです」

そう来たか。

それなら転売もしたい放題だが……仮に法外な価格で転売されても、売り上げの三割はこちらの取り分になるのだから、そこは問題ないだろう。それに、まさかＪＤＡが犯罪組織に転売するとも思えない。

そこで俺は閃いた。

これは、三好の〈収納庫〉を、もっと活用できるようにするチャンスなのでは？

「えーっと、これはオーブですから、今まで通りだと現物を見ての取引になりますよね？」

「通常はそうです」

「その場合、そのオーブをこちらに預けられると、こちらの誰かがそれを使用しなければ、無駄になっちゃうんですが……」

オーブの預かりは、そもそも預かったオーブが消えてしまう前に、こちらで利用することを前提としていて、預けた者が必要になった時、手に入れ直して返すという非常識なシステムで、奇跡が成立している、ことになっている。

「そう言えば……」

信じられようが信じられまいが、建前というのはとても重要だ。

「だから、もし三好なり俺なりがアイテムボックスを取得した場合、俺たちがそれを持っていることは秘密にしてほしいんです。無駄なトラブルに巻き込まれたくないので。そして、それを秘密にするための行為に、ＪＤＡが加担すると約束してください」

「先輩……」

ふっふっふ、これが受け入れられれば、今までみたいな苦労をせずに、ＪＤＡ公認で好き勝手できるに違いない。我ながらグッドアイデアじゃないか？

「分かりました。この場で確約はできませんが、それに関しては、私と斎賀のところで留めて、隠ぺいに尽力するよう検討します」

まあそうなるだろう。何しろこの約束は文書にできない。契約書にそんなことが書いてあれば、秘密にならないからだ。仮に文書にしたとしても、あの課長さんとの裏取引ということになるだろう。ＪＤＡという組織には馴染まないが。

「では、それが通れば、契約させていただきますよ」

俺たちはにこやかに、鳴瀬さんと握手した。当面、次のオークションから〈収納庫〉が外れることは間違いなかった。

二〇一九年 一月五日（土）

SECTION：

代々木八幡 事務所

「先輩、昨日の取引は、あの条件でいいそうです。契約書が送られてきましたよ」

さすがは四角い人。『この契約で知り得た情報について、甲の同意なしで開示することを禁止する』なんて、さりげなく入れてあって、裏契約の内容もちゃんと文書にしてあるようだ。

「なかなかいいアイデアだったろ？ これで〈収納庫〉を利用して何かを持ち込んでも、ＪＤＡが言い訳を考えてくれるぞ」

「いや、さすがに大っぴらにやるわけにはいかないでしょう？ ごまかしようのない事だってありますから」

「そりゃそうだ。だが、鳴瀬さんに開示されているってだけでも、気分が違うだろ」

「それはそうですね」

「で、オークションはどうするんだ？」

「七日に始めようと思います。記者会見の前日に始めちゃうと、混乱しそうですし」

「そうだな」

「あ、先輩。そろそろ部屋の準備ができたそうですよ」

オークションの設定を済ませていた三好が、メールの着信を確認して顔を上げた。

「お？ 早かったな」

俺たちは、ブートキャンプ用に、代々木のダンジョンゲート内にあるレンタルスペース一階の、直接表に出られる部屋を借りていた。元はミーティングルーム（大）だった部屋だ。

　このスペースは、ゲートを出ずに利用できるので、ダンジョンに出たり入ったりする我々のプログラムには丁度良かった。ゲートの出入りは、時間によっては少々面倒なのだ。

　もっとも本来は共用だった部分なので、占有するのは少々どころではなく面倒だったらしいが、鳴瀬さんのアドバイスを受けた三好が、Ｄカードチェッカーを融通することでＪＤＡから譲歩を引き出したらしい。

　そこに、「ぼくたちがかんがえたさいきょーのぷろぐらむ」用の機器を運び込んでセッティングしてもらっていたのだ。

「んじゃ、キャシーに連絡するか」

§

　それは、面接の日の夜、キャシーにプログラムの詳細を説明した後のことだった。

『プログラムを体験したい？』

『はっ！　自分が教えるプログラムを体験しておかないと、上手く教えられるか不安です』

「そりゃもっともですね」

「体験はいいけど、地上部分の搬入って、いつ終わるんだ？」

「代々木のゲート内施設の部屋を賃貸契約してから、なるはやで各種機器を設置している最中ですから、たぶん明日には揃うんじゃないですかね？」

「なら、キャシーに体験させる時間もあるか」

「プレ・ブートキャンプですね！」

『ＯＫ、大丈夫そうだ。たぶん明日くらいから体験できると思うから、それまでに資料を読み込んでおいてくれ。後は――』

『休みでいいんじゃないですか？　ところでキャシーってどこに泊まってるんです？』

『今日はパークハイアットです』

『パークハイアット？　高そうだな……』

『サイモン中尉が予約してくれたので』

「そうだ、先輩。あの人たち、休暇だからって理由でパークハイアットのスイートにずっといるんですよ！　さすがに四部屋確保しようと思ったら、パークスイートしかないと思いますけど、正規料金で泊まってたら十七万ちょっとですよ……」

それって、狭いマンションなら一月借りられるよな……うん。頭がおかしいんだよ。きっと。

『え？　じゃあキャシーも？　スイート？』

『いえ、私は、パークデラックスです。一番部屋数も多いですし』

『そうか』

「今後、キャシーの住居ってどうするんだ？」

「それですけど、近くに良さそうな賃貸の物件を探しておきますから、当面そのままホテルにいてもらいましょう。料金はうち持ちでいいですか？」

「それはいいけどさ、物件と言えば俺の前のアパート、借りっぱなしだけど、あそこは？」

「築五十年ですからねぇ……」

「だけど、ホテルじゃ狭いし、くつろげないんじゃないか？」

「先輩……」

三好が可哀想な子供を見るような目つきで俺を見た。

「な、なんだよ」

「先輩のあの部屋って、広さはどのくらいでしたっけ？」

「えーっと、三十二平米くらいだっけ？」

なんかそんな話を前にしたような。

「パークハイアットの、一番狭い部屋は四十五平米ですよ」

「ええ?!」

「キャシーのいる、パークデラックスは、五十五平米ですから」

「それがスイートじゃないワンベッドルームの部屋の広さなのか?!」

「パークハイアットには、いわゆるシングルルームにあたる部屋がないですからね」

さすがは外資系。ワンベッドルームの部屋はキングサイズのベッドだそうだ。しかし、二人部屋にしたって広いよな。狭い２ＬＤＫくらいあるじゃないか。下手すりゃ通常の倍くらい……あ、だから値段も倍なのか。

『キャシーは住む場所や広さに希望がありますか？』

『いえ、特には。普通の物件で構いません』

アメリカ人の普通はなぁ……こちとら兎小屋の住人だから。

『では、すぐに用意します。それまでは、そのままハイアットに宿泊していてください。料金はうちで払いますから』

『分かりました。感謝します』

そうして特急料金が支払われた機器の設置は、年末年始をものともせずに、わずか数日で終わったのだった。

SECTION:
市ケ谷　防衛省

そのオークションが開かれるのは、いつもＵＴＣ（協定世界時）でその日になる瞬間だ。つまり、日本時間の午前九時だということだ。

その時間に、件のオークションサイトを開いた寺沢は、そこで今日行われるとメールに書かれていたオークションが開催されていないことに気が付いた。

可能性は二つ。

昨日のメールの情報がガセだったか、そうでなければ——

「あの男、一体どんな手を使ったんだ？」

結局寺沢は、この問題に介入できなかった。おそらく田中も同様だろう。

お互いに、落札価格が吊り上がっていくのを、なすすべもなく見守るしかなかったはずだ。

つまりこの不可解な現象は、ＪＤＡの課長が何かをやったことを意味していた。だが、それが何かは現時点では見当もつかなかった。そして最大の問題は——

「アイテムボックスはどこへ消えたのか、だな」

寺沢はそのページを閉じると、各所へと送るメールを書き始めた。

SECTION:
代々木ダンジョン　ブートキャンプ施設

キャシーは俺たちから連絡を受け取ると、すぐに凄い勢いでやってきた。

あまりに興奮した様子に、入れ込んだ馬を落ち着かせるような気分で、彼女を連れてブートキャンプ用の部屋へと向かった。

その部屋はダンジョン内の扱いなので、キャシーが使用する銃器も持ち歩ける場所にあった。

「キャシー。今日は日本語でお願い」

「分かりました、ボス」

初回の受講者はサイモンたちだけど、それ以降は日本人が主体になりそうだし、練習には日本語の方がいいだろう。

ブートキャンプの手順は、まずステータスを計測するところから始まる。

三好が、キャシーに、設置されたＳＭＤ－ＰＲＯの操作方法を説明した。

「じゃあ、実際に測定してみますから、先輩、そこに立ってください」

「うぃーっす」

俺が実験台になると言った時、キャシーの目が輝いたのを俺は見逃さなかった。

ふっふっふ。もちろん数値は〈メイキング〉で調整してあるからな。この結果を報告して騙されてくれれば、願ったり叶（かな）ったりだ。

「じゃあ、キャシー。さっき言った通り、操作してみて」

「はい」

キャシーが手順通り操作すると、すぐに俺を計測した結果が、ミニプリンタで出力された。

NAME	:
HP	: 45.12
MP	: 32.40
STR	: 15
VIT	: 15
INT	: 14
AGI	: 16
DEX	: 15
LUC	: 15

…


「名前は表示されないんですか？」

「計測しただけで名前は分かりませんよ。Dカードじゃないんですから」

三好がそう言って笑いながら、出力された結果の上に『芳村圭吾（けいご）』と書き加えた。

「これは、強いのでしょうか？」

「どうかな。成人男子の平均が大体10になるくらいに調整してあるんだ」

調整って言うか、最初からその値だったんだけどな。

「ただ、女子でも8～9くらいですからね。1の差は結構ありますよ。ステータスは2も違えば実感できますから」

「じゃあ、ヨシムラはなかなかやる？」

「普通の探索者並みかな。じゃあ、次はキャシーだ」

「ＯＫ」

キャシーが測定位置に立つと、三好が機器を操作して測定はすぐに終わった。

「終わったぞ」

「……特に何も感じませんね」

「そりゃあ、ただ計測をしただけだからな。身長や体重を測るたびに、ぴかぴかエフェクトが飛び交ったりしたら変だろ」

「確かにそうですけど……あー、It's quite anti-climactic.」

「そういうのは拍子抜けしたって言うんだ」

「ひょーしぬけした」

キャシーはそう言い直すと、拍子抜け、拍子抜け、と呟いていた。

彼女の話す日本語に、おかしなところはほとんどなかったが、さすがに日本語独特の表現は、やや語彙が足りないようだった。

ＳＭＤ－ＰＲＯで計測されたキャシーの数値は実に見事なものだった。

NAME	：
HP	： 87.90
MP	： 66.70
STR	： 34
VIT	： 36
INT	： 35
AGI	： 35
DEX	： 36
LUC	： 12

…


「さすがはバックアップ。どこが欠けてもすぐにそこを埋められるようなステータス構成だな」

「スポーツなら、補欠は一芸に長じた方が有利って言われますけどね」

三好が、『Catherine Mitchell』と書き加えながら言った。

「私は昔から、えーっと、Jack-of-all-trades でしたから」

「なんだそれ？」

「Jack of all trades, master of none.っていう諺ですね。多芸は無芸とか器用貧乏とか」

「器用貧乏？」

いや、このパラメータは、器用貧乏なんてレベルじゃないだろ。

これを器用貧乏というなら、もの凄くレベルの高い器用貧乏だが、それはもはや、オールラウンダーと言っていいんじゃないだろうか。

「いやいや、キャシー。これは器用貧乏じゃなくて、オールラウンダーって言うんだよ」

「おーるらうんだー？」

「そう。非探索者のトップエンドはオリンピック級でも20は超えないし、40もあったら一種の超人だから」

「USだと、all-arounder ですね。先輩は、なんでもできて凄いと言ってるんですよ」

「ありがと」

キャシーが少し照れたように下を向いた。

あー、色素が薄い人種は、顔の赤さが目立つって本当だよな。

「俺たちはキャシーの戦闘スタイルを知らないんだが、どのステータスを伸ばしたいんだ？」

一応訓練成績は見たものの、すべてに亘(わた)って好成績だったため、実際にどんな攻撃が得意なのか分からなかったのだ。

「魔法は使ってみたいですがオーブが手に入りませんし、今のところは、銃とショートソードサイズのサバイバルナイフです」

主力はＭ４カービンかＭ２７ＩＡＲらしい。海兵隊らしい装備だ。

「サブウェポンは、これです」

そう言って彼女がテーブルの上にごとりと置いたのは、二十五センチはありそうなごついリボルバーだった。銃身には、５００ S&W MAGNUMの文字が書かれている。

「四インチバレルモデルです。三五〇グレーンの弾で、ストッピングパワーを重視しています」

「私たちが撃ったら、手が折れるヤツですね、これ」

三好がそれを人差し指で突(つ)きながら言った。

こんな銃でも二十層を越えると、あまり効果がなくなっていくのか。

「魔法はなぁ……オーブは福利厚生で手に入るけど、意外と魔法耐性のある敵も多いから……」

「オーブが、employee benefits?」

キャシーは、何かを聞き違えたんじゃないかと不安げに英語で聞き直したが、それに対する答えは、彼女にとってにわかには信じられないものだった。

「そうだよ。個人で何十億も払えないだろ、普通」

「いや、それはそうですが……」

彼女の混乱をよそに、説明は淡々と進んでいった。

「じゃあ、最終的に目指すのは、遠距離は銃で狙撃して、近づくと魔法で牽制しつつショートソードで切り刻むタイプ？」

「じゃあ、防御は受け止めるより躱す感じ？」

「まあ、そうですね」

「はい」

ＡＧＩ－ＳＴＲ型かな。魔法は牽制用なのでＩＮＴはそれほど重視しなくていいだろう。

「魔法の属性は何がいいかな？」

「ぞ、属性？」

「そ。確かナタリーは火だっけ？」

「……そうです」

魔法のスキルオーブを用意するだけでも一苦労するというのに、属性まで選択できるとなると、一般的には異常も甚だしい。

「水と火と土は心当たりがあるから、考えておいて」

「はぁ……」

自分の世界の常識とは違う、別のルールで動いているような会話に、彼女は、もはや何がなんだか分からない様子だった。

「大体方向性は分かったから、パーティを組んだら、早速ファーストダンジョンセクションに向かおう」

ダンジョンブートキャンプの本プログラムは、ダンジョンセクションと、地上セクションが交互に行われる。

ダンジョンセクションは、ランニングだとか座禅だとか、そういうありがちな要素で、少々風変わりでも納得しやすいものが多いのだが、地上セクションは、一体これが何の役に立つんだ?というもので占められている。それにどんな反応が返ってくるのか少し楽しみだった。

§

パーティを組んで二層に下りた俺たちは、すぐに、スタート地点として目星をつけておいた、階段から少し離れた開けた場所へと移動した。

「最初のダンジョンセクションは、ランニングだ」

「はい。二層の外周、三一・四キロメートルと聞いています」

「そうだ。なお俺たちには根性がないので、キャシーと一緒に走ることはできない」

俺は、冷静に聞くと情けない発言をしながら三好を促した。

「じゃ、三好」

三好が「グレイシック！」と言うと、すぐに彼女の影から巨大なヘルハウンドが姿を現した。

驚いたキャシーは、反射的に腰の後ろからM５００を取り出して構えようとしたが、俺はその銃身を上から押さえて、銃口を上げさせなかった。

『おちつけ。あれはペットの犬だ』

『ペット⁈』

キャシーは両手で下げた銃を構えたまま、驚いたように繰り返した。

「そうだ。ちょっと大きいが、可愛いだろ？」

そう言って俺はグレイシックの頭を撫でた。お前、三好に撫でられるときは、へこへこ頭を下げてるくせに、俺のときは一ミリも下げやしないのな……

「か、可愛いって……ヘルハウンドじゃないんですか⁈」

「よく見ろ。目が赤くないだろ」

そう言って、俺はグレイシックの目を指差した。

ヘルハウンドの目は赤い。だがアルスルズの目は、見ようによっては金色に見える。

「た、確かに……」

やっと落ち着いたキャシーは銃を腰の後ろに戻すと、警戒しながらグレイシックに近づいた。

「ほらみろ。ちゃんと首輪もしてるし、渋谷区の鑑札も付いてるだろ」

そう、何がなんだか分からないが、渋谷区はこいつらを犬として登録させてくれた。俺と三好は、何事もやってみなけりゃ分からないなと顔を見合わせたものだ。問題があるとすれば、入れ替わりジャンプをするときには、首輪を外しておかないと取り残されてしまうってことくらいだ。

「あ、かわいい」

思わず彼女が口にした通り、渋谷区の、というよりも東京都の大部分の自治体の犬鑑札は可愛い犬の形をしていた。世田谷や葛飾あたりのノーマルな形が邪魔にならなくて良さそうなのだが、それでも杉並の鑑札よりはマシなのかもしれない。何しろ杉並の鑑札は、ゴルゴ13に狙撃されたかのように、額に穴の開いたなみすけ(注29)なのだ。

「鑑札があるからには、こいつは自治体が認めたペットで犬だ。いいな、これは犬だからな」

「は、はい」

(注29) なみすけ
干瓢(かんぴょう)巻きをモデルに生まれた杉並区のマスコットキャラ。

スギナミザウルス島（なんだそれは）に住んでいた妖精らしい。

キャシーが、恐る恐る手を出すと、グレイシックはその手をぺろりと舐めた。

「ひっ。あ、味見されたわけじゃないですよね？」

「犬は、普通、人は喰わん。……たぶん」

「たぶん?!」

「先輩、話が進まないからいい加減にしてください。大丈夫ですよ。ほら、撫でてあげて」

「は、はぁ……」

キャシーは三好に引っ張られて、グレイシックの腹を撫でた。

「……さらさらしてて、気持ちがいいです」

「でしょう？」

「で、こいつを見張りにつけておくから、何かあったらこいつに頼れ」

「み、見張り？」

三好が目配せすると、グレイシックは、キャシーの影に潜り込んだ。

「へ？　一体どこへ？」

そう言ったとたん、キャシーの影から頭だけ出したグレイシックが、ワフーと鳴いた。

「うわっ……って、なんで犬にこんなことができるんです？」

「そりゃ、ヘルハ……ごほん。日本の犬は多芸なんだ。何しろニンジャの国だからな」

「Ｏｈ！　ニンジャ！」

やはり外国人にはニンジャだと言っておけば大丈夫……なのか？　納得したのかどうかは分から

なかったが、彼女はしばらくの間、グレイシックと親交を深めているようだった。

「まあ、そういうわけで、そいつを付けておくから安心して走れ。間違った場所へ行こうとしたときも教えるように言ってあるから」

「分かりました」

「一周してここまで戻って来たら、次は地上セクションだから、さっきの部屋まで来るように」

「了解です」

「ではスタート！」

俺がそう言うと、キャシーは結構なペースで走り出した。

「あれで三一・四キロも走れるもんか？」

「ステータスが軒並み30を超えてますから、一時間ちょっとで戻って来るかもしれません」

「そりゃダントツ世界記録だな」

通常、マラソンの三十キロまでのスプリットタイムは、一キロあたり三分で刻まれる。三十キロ地点のラップは一時間三十分ほどだ。悪路でもあるし、いくらなんでもそんなペースで走れるとは思えないけれど、念のために一時間くらいで考えておくか。

「で、私たちはどうします？」

「んー、一時間か……ちょっと農場を覗きに行ってみるか？」

「そうですね。行って戻って来る間くらいなら、大丈夫でしょう」

SECTION:
代々木ダンジョン　二層

俺たちの農園で苗を植えた麦は、カットしても今のところリポップする様子はなかった。

先日は、種から育てた麦が芽を出したところだ。どちらも、しばらくは様子を見るつもりだが、やはり受精が必要か?と、相談しているところだった。

「さてさて、小麦ちゃんはどうなってますかねー」

「お前、植物に名前をつけるタイプ?」

「犬にイヌだの、猫にネコだの名前をつけるのは先輩でしょ?」

「やかまし……あ、あれ?」

目的地の丘に着いたつもりだった俺たちが遠目に見上げた丘の上には、一本の木が立っているだけだった。

「あそこじゃなかったっけ?」

「そのはずですけど……」

カヴァスとアイスレムが、周辺の掃除に向かう中、俺たちはその丘を足早に登っていった。

「こりゃあ……スライム被害か?」

「第一次ベンゼトスプラッシュシステムは、ダンジョンスライムに敗北したみたいです」

そこにあったはずの壁はどこにも存在していなかった。それどころか、植えていた麦も——

「あれ?」

「三好?」

三好は手元のタブレットを取り出して、夢中で過去の写真を引っ張り出していた。

「おい、どうした?」

「せ、先輩。そこ」

三好が指差した先には、規則正しく並んだ小麦の葉のようなものが並んでいた。

「全滅ってわけじゃなかったんだな」

苗から植えたはずの部分は、綺麗になくなっているのに、種から植えた部分は、半分だけが失われていたのだ。

「しかし、こりゃ、実験のやり直しかな。あのスライム対策システムでダメだったってことは、内側にリポップしたのか、木の上から落ちて来たのか……もしかしたら大量に押し寄せてきて、セットした塩化ベンゼトニウムがなくなったのかも——」

俺の適当な考察に反応もせず、黙々と映像を比較していた三好が、急に立ち上がってこちらを振り返った。

「先輩!」

「なんだよ?」

「間違いありません!」

「は?」

「壁や植えたものは無くなっていますけど、畝の形は残ってますよね」

「お、おお」

「麦が消えてるのは、苗から植えた部分と、最初に種から植えた部分なんですよ。で、こっからこまでは――」

三好が、まだ麦が残っている部分を指で示しながら言った。

「丸ごと残ってて、一番手前の奴は――」

タブレットを俺の目の前に突き出して続けた。

「――こないだカットした麦なんです！」

「どこ？」

残っている麦の中に、カットされた葉はどこにも見当たらなかった。

「お前の気のせいじゃなくて？」

「だから、それを確認していたんですが……ほら」

三好がタブレットに表示した写真には、確かにカットされた小麦が写っていた。

「え？　それってもしかして……」

「リポップしてますね。たぶん」

俺たちは顔を見合わせると、お互いの頬をつねりあった。

「いひゃいれす、へんはい」

「いひゃいいな」

あまりの衝撃に我を忘れた俺たちは、夢でないことを確認すると、今更のように驚いた。

「ええ?! なくなった小麦と残った小麦は、一体何が違うんだ?」

もしも、残った小麦がダンジョンの植物扱いされているとしたら、スライムに荒らされずに放置されている理由も分かる。そして失われた植物が、異物とみなされたってことも確実だろう。

「場所と種が違いますね」

リポップしない小麦——面倒だからNRWとしよう。Non-Repop Wheatだ。リポップする方はRWだな。植えた時期はNRWの方が早い。RWは、植える場所がなかったため、木を引っこ抜くテストが終わるまで放置していたからだ。

「場所は分かるが、種?」

「RWは、NRWを植えた後、余った種を壁に引っ掛けたまま、忘れていた種なんです」

「つまり種のままダンジョン内に何日か放置されていたってことか?」

「です」

辺りを見回すと、壁のあった付近に、一塊の小麦の種が散らばっていた。入れてあったはずの袋はどこにも見当たらなかったが。幸い発芽はしていないようだ。

俺たちは、その種の一部を、NRWが植わっていた畝にまいた。

そして、〈保管庫〉の中に残っていた種を、RWの畝に少しだけまいてみた。

「これで、場所と種のどちらが原因かが分かるだろ。だが十中八九——」

「種ですよね」

「だろうな」

　種のままDファクターに触れさせておくと、発芽した時、それがダンジョン産だとみなされるようになる。だが、発芽後のものはDファクターに触れていても、ダンジョン産だとみなされることはない、ってのが一番しっくりする説明だろう。

　とは言え、断定するのは、さっき植えた種の発芽待ちだ。

「しかし、もしもそうだとすると、次は、どのくらい放置しておけばダンジョン産だとみなされる種になるのか、だな」

「ですね。後、放置してあった種も、ちょっと調べてみたいんです」

「種の何を？」

「ステータス計測デバイスの試作機があったじゃないですか」

「ああ、あの無駄にハイスペックな」

「そうです。あれで計測して生データを取り出せば、普通の種との違いが分かりませんかね？」

「そうか。あれがDファクターの活動を検出しているとすれば、何か違いがあるかもな」

「ですよね！」

「よし、時間経過によって何かが失われる可能性もあるから、そいつは〈保管庫〉に仕舞っておこう」

「お願いします」

　こういう時、〈保管庫〉はとても便利だ。時間が停止するということは、〈保管庫〉に何か影響を与えるような怖(おそ)れが仮にあったとしても、格納したものに対して影響を及ぼしようがないという点が実に素晴らしい。

俺は、特に何も考えず、それを〈保管庫〉に収納した。

「こうなってくると、動物も確認したいよな」

「家畜ですか?」

「豚とか牛とか鶏とか。リポップしたらお肉取り放題だぞ?」

最高の黒毛和牛をコピーし放題なんてことになったら、高級肉の常識がひっくり返るだろう。もしかしたら生産農家もひっくり返るかもしれないが。

「先輩。植物と違って、動物を狩ったら、次にリポップする位置はランダムですよ」

「ああ、そうか……確かに」

「まあ、野生種みたいな扱いにはなるかもしれませんが。それ以前にモンスターみたいに、狩られた瞬間黒い光になっちゃったりしませんか?」

「それはありうるな……」

俺は〈保管庫〉から、冷たい水を取り出して三好に渡した。興奮したせいで喉(のど)がカラカラだ。

「リポップが確認されたとなると、次の懸念は成長ですよね」

三好はそれを口にすると、リポップした麦を見ながらそう言った。

「成長?」

「だって、先輩。ダンジョン内の動植物は、どれも最初から成体で、明らかにその種の子供だと思えるようなものはいませんよ」

　確かにそうだ。ダンジョン内でモンスターの子供は見つかってない。これがフィクションなら、ゴブリンやオークにはいても良さそうなものだが、それが発見されたことはない。それに、女性探索者がピーされたという話も聞かなかった。

　そもそも植物が育っていない。元々はそれが植物リポップに気が付く原因になったのだ。

「カヴァスの小さいのとかがいたら、もうモフモフで可愛いんですけどね。きっと、ケンケンって鳴くんですよ！」

　そういやあいつら、生殖は一体どうなってるんだ？　そもそも性があるのか？　今度、ちゃんと調べて——

「先輩、何か不埒なことを考えていませんか？」

「え？　い、いや、そんなことはないぞ。ね、念話だって漏れてないだろ？」

「最近、使い方が上達しましたからね」

「あー、まあ……それはともかくだな。つまり、リポップするようになったら、そのまま成長しないんじゃないか、って懸念だろ？」

「もしもそうだとしたら、永遠に実なんてなりません」

　リポップするようになった小麦が、その状態のまま固定されるとしたら、そりゃ実はなるはずがない。

「スライムに荒らされる前の小麦を見る限り、ダンジョン内に持ち込んだ、ダンジョンに属さないものは、そのまま成長してたよな」

「そりゃそうでしょう。もしもそうでなかったら、ダンジョン内で暮らすだけで不老が実現しちゃいますよ」

「そりゃ、世界が震撼するな」

「上層の土地の値段は爆上げ確実です！」

俺は少し不安になって言った。

「さすがにそれはないよな？」

「リポップしない小麦が健在なら、それが成長して一生を終えるまで観察できたんですけどね」

今更言っても、ないものねだりだ。その検証は次の機会を待つしかない。

「まず、ダンジョンがオリジナルを生成したものは、成長せず固定されている」

「してるのかもしれませんけど、寿命の分からないモンスターの『個』を識別することもできない状態で三年しか経ってないので分かりませんね」

「リポップ時に同じものができるとしたら、生殖の意味も成長の意味もないのかもしれないが……

ふと思ったんだが、リポップって記憶の継承はどうなってると思う？」

「されてないと思いますけど。でないと、特定の探索者に恨みを持つ個体が大量に出現しますよ、それに学習の蓄積で、討伐難易度が上がっていきそうです。どうしてそんなことを？」

「いや、だってさ。もし、人間がリポップして、ついでに記憶を維持していたりしたら、世界は大混乱に陥るぞ？」

「……それは、そうですね。生体認証も、どんなに複雑なパスワードも、全然役に立ちません」

「本人は自分のものだと思ってるかもしれないけどな」

「クローンがネタのSFより酷いことになりそうです。何しろその時点でコピー元もコピー先も不老なんですよ？」

「ダンジョンに出入りするたびに自分が一人増え続ける世界か……人口問題が大変なことになりそうだよな。ついでに殺しても数は減らないときたもんだ」

「食料は不要になるかもしれませんけど、土地問題と個人に帰結する財産は悲惨ですよ」

「ははは……話を戻そう。現状では草のこともあるし、成長しないと仮定しておこう」

「了解です」

「問題は、外から持ち込んだが、ダンジョンが自分に属すると判定するようになったものだ」

「種がそうだとすると、ちゃんと芽が出ているんですから成長しますよね？」

「あの芽の状態まで育ったときに、自分に属すると判断したのかもしれないだろ」

我ながら都合が良すぎるとは思うが、可能性としてはあり得るのだ。

「うーん……なら、もう少しありそうな可能性がありますよ」

「なんだ？」

「Dファクターによる種の汚染は――」

「待て。汚染は何か語弊があるな。表沙汰になった時、忌避感が先に立ちそうだ」

そう言うと三好は頭をひねった。

「イメージは良くないかもしれませんけど、他に適当な用語がありませんよ」

「イメージは重要だろ。特に大衆向けのときは」

「それはそうですけど。作用とか影響だと何か違いますし……浸潤？」

「癌をイメージしそうだが、汚染よりはましか」

「ダンジョンに適応するわけですから……進化？」

「世代は超えてないけど、一応適応進化の範疇と言えるか……」

「ランエボならぬ、ダンエボですね」

「それじゃ、コナミのゲームだよ」

「もういっそのこと、新しい単語を作っちゃいますか。ダンジョニング（Dungeoning）とか、ダンジョニゼーション（Dungeonization）とか」

ダンジョンは名詞だからそんな単語はなさそうだが、ゴグるのように動詞化して、勝手に意味を与えれば言ったもの勝ちな気がする。

「日本語だと、ダンジョン化か？」

日本語で言うと、なんだかダンジョンができるようにも聞こえるが、ダンジョンの一部になるという意味では間違っていないだろう。

「D化でもいいですよ」

冗談っぽくそう言った三好の言葉に、俺は笑って答えた。

「なんだか最近Dだらけだな。まあ、ダンジョニングでいいか」

英語の論文でも使いやすそうだし。

「ともかく、Dファクターによる種の汚……ダンジョニングは、それがダンジョンの管理対象だというフラグみたいなものがオンになった状態だっていう可能性です」

「？　どう違うんだ？」

「いいですか、先輩。ほとんど無数にあるダンジョン内のオブジェクトに対して、ダンジョンが常にその管理を行っているというのは、あまりに煩雑だし現実的じゃないと思うんです」

「まあ、ポーリング(注30)で全オブジェクトを処理するのはリソースの無駄遣いだし、ちょっと現実的とは言えないよな」

「です。だから、きっと、イベントドリブンのような方法で管理されているんだと思うんです」

イベントドリブンは、処理対象に何らかのイベントが発生したとき（モンスターのリポップなら、倒された時だ）に、そのイベントを管理者に通知して処理を行う仕組みだ。

現代ではリアルタイムではないOSは、ほぼすべてがこの仕組みを採用している。

誰かが画面をタップすると、タップされたというイベントがOSに通知され、そこからタップされたという情報が各アプリに送られて、それぞれ処理されているのだ。

「そして、ダンジョン内のオブジェクトに何かのイベントが発生したとき、その情報は、イベントキューみたいなものに突っ込まれるんです」

キューは、データ列の両端からしかデータを出し入れできない構造のことだ。

コンビニのドリンクの陳列ケースは、店員が後ろから順番に入れたボトルを、客が前から順番に取り出す。こういう構造のことをキューと呼ぶ。

ダンジョン内のオブジェクトに起こったイベントは、店員が後ろからボトルを詰めるかのごとく、このキューに入れられ、ダンジョンは客のごとく先に詰められたものから順番に取り出して、それを処理していくということだ。

「それを順番にダンジョンが処理してる？」

「そうです。ダンジョニングするということは、対象のイベントがキューに入れられるようになるということだと考えるんです。そしておそらく、ダンジョニングされたことを通知するイベントはないんですよ」

ダンジョンのオブジェクトは、通常ダンジョンが作り出す。

したがって、すべてのオブジェクトは最初からダンジョニングされているわけだから、それを通知する必要はないってことだ。

「そうして、最初にそのオブジェクトのイベントがダンジョンに通知されたとき――」

俺は三好の言わんとしているところを察して続けた。

「そのオブジェクトのコピーがダンジョン内に作られる、つまり成長が固定されるってことか」

（注30）ポーリング
順番に対象を処理することで対象全体を処理する原始的な方法。

全体を管理するために百個の対象があれば、最低百回の処理が行われることになる。

大昔、例えばＤＯＳ時代は普通の方法だった。

「それっぽくないですか?」

　俺は大きく頷いた。

「この仮説の正しさは、あのリポップした小麦がこれ以上育たなくなることで、ある程度検証できるな」

「もしこの仮説が正しいとしたら、それはそれで難しい問題があるんですけどね」

「麦の穂が実るまで、どうやってダンジョンへの通知を防ぐか、だな」

　それは、通常なら、非常に難易度が高そうな話だった。何しろヘタをすると虫に葉を囓られただけでアウトなのだ。ダンジョン内にそんな虫がいるかどうかは分からないが。

「結局ダンジョニングというのは、二つのプロセスに分かれてるってことだな」

　前プロセスでは、Dファクターによって、ダンジョニングを行うための準備が整えられ、後プロセスで通知システムが有効になるわけだ。

　そして最初の通知が行われた時、その物体のコピーがダンジョン内に保存されるのだろう。

「もしかしたら探索者の体って、とっくにダンジョニングの前半分が終わってるってことなのかもなぁ……」

「通知システムが有効になるトリガが見つからないことを期待しましょう」

「後は、ダンジョニングの前半分とあと半分を別のダンジョンで分けて行えるのかって問題か」

　通常、ダンジョンに所属しているオブジェクトは、そのダンジョンから採取したり持ち出すことで、リポップが発生し、取得したものはダンジョンの管理から外れることになる。

それなら、ダンジョニングの前プロセスを終わらせたオブジェクトを、ダンジョン外へ持ち出したらどうなるのか？

仮に持ち出せたとして、ダンジョンAで、ダンジョニングの前半分が終わっているオブジェクトを、ダンジョンBに持ち込んで後半分の工程を終わらせたとき、オブジェクトは正常にダンジョンBのオブジェクトとして認識されるのだろうか？

「それは簡単な実験で確かめられますけど、結局どちらにしても、私たちの目的達成の観点から言うと大差ないと思いますよ」

ダンジョン内麦畑は、最終的にはドーナツ状かオーバル状のルートを、くるくると回りながら収穫を行う、自脱型コンバイン風の自動機械になるだろう。一周の収穫速度がリポップ時間よりも長ければ、二十四時間、永遠に麦を収穫できるシステムになるわけだ。

「種がダンジョニングの前プロセスを終えていようがいまいが、最も面倒な部分は、それを実るまで育てなければならないってことだからか」

「そういうことです。結構ハードルが高そうですよ」

「それでも、確実に前処理が終わっている種ってのは、安心感があるだろ？」

「なら、一応調べてみますか。代々木で前処理が終わっているさっきの種を、どこか別のダンジョンに植えてみるだけですから、簡単ですし」

「ダンジョニングの前プロセスだけでリポップするなら、植える必要すらないんだけどな」

「先輩……仮にそうでも、リポップ先はランダムですよ」

「あ、そうか。代々木でそれを一粒ずつ拾うなんて不可能だし、見つけるのも無理だな……」

しかもリポップした種は、仮説が正しければそのまま育たない。麦になることもないから、麦が生えることで確認することもできないだろう。

「もっとフロア面積の小さなダンジョンがあればな」

「フロア面積が小さなダンジョンは色々使えそうなので探してみますけど、リポップはしませんよ、きっと」

「その心は？」

「前プロセスが終わっていそうな探索者の体がリポップしませんし。第一そんなことが可能なら、何かをダンジョン内に放置するだけでコピーが作れる万能３Ｄコピー機になっちゃいますよ」

「そりゃそうだな」

いや、待てよ？　それって逆に考えたらどうなんだ？

「なあ、三好。ダンジョン内の人工物は、スライムに食われるだろ？」

「はい」

「だが、さっきの種は食われずに残っていた」

「先輩。それって……」

「もしも、もしもだぞ？　ダンジョニングの前プロセスを人工物に施す方法が見つかれば――」

「ダンジョン内に人工物が配置できる？」

それはまさに夢のような出来事だ。

「さすがに都合が良すぎるか」

「でもやってみる価値はありますよ。ともかく、さっき播いた種で実証できた段階で、ダンジョニングだけでも特許を出願しておけば、それを見た世界中の人があらゆるもののダンジョニングを試し始めるんじゃないでしょうか」

そう言って三好は笑顔で今日の実験のメモを取り、写真を撮影していた。

§

その頃、キャシーは結構な速度で外周を走っていた。

『んぉっと！』

時折現れるゴブリンやウルフよりも、木々や密度の高い草むらの方が面倒だったが、回避したりなぎ払ったりすることで、どうにか外周を進めているようだった。

一番の強敵は、時折現れてはじゃれるように体を寄せてくるグレイシックだったが、キャシーはペットのイヌと一緒にトレイルランをしているような気分になれて楽しかった。

グレイシックとしては、単に、ルートを外れそうなキャシーを元のルートに押し戻していただけなのだが。

『ただ走ってるだけなのに、確かにいい訓練になるかもな』

大きな犬っていいなぁ。ボス、譲ってくれないかな。などと考えつつ、犬？と戯れながらランニングしている彼女の姿は、時折二層の探索者によって目撃されていた。

そうして、彼らの目は一様に大きく見開かれた。なぜなら、彼らにとってそれは、女性が大きなモンスターに追い掛け回されているようにしか見えなかったからだ。

SECTION:
代々木ダンジョン　ブートキャンプ施設

大きく肩を上下させながら、キャシーがレンタルスペースの扉を開けたのは、開始から九十分ほどが経った頃だった。ちゃんと約三〇キロを走って来たとしたら、完全に世界記録ペースだ。

「お疲れ様です。では、すぐに地上セクションに入りましょう。先輩、お願いします」

「えーっと、キャシーが希望した方向性は、ＡＧＩ－ＳＴＲ型だから、まずはこれだな」

俺がパーティションで区切られた奥の小部屋の中から、ＡＧＩと書かれたプレートが貼られている扉を開けた。

「え？　これはなんです？」

「え、資料になかった？　ビーマニ。一世を風靡した音ゲー」

そこに置かれていたのは、Beatmania II DX。通称弐寺だ。スタンドアローンで動作するようにしてもらってある。

「ああ、ニデラというのはこれでしたか」

どうやら資料には弐寺と書かれていたらしい。三好作だから……。

「まあ、筐体そのものは少し改造してあるけどな。はいこれ、着けて」

ゲーセンじゃないんだから、大音量を垂れ流すわけにはいかない。俺は彼女にヘッドフォンを手渡した。

　最初は無線のスッキリしたイヤフォンを用意したのだが、遅延が問題になって使えなかった。ブルートゥース接続だと、低レイテンシーの aptX Low Latency でも、最大四十ミリ秒程度の遅延が生じる。それが、高AGIの探索者にとっては結構な問題になりそうだったのだ。

　幸い弐寺は、頭が激しく動くタイプの音ゲーではなかったので、ホールド感のあるオープンエアのヘッドフォンをいくつか用意して、適当に選択してもらう形式にした。

　もちろん自前のヘッドフォンを使ってもいい。他人と共用が嫌な人もいるだろうし。

「はい」

　俺は、ヘッドフォンを装着したキャシーに、プレイ方法を説明した。

「――というわけだ。分かったか？」

「ええ。落ちてくる板に合わせて、この七つの鍵盤を叩いたり、ターンテーブルを回したりすればいいわけですね」

「まあそうだ。このボタンを押したらスタートだ」

　この筐体はAGI特訓専用なので、プレイスタイルやネームエントリーなどはすべてスキップさせてある。スタートボタンを押せば、すぐにプレイが始まるようになっているのだ。

「最終的にはスコアランクでAAAを目指すわけだが、最初はとにかく最後までプレイすることを目指してほしい」

「分かりました」

「最後までプレイできなかった場合でも、自動で繰り返しチャレンジできる設定になっている。そして、画面にゲームオーバーが表示されたら終了だ」

「了解です」

俺は部屋を出ると、この後起こるはずの惨状を想像して、ニヤニヤと笑ってしまった。

何しろ、この弐寺にセットされているのは、穴冥(注31)だ。当然のように、部屋の中からは、「え?」だの「は?」だのFワードだのが断続的に聞こえてきた。

「いや、先輩。あれは無理じゃないですか? 私、一瞬で終わりましたよ」

「探索者じゃない人が、EXスコア三八〇〇を超えてるんだぞ。探索者ならいけるだろ?」

このゲームは、ある程度ぴったりのタイミングで押された場合、グレートという評価を得ることができる。さらにぴったりのタイミングで押されていれば、パーフェクトグレート、通称ピカグレだと判定されるのだ。

EXスコアは、ピカグレを二ポイント、グレートを一ポイントとして集計した点数で、穴冥は二〇〇〇ノート(二千回押すタイミングがある)でできているため、MAX(全ノート、ピカグレでクリアにした場合)だとEXスコアは四〇〇〇になるのだ。

とは言え、かく言う俺も一瞬で終わった口なのだが……

(注31) 穴冥(あなめい)
ビーマニ屈指の難易度を誇る「冥」という曲のアナザーバージョン。

当然プレイ難易度は、ひっじょーに高い。一般人の視点で言えば、これをプレイする人は何かがおかしい人だと思えば大体合っている。

そのとき、バーンと音を立ててＡＧＩブロックの扉が勢いよく開いた。

「ヨシムラーーー！　誰があんなのを最後までプレイできるんですか！」

「え？　できない？」

「無理！　ぜーーーーったい、無理！」

仕方ないなぁと、俺はタブレットを取り出すと、キャシーに穴冥のプレイ動画を見せた。動画サイトには、絶対コマ落としだとしか思えないようなプレイ動画が沢山上がってるのだ。

キャシーは、それを見ながら、「ほぇ？」と情けない声を上げていた。

「それ、非探索者の一般人だからな」

大抵はダンジョンが生まれる前の動画だから、プレイヤーは非探索者で間違いない。

「う、うそ？」

「短期間でＡＧＩを伸ばしたいんなら、このくらいはできなきゃダメってことだな」

「くっ」

「ともかくＡＧＩの地上セクションは、あれのクリアが目標だ。で、失敗したら、二層へ戻ってゴブリンを一体倒す。それが終わったら戻って来て、もう一度、アレ」

俺は、親指で、奥の扉を指差しながらそう言った。

「それが一セットだ。そして八セットごとに、あそこで三好が用意してるドリンクを飲む。それで一ラウンドだ」

向こうでは、小さな紙コップに、三好が怪しげなドリンクを用意していた。

「分かったか？」

「――Rock, Paper, Scissors, Go!」

彼女はパーで、俺がチョキだった。

「ううう……分かりました」

「じゃ、行け。ゴブリン一体だぞ」

「はっ！」

キャシーはそう言って気を付けの姿勢を取った後、駆けだした。

「で、三好君。一体それは何なのかね？　青汁じゃなかったのか？」

俺は三好が用意しているドリンクを指差して言った。それは茶色を通り越してすでに黒に近い液体だった。

「青汁って、ＣＭのイメージが先行しているだけで、今じゃそれほどマズイって感じでもないんですよ。これはですね……飲んでみます？」

「嫌な予感がするんだけど」

「まあまあ、お客様に出すわけですから、味見くらいしておかないと」

それもそうかと、俺は恐る恐るそれを口にした。

「ぐぇえええ……なんだこりゃ。口の中がもにょもにょするぞ」

一口飲んだ瞬間、鼻の中に突き刺さる異様な青臭さとツーンとした刺激に、思わず咳き込みそうになる。舌の上に広がるあまりの苦みに、これは毒だと体がガンガン警告を発していた。

「主成分は、アマロスエリンにスウェルチアマリンですね」

「またしても呪文かよ……って、こりゃ酷い」

　俺は、げほげほと咳き込んで、涙を浮かべながらそう言った。

「先輩。味の認知に関する感覚の専門家の間では、不味いというのは苦みであると結論づけられているんですよ」

「毒物が大体苦いというところから来てるってのは聞いたことがあるが……」

「何しろ、苦味配糖体っていうくらいですからね。ニガミと書いてクミですよ」

「苦しい味なのかよ……」

「普通に淹れたときはセンブリ茶って呼ばれてます。それのハイパーバージョンですね」

「センブリ茶ってこんなに苦いわけ?!」

「普通のやつは、もう少しマシですよ」

「もう少しって……だけど、瞬間的にはこの刺激臭の方がきついぞ」

「それは、数滴追加した、アリルイソチオシアネートですね」

「なんだそれ?」

「ほら、ワサビのツーンです」

　あれをホットにしちゃうとこうなるのかよ……湯気を吸い込むだけで咳き込みそうだ。

「揮発性なので、そのままにしておくとすぐに消えちゃうんですけどね。アリルの追加は、ラストバージョンだけにしようと思います。最後のガツンですね」

「俺もそれがいいと思うぞ。健康的には大丈夫なんだろうな？」

「量的にも全然問題ないレベルです」

「ならいいけどさ。しかしホント酷いな、これ……」

「これくらい効きそうなら、ステータスが伸びてもおかしくないですよね？」

「むむむ」

　苦労せずに得たものには、ありがたみがないということだろうか。苦労せずに得られるならその方がいいと思うんだが……

　頑張って八回も往復した挙句にもたらされる、この苦行を想像すると、俺はキャシーや未来の受講者が少し可哀想になった。

SECTION:
代々木ダンジョン　受付

代々木で講習会の申し込み事務を手伝っていた美晴は、内ポケットのスマホを振動させた上司からのコールを見て、少し離れることを同僚に告げると、電話を取った。

「はい、鳴瀬です」

「斎賀だ。今大丈夫か？」

「はい。Dパワーズのみなさんは、ブートキャンプのテスト中で代々木に潜ってらっしゃいますし、こちらは講習会事務の手伝いをしているくらいです」

「そうか、それでか……」

「どうかされましたか？」

「いや、今、代々木の二層外周で、巨大なヘルハウンドのようなモンスターに女性が追い掛けられているという報告が多数上がってきていてな」

「二層でヘルハウンド？」

「Dパワーズが潜っているのって……」

「あー、二層です」

「あれは秘匿してたんじゃなかったのか？」

「それが、どういうわけか、渋谷区の鑑札が下りまして」

「はあ？」

「四頭は正式に区に登録された『犬』になったんです」

そう伝えた途端、しばらくの沈黙が訪れた。電話の向こうで絶句している斎賀の姿が目に見えるようだった。

「課長？」

「……渋谷区は一体何を考えてるんだ」

「犬の登録って書類の提出だけですからね。特徴に『真っ黒で金色の瞳』とだけ書いたら、そのまま受理されたそうです。一応種類を書く場所があるんですが、『ヘルハウンド』で何も文句は言われなかったそうです」

「要注意の犬種に含まれてないって理由だろうな」

「おそらく」

斎賀は自分の組織を棚に上げて、お役所仕事もたいがいにしろよと頭を抱えた。

ダンジョン内にペットを持ち込めないというルールはない。ハンター出身の探索者が狩猟犬を持ち込むことも普通にある。

もはやヘルハウンドという種類の『犬』の持ち込みを制限するルールはどこにもなかった。

「しかし、そんなでかい犬を連れて外を歩いたら騒ぎになるだろう？」

「課長、彼らは犬扱いされるようになったとはいえ、モンスターですよ」

「それは知っているが」

「アルスルズ――あの四頭のことですが――は、影に潜れるんです」

「なんだと？」

「だから普段は、三好さんの影の中にいるんですよ」

美晴は、時々は私の影の中にも、と心の中で付け加えた。

「……三好梓がテロリストでなくて、本当に良かったな」

それはまったく同感だ。

「神様に感謝したくなります？」

斎賀は美晴の言い草に、微かに笑って答えた。

「とにかく大丈夫なんだな？」

「首輪が付いていて目が金色のヘルハウンドなら、攻撃しなければ大丈夫です」

「分かった、こっちはその線で処理しておく」

「お願いします」

電話を切った美晴は、はあと一つため息をついた。

その理由が、アルスルズを撫で回したいという欲求から生まれたなどということは、その場の誰にも分からなかった。

SECTION:

代々木ダンジョン　ブートキャンプ施設

「んごふぁ！　What the f*ck !! なんですかこれ！　げほげほげほ」

八セットを終えたキャシーが、ラウンドの最後の仕上げのスペシャルドリンクを飲んで、この世の終わりが来たかのような形相でむせていた。

「それはステータスを引き出すための、秘伝のお茶だ」

「Ｏｈ！　ＨＩＤＤＥＮ！」

「それじゃ隠されてるだろ。秘伝だ、秘伝。the ourmysteries だ。……あれ？　そういやどっちも似たようなものか」

俺はそこで咳き込んでいるキャシーに、冷たいミネラルウォーターを渡しながらそう言った。

それを一口飲んで落ち着いた彼女は、涙を手で拭いながら息を吐いた。

「はぁ……」

「これで一ラウンドをこなしたわけだが、どうだった？」

「はぁ。なんだか遊びみたいで、これで効果があるとは信じられません」

「まあそうだろうな。じゃ、それを全部飲んで五分経ったら、もう一度計測してみろ」

「え、これを全部……飲むんですか？」

「そう。それが肝要なんだよ」

キャシーは、心の底から嫌そうな顔をしてそれを一気に飲み干した。

いや、それ、まだワサビパワーが含まれてないやつだからな。それでも大分マシなんだぞ？

俺は、お茶の余韻にげんなりしている彼女を尻目に、こっそり奥へ行くと、〈メイキング〉を起動して彼女のＡＧＩに３を加えた。

そして五分後——

「うそ……」

NAME	:
H P	: 87.90 -> 88.20
M P	: 66.70 -> 67.00
STR	: 34
VIT	: 36
INT	: 35
AGI	: 35 -> 38
DEX	: 36
LUC	: 12

彼女は測定された自分のステータスを、開始時に計測した値と見比べて驚いていた。

「たった一ラウンドで３ポイントのアップ？　つまり一〇ラウンドやれば、ほとんど二倍になるってことですか？」

「え？　ああ、まあ限度はあるけどな」

『最初が10ポイントだとすると、ざっと千日かけて25ポイント増えたってことよね？　つまり3ポイントの増加ってことは……一ラウンドで、百二十日分と同じ効果?!』

キャシーが早口で呟いた。

「いや、待て。限度はあるんだぞ」

「どんな？」

そこで俺は、この訓練の詳細について説明した。

この訓練は、今までダンジョンで培ってきた経験をステータスとして効率的に取り込むためのものであること。

純粋に、この訓練自体で手に入れられる経験値は、それほど大きくはないこと。

そのため、ある程度以上の経験がないと、今一つ効率が良くないこと、などをだ。

「つまりこれは、私の中に眠っていた力を引き出すプログラム？」

「まあ、言ってみればそのようなものだ」

「Oh, The Moment of Truth...」(注32)

そうか、今度から潜在能力を引き出すプログラムって言おう。その方が格好いいし。

「私の中のポテンシャルは、後どのくらいありますか？」

「え？　いや、正確なところは分からないけれど……キャリアから考えても二〇ラウンド分くらいはあると思うけど」

〈メイキング〉で見た彼女の余剰ポイントは、123・63だ。

だから3ずつ上げたとしても四〇ラウンドは平気なのだが、ここは余裕を持たせておくべきだろう。頑張ったらボーナスで4ポイントアップなんてのがあっても嬉しいだろうしな。

「本当ですか?!」

「え？　う、うん」

キャシーが凄い勢いで食いついてきた。そうして、目の色を変えたキャシーは、次のセットに向かって飛び出して行った。止める間なんかまったくなかった。

ええ、軍人って、みんなこうなの？

「おい、三好。これって、いつまで付き合う必要があると思う？」

「先輩がああ言っちゃった手前、鍵を渡して放って帰るわけにもいきませんしね」

ラウンドが終わるたびにステータスを確認しそうな勢いだもんなぁ……

「諦めて彼女が飽きるまで付き合ってあげてください」

「ええ？　ダンジョンセクションを最初から繰り返したりしたら、1ラウンドで2時間以上かかるぞ？　彼女って俺たちの自由のために雇ったんじゃなかったっけ？」

「私は明日の準備がありますから、帰りますよ？」

「げっ」

そう言えば、例の記者会見は明日なのだ。ＪＤＡに無断でセッティングしたことが、カンファレンスルームを押さえたときにばれて、ひと悶着(もんちゃく)あったと聞いたけど……

「まあまあ先輩、プロも雇いましたし、心配ありませんって。それに、ほら、帰ったら楽しい種の測定が待ってますから」

「ああ、それもあったか……俺のスローライフはいつになったら始まるんだろう？」

「私は、出勤しなくていいってだけで、毎日がスローな気がしてますけど」

「ん？……そう言われりゃそうかな？」

時間に縛られないで、起きていたいときはずっと起きていて、寝たいときはずっと……寝られないこともあるが、これもまあアーバンなスローライフと言えるのかもしれない。そういや、最近は農業もやってるしな！

「え？　じゃあ、これってスローライフなの？」

「病は気からって言うじゃないですか」

「病なのかよ！」

何かが違うと感じながら、俺はキャシーが戻って来るのを寂しく待つしかなかった。

（注32）The Moment of Truth
映画『ベスト・キッド』（1984年）。

よく使われる慣用句だが、ここでは、The Karate Kidのつもりで呟かれている。

かの映画のオリジナルのタイトル。

少年が空手の達人に修行してもらい、言いつけられた意味不明な雑用をこなして、
二ヶ月で強くなっちゃう話。

二〇一九年　一月六日（日）

SECTION: 市ケ谷　ＪＤＡ本部　カンファレンスルーム

「三好、その化粧、気合い入ってるな」

「読子・リードマンだそうですよ。これで誰にも私だとは分かりません！」

三好はそう言って、腰まである日本人形のような髪を揺らした。

「って、黒幕は、コスプレの人か？」

「喜々としてカツラと眼鏡を持ってきましたからね……服はさすがに拒否しました」

「さすがだ。しかしそれでもやりすぎじゃないか？」

「先輩、明日から表を歩けなくなったりしたら嫌でしょう？」

変装して出歩くくらいなら、最初から変装してＴＶに出れば、普段は普通でいられるという魂胆らしい。そんなに上手くいくかな？

ＪＤＡのカンファレンスルームは、結構な数のマスコミで賑わっていた。わざわざ人を減らそうと、周知期間を短くしたにもかかわらずだ。ネットの中継も入っているらしい。

「さすがはプロの人。案内状を効果的に配布したに違いありません」

三好が、この会見をセッティングした、氷室氏に向かってそう言った。

「あんたらのオークション関連の情報に、それくらいのインパクトがあるからだろ」

彼は部屋の袖から哀れんだ眼差しで会見場を見渡した。

「奴(やっこ)さんたち、そんな情報は欠片も得られないなんて、想像もしてないだろうな」

「じゃ、先輩。そろそろ行ってきます」

「おお、下手なことは喋(しゃべ)るなよ」

「想定問答集にないことを聞かれないよう、祈っておいてください」

「あーめん」

「なんてやる気ない祈りっ！」

「ごーめん」

会場では鳴瀬さんが、会見の開始を告げていた。

「それではこれより、合同会社ダンジョンパワーズの設立会見を始めます。私は、司会を担当させていただくＪＤＡの鳴瀬美晴です」

それを聞いて会場からは、小さなざわめきが漏れた。

「どうやら俺の仕事はここまでだな」

鳴瀬さんの挨拶を聞きながら、氷室氏は、三好に向かって話し掛けた。

「ありがとうございました。近々またお願いすることがあると思いますので」

そう言って三好は、小さく頭を下げると、袖から会見場へと入場した。

「近々？　おい！　冗談じゃないぞ！　こら！」

青ざめた顔で三好の背中にそう噛みついた彼は、まるで力尽きたかのようにパイプ椅子へと崩れ落ちた。

「うそだろ……」

　どうも彼は三好を恐れている節がある。まあ知り合った経緯が経緯だからな。しかし、ちょっと異常だ。三好のやつ、一体彼に何をしたんだろう……

「くそっ、あんた、あの嬢ちゃんの男か？」

「いいえ」

「関係者なのか？」

「パーティメンバーですよ」

「あんたも同類かよ」

　彼はがっくりと肩を落として、そう言った。

「まあ、そんなに悪いやつじゃないですから」

「そりゃ、悪魔のお仲間にとっちゃそうだろうが、こちとらただの人間なんでね」

　彼はふてくされたようにそう言うと、内ポケットから煙草を取り出し口にくわえた。だが、禁煙だったことを思い出したのか、立ち上がってそのまま部屋の外へと出て行った。

「質問は一挙手あたり一つでお願いします。最初に所属を仰ってからご質問ください。なお、会社の業務に関連しない質問に関しましては、質問の変更を求めず、次の質問者を指名しますのでご了承ください」

　そこで、三好が姿を現した。

　フラッシュが大量に焚かれ、まるで光で彼女を殴りつけているかのように見えた。

三好が一礼して席に着き、「三好梓です、よろしくお願いします」と挨拶した。

「それでは最初の方どうぞ」

「朝月新聞の春川です。まず最初に、どのようにしてオーブをオークションにかけられているのかご説明ください」

そう訊いた瞬間、鳴瀬さんは、無慈悲に次を指名した。

「では次の方」

「はっ？　待ってください！　質問の答えは?!」

「その質問は、会社の業務とは無関係です」

「え？」

「合同会社ダンジョンパワーズの業務に、オーブのオークションは含まれていません」

「今日はその説明会だったんじゃないんですか？」

「先にお配りした資料に目を通されてから質問することをお勧めします。では次の方」

その発言に、プレスの間からも苦笑が漏れた。

「中央ＴＶの牧村です。質問の前に確認させてください。本日はＤパワーズさんの会見と伺っていたのですが、それで間違いありませんか？」

「はい、合同会社Ｄパワーズです」

「それはパーティのＤパワーズさんとなにか関係があるのですか？」

「パーティのリーダーと代表社員が同一人物です。つまり、私ですが」

おおーっと声が上がり、Ｄパワーズの関係者がマスコミの前に姿を現した記念すべき一瞬に、再び大量のフラッシュが焚かれた。

「読読新聞の瓜田です。この会社は、ダンジョン攻略のための訓練や支援を主たる業務とするとのことですが、その内容は、まるでＮＰＯの活動のようにも思えます。ＮＰＯにせず、合同会社とされた理由は何でしょうか？」

「ＮＰＯは作るのが大変そうだったからですね」

「え？　それだけ？」

「はい」

「新日経済新聞の野中です。ではその支援や訓練の具体的な内容を教えていただけますか」

「支援は——そうですねぇ、例えばスキルオーブの貸与なんてどうでしょうか」

その瞬間、部屋の喧噪が一気に消えて、会場が静けさに支配された。

「スキルオーブの、貸与？」

「はい」

三好が訓練の具体的な内容を発言する前に、各社から一斉に手が挙がり、困った鳴瀬さんは三好に目をやったが、彼女はそのまま進行するように小さく頷いた。

「東京ＴＶの箕村です。貸与と仰られましても、一度使われたスキルオーブはその人間に定着してしまって、返却するような真似はできませんよね？」

「はい」

「では、どうやって返却してもらうんです？　まさかローンで支払いを？」

その質問を受けて、乾いた笑いがあちこちから上がる。

「スキルオーブは、現行法では動産とみなされていません。ですから使用していただいても贈与や譲渡とはみなされません」

オーブについては、様々な解釈が試みられたが、現在では、支配可能性が不完全であるため動産にあたらず、その無償使用は贈与や譲渡とはみなされないというところに落ち着いている。

「弊社は、ダンジョン探索を支援する目的で設立されていますから、例えば代々木の攻略に力を貸してくれる優れた探索者には、それをお渡しして、一定期間攻略に力を貸してもらったことに対する対価としてそのままお持ちいただければと思います」

あっさりとそう言った三好に、記者席からは息を呑む声が聞こえた。

非常に高価なスキルオーブを代々木攻略の対価に支払うと言ったのと同じことだからだ。

スキルオーブを貸与する――通常そんなバカな話はありえないが、何しろ相手は、今でも不可能だとしか思えないオークションの主催者だ。オーブを集めるにしても、何か特殊な伝手があるに違いないのだ。

「中央ＴＶの牧村です。しかし、オーブを提供すると言っても、その産出量は非常に限られているものだと認識しています。一体どうやってそれを集められているのですか？」

§

『ようし、なかなかいい質問だ』

　会見場の後ろの方で、赤い髪と黒い瞳(ひとみ)の美貌の女と並んで座っている、細身の体にぴったりとしたスーツを着こなした、ライトブラウンの髪と瞳の男が、通訳の言葉を聞いて拳を握った。

「どうやってと申しましても、探索者の皆さんに協力していただいて、としか」

　会見している女は、「私がダンジョンに入っても、すぐにやられちゃいますからね」と、記者たちの笑いを誘っている。

『ばか、ごまかされるんじゃない！』

　男は憤慨しながら、それ以上突っ込まない記者を罵った。それにもかかわらず、場は次の質問へと移っていった。

『ちっ、役立たずが』

　とても記者には見えない男の名前は、デヴィッド＝ジャン・ピエール＝ガルシア。元はケチな詐欺師まがいだったが、今ではコンセイユ・デタへの届け出も完璧な宗教団体の代表だ。

『あれが、噂のダンジョンパワーズの代表か』

　彼は、Ｄパワーズがオークションにかけるスキルオーブの供給元を探るために、色々と手を尽くしていた。

調査のプロに任せてみたり、ＤＡに探りを入れたり、果ては財界を利用して自衛隊にまで働き掛けてみたが、その出所は杳として知れなかった。そいつはまるで、この世界に存在していないかのようだったが、様々な情報を総合すると、必ず代々木にいるはずなのだ。

もはやＤパワーズとかいうふざけた名前のパーティに、直接リーチするくらいしか手がなかったため、連中の裏の屋敷を手に入れて、オークションの開催まで監視してみたが、それらしい人物はまだ誰も訪ねて来ていない。せいぜいが、サイモン＝ガーシュウィンくらいだったが、そんな横流しをＤＡＤが許すはずがない。

『やっと、巣穴から引っ張り出せたってところだが……』

ここへ来るまで、酷く面倒な手続きを踏まされた。それでもとにかく、マスコミの前に引っ張り出しさえすれば、情報も取れるかと思っていたが、どうやら集まった記者どもは無能しかいないらしい。出所にかすることすらできないでいるようだ。

女は登場した人物をちらりと見ると、男好きのする派手な肉体を絶妙の角度でひねって脚を組み替えながら、けだるそうに言った。

『女の子じゃない。私の出番はなさそうね』

赤い髪と黒い瞳の肉感的な女は、サラ＝イザベラ＝マグダレーナ。

煽情的な美貌で男を手玉に取る女だったが、偶然付き合っていた男に押し付けられた特殊な能力を身に付けたことでノイローゼ気味になり、一時的に掛かった精神科医が、デヴィッドの組織の聖女様に傾倒した挙句、彼女のことをデヴィッドに漏らしたのが知り合った切っ掛けだった。

カネになりそうなことには、人一倍鼻が利くデヴィッドは、その後彼女を一本釣りしたのだ。

『パーティメンバーに男がいるはずだ。きっとその辺に来ているはずだから、見つけたら――』

『いつも通りに、やればいいんでしょ？』

『そうだ。だが、あの女には気を付けろよ』

『彼女が〈鑑定〉持ちだなんて、本当なの？』

デヴィッドは、肩をすくめて答えた。

『ＪＤＡ内部からのリークだとその可能性が高い。まったく厄介なことだ』

もしも人間が鑑定できて、そのスキルまで見透かされたりするのだとしたら、彼女は近づくだけでも危険な人物だと言える。

『悪いことばっかりしてるから、〈鑑定〉を恐れるような羽目になるんじゃない？』

『あんたに言われたかないね』

イザベラの過去をそれなりに知っている、デヴィッドがそう切り捨てた。

『あら、酷い』

眉をひそめながらナチュラルに科を作る女のしぐさは、男なら、多かれ少なかれ欲望を刺激されるだろう。だが、この女と寝るということは、ベッドにオーダー・モフテーレ(注33)を迎え入れるようなものなのだ。身を滅ぼした男たちは、彼が知っているだけでも両手の指に余る。この女はただのハニトラ要員とは違うのだ。

「ナイトメア」イザベラ。その二つ名が伊達ではないことを、彼はよく知っていた。

§

「ＭＢＳの三隅（みすみ）です。貸与と言われましたが、具体的にはどういったオーブが対象になるのでしょうか」

世の中には、一般にハズレオーブと言われるものがある。そういうオーブばかり集めて、客寄せに使うという可能性だってあるのだ。

「そうですね。今なら〈マイニング〉なんて、いかがでしょう」

またもやざわめきが広がった。

「あの鉱物資源取得用の？」

「はい。二十層を越えてドロップを確認してくれるような探索者になら、それを貸与しても良いと考えています」

（注33）オーダー・モフテーレ

rôdeur mortel. 直訳すれば「うろつく死」。
サソリの中では最強に近い毒をもった種類で、刺されれば死に至ることもある。
日本だとオブトサソリだが、それよりも英語のデス・ストーカーの方が通りがいいかもしれない。厨二っぽくてかっこいいし。
フランスでは、他にも、イスラエルの砂漠のサソリだとか、パレスチナの黄色いサソリなんて呼び方もあるそうだ。張り合ってるなぁ……

三好は、「もっとも、それが都合良く見つかればですけどね」と、付け加えたが、彼女が伝説のオークショニアであることは周知の事実だったため、その言葉は非常にリアルに響いた。

「朝月新聞の春川です。これはもう御社によるダンジョン探索と言っていいような話だと思うのですが、御社で探索者を雇用して攻略を進めるということでしょうか？」

「弊社はあくまでも探索者の支援を行う会社ですから、探索者を弊社の社員として雇用するわけではありません。あくまでも探索者のご要望に応じて、適切な対価でその活動を支援していくつもりです」

「適切な対価？」

「もちろん金銭でも構いませんが、最も重要視するのは、強い攻略の意思と実力の提供です」

「意思？　それが対価に？」

「攻略を推進するのが目的ですから、それを提供していただくというのは、充分に対価に値すると考えています」

「新日経済新聞の野中です。そのスキル支援ですが、やはり御社の訓練活動――ここにはダンジョン・ブートキャンプとありますが――を受けた者を優先するということでしょうか？」

野中と名乗った男は、先に配られていた資料を掲げながら言った。

「そうですね。その能力を詳しく知ることができるという意味では、その傾向が強くなるかもしれません」

「日ノ本ＴＶの菊和（きくわ）です。ダンジョン・ブートキャンプとは、どのようなものなのですか？」

「一言で言うと、ダンジョン探索における、効率的なステータスの取得支援です」

それを聞いた科学系の記者から、一斉に声が上がった。

彼らは、ステータスが、あるだろうと言われながらも、その存在すら証明されていない概念だということをよく知っていたのだ。

「ニヨニヨ動画の美川(みかわ)です。今ステータスと仰られましたが、それはまだ存在すら証明されていないのでは?」

それを聞いた三好は、平然と言った。

「ステータスはありますよ」

それを断定する三好に、美川は、思わず食ってかかった。

「それはあなたの思い込みなどではなく――」

「一挙手、一質問でお願いします。次の方」

美川が訊こうとしたことは、科学系記者全員の疑問だった。

「東京ＴＶの簑村です。三好さんの仰るステータスは、存在が証明されたものなのですか?」

「世間の研究がどうなっているのかは知りませんが、それがあることは事実です。弊社の開発では、様々なイノベーションを予定していますが、その第一弾は――」

三好がここぞとばかりに溜めた。狙ってやがったな、あいつ。

「――ステータス計測デバイスです」

「ステータス……計測?!」

簑村は呆然とそう繰り返した。

「はい」

「ニヨニヨ動画の美川です。仮に計測デバイスがあったとして、そのデバイスが正しい数値を示しているかどうか、どうやって確かめればいいんでしょうか?」

「ステータスは、言ってみれば計数量です。何しろ暫定的に使用している単位がポイントですから。従って、正しい数値と言われましても困りますが、この数値の妥当性は、二人目が現れた時に明らかになるでしょう」

二人目？　二人目って何だ？　と記者席からざわめきが起こった。

「MBSの三隅です。二人目と申されましたが、何の二人目なんでしょう?」

三好が鳴瀬さんに目配せすると、彼女はマイクを手に、一歩前に踏み出した。

「それはJDAからご説明いたします」

記者たちの視線が鳴瀬さんに集まり、ざわめきが静かに消えていった。

「彼女――三好梓さんは、知られている限り、世界で唯一の〈鑑定〉スキル保持者です」

その瞬間、ネット中継に付属しているチャットでは、嵐のような勢いで「鑑定」の二文字がエクスクラメーションやクエスチョンを伴いながら流れ、まるで世界が上げる悲鳴のように見えた。

「〈鑑定〉?」

「〈鑑定〉って言ったか?」

「なんだそれ?」

記者席が一斉に騒がしくなり、キーボードを打つ音が一際大きく聞こえた。

「毎朝新聞の津田沼です。それはつまり、あなたが誰かを鑑定すると、そこにステータスが表示されている、という認識でよろしいでしょうか」

「その通りです」

さらに大きなどよめきが湧きあがる。

「新日経済新聞の野中です。〈鑑定〉というのは、対象を調べられるスキルだということでしょうか。例えば絵画や陶器の真贋や、産地擬装なども？」

もしもそんなことができるとしたら、鑑定の専門家は恐怖のどん底に陥れられることになるだろう。どんな権威が本物だと鑑定しても、彼女が偽物だと言えばそれは偽物なのだ。判定の基準は、専門家の感性や弁を尽くした説明などという曖昧なものではなく、スキルが最初から答えを教えてくれるのだから説得力が違う。

記者、特に文化部のそれは、息をするのも忘れて彼女の言葉を待っていた。しかし、その答えはまるではぐらかされるかのように、満足のいくものではなかった。

「スキルの詳細につきましては、会社の業務とは関係ありませんので、後ほどＪＤＡのスキルデータベースをご覧ください」

「日ノ本ＴＶの菊和です。では、ダンジョン・ブートキャンプとは、〈鑑定〉を利用して作り上げられた、任意のステータスを伸ばすことを目的とした訓練プログラム、ということですか？」

「本質的には、潜在能力を引き出すプログラムなのですが、そう捉えていただいても間違いではありません。演技などにも効果があるようですし」

「演技？」

　それを聞いてピンときた芸能畑の記者が手を挙げた。

「朝月ＴＶの桜田です。もしかして、先日話題になっていた斎藤涼子さんは――」

「弊社のプログラム受講者です。もっとも会社設立前ですので、仕事として引き受けたわけではありませんが」

　おお、と制作局に近い記者たちの声が上がった。このことについては、あらかじめ斎藤さんと口裏を合わせてある。師匠問題もこれで解決――するといいんだが……

「読読新聞の瓜田です。では、もしかしたらスポーツ選手等にも効果が？」

「あるかもしれませんが、このプログラムはあくまでも探索者の支援用です。そこは間違えないでください。斎藤さんは、確かに弊社が開発した理論を基にしたプログラムの受講者ではありますが、ブートキャンプを受講したわけではありません」

　弊社が開発した理論が、まさかスライムを叩き続けることだとは、誰も想像すらできないだろう。

　だが、嘘ではないよな、嘘では。

　斎藤さんの話は、思った以上に噂として広まっていたようだ。演技であれだけの効果が見込めるなら、もっと単純にタイムを競うスポーツでは、一体どれほどの効果が出るのだろうかと、勝手に想像して盛り上がっているようだった。

「うそだろう」

「スポーツ界に激震が走るぞ」

記者たちは思わず口々に感想をこぼしていた。

その後も延々と、派生する事象に関する細々とした質問が続き、予定していた時間を遥かにオーバーして会見は終了した。

そうしてその日、ネットの中では、後にワイズマンと呼ばれることになる、世界一有名な探索者が誕生した。

■TOPに戻る■ 全部 1- 最新50

掲示板〈そして〉Dパワーズ 179〈法人へ…〉

1:名もない探索者 ID:P12xx-xxxx-xxxx-4198
突然現れたダンジョンパワーズとかいうふざけた名前のパーティが、オーブのオークションを始めたもよう。
詐欺師か、はたまた世界の救世主か？
次スレ930あたりで。
…………

24:名もない探索者
そろそろDパワーズの記者会見だが、一体なんの会見なんだ？

25:名もない探索者
スレタイ見ろ >24
合同会社Dパワーズの設立記者会見らしい。

26:名もない探索者
そんなのわざわざやるような事か？

27:名もない探索者
会場がJDAのカンファレンスルームだからなぁ……何か、JDA関連であったんじゃないの？

28:名もない探索者
確かに、一企業の設立会見にJDA内のカンファレンスルームが使われるってのは珍しいよな。

29:名もない探索者
お、ネット中継、繋がったぞ。

30:名もない探索者
繋がった！

31:名もない探索者
繋がった！

32:名もない探索者
凄い勢いで接続数が上がっていってるが……誰が見てるんだ、これ？

33:名もない探索者
日曜だからなぁ。暇な探索者？

34:名もない探索者
潜れよ！

35:名もない探索者
お？　司会が鳴瀬さんだぞ！

36:名もない探索者
おふつくしい。

37:名もない探索者
おお？　あれがDパワーズの関係者？

38:名もない探索者
あー、なんだかちっちゃくて可愛いな。

39:名もない探索者
え、あの子……えっと三好さんだっけ？　が、パーティのDパワーズ代表なの？

40:名もない探索者
合同会社Dパワーズの、たぶん代表社員。パーティの方の代表かどうかは謎。

41:名もない探索者
ランキングってどのくらいなのかね？

42:名もない探索者
それも謎、だがパーティの方の代表だとしたら、低いとは思えないな。

43:名もない探索者
まさか、ザ・ファントム？

44:名もない探索者
まて、早まるな。

だが、何かの関係はありそうな気がするな。あのオークションサイトを見る限り。

45:名もない探索者
悲報。朝月新聞の春川、いきなりやらかす。

46:名もない探索者
鳴瀬さんに一蹴されてて草。

47:名もない探索者
中央TVの牧村、冷静に確認中。

48:名もない探索者
まあ、気持ちは分かるよな、Dパワーズの会見だって言えば、誰だってオークションの事が聞きたいだろ。

49:名もない探索者
そろそろオークションがあってもおかしくないしな。

50:名もない探索者
マジで？

51:名もない探索者
いや、定期的に開けるようなオークションじゃないだろw
しかし、それが同じ名前の会社の設立会見。開始直後のざわつきは、それが原因か？

52:名もない探索者
いや、普通は確認してから来るだろ>51

53:名もない探索者
おお、三好タン、Dパワーズのリーダーさんなのか！

54:名もない探索者
三好梓＝ファントム論、再燃。

55:名もない探索者
NPOは作るのが面倒だから論ワロタ。

56:名もない探索者

質問した奴は、NPO風の目標を掲げながら、実は営利目的でがっぽりじゃねーのと言いたかったんだろうなぁ……

57:名もない探索者

それが「面倒だから」ww

58:名もない探索者

実際、NPO法人の設立は面倒くさいぞ。
審査が最高3ヶ月はかかるし。その点会社なら下手すりゃ10日で設立できるし、税金を気にしないなら自由度が高い。
第一、NPOはひとりじゃ作れない。役員だけでも最低4人いる。

59:名もない探索者

おい……スキルオーブの貸与ってなんぞ？？？

60:名もない探索者

いや、きっと俺たちの耳がどうかしたんだよ。

61:名もない探索者

会場が、シン……となってて草。

62:名もない探索者

いや、なるだろ、普通。

63:名もない探索者

対価はローン、キターーーーー！

64:名もない探索者

誰が20億とかのローンを組めるんだよw　生涯年収何人分だww

65:名もない探索者

一定期間って？

66:名もない探索者

サイトに書いてあったが、1～2年らしいぞ。

67:名もない探索者
もうサイトがあるのかよ！

68:名もない探索者
ぐぅ有能 >66
あそこで質問してる連中知らないのかな？

69:名もない探索者
ほら、まさか会社の設立会見だとは思ってなかったから……

70:名もない探索者
しかし、数年の協力で、20億のスキルって……

71:名もない探索者
事実上年収10億えーん！

72:名もない探索者
マイニング配る話キターーーーー！

73:名もない探索者
もしかして、もう取得してるのか？

74:名もない探索者
例えば、って話だろ。第一、今取得していたとしても、配りようがないだろうが。

75:名もない探索者
だけどオークションとかやってるからなぁ……オーブ保存技術（ぽそっ

76:名もない探索者
そんながあったら、技術を売った方が儲かるんじゃないの？ >75

77:名もない探索者
おいおい、最も重要視するのは、強い攻略の意思と実力の提供だってよ。

78:名もない探索者
そんな抽象的な……

79:名もない探索者
いや、むしろハードルが低いと考えた方が良くないか？
意思なんか、誰にでも示せるだろ。

80:名もない探索者
「実力」の提供はどうするんだよw

81:名もない探索者
ん？

82:名もない探索者
んん？？

83:名もない探索者
す、ステータス来たああああああ！！！

84:名もない探索者
なんですと?!

85:名もない探索者
ｷﾘｯ(-Ò。Ó-)「ステータスはありますよ」

86:名もない探索者
いや、まて。計測デバイス？　なんぞ、それ？？

87:名もない探索者
す、スカウターキターーーーーー！！

88:名もない探索者
絶対スカウターって名前だよなw

89:名もない探索者
ゴミめって言われるのはイヤだ。

90:名もない探索者
いや待て、確かに記者の言う通り、その数値が妥当かどうかは……は？

91:名もない探索者

は？

92:名もない探索者

は？

93:名もない探索者

かんてー？　って、首相が住んでるところ？

94:名もない探索者

鑑定!?

95:名もない探索者

鑑定って、あの幻の？

96:名もない探索者

実在するする詐欺じゃなくて？

97:名もない探索者

ＪＤＡが認めてるぞ……>96

98:名もない探索者

ええ?!　これって、

99:名もない探索者

リアルタイム視聴しているっぽい海外の連中が大騒ぎしている。
the wiseman とか言われてるぞ。

100:名もない探索者

賢者様キター！

101:名もない探索者

それ、ばかな人って意味があるからなぁ……

102:名もない探索者

いや、さすがにここはガチだろ。>101

103:名もない探索者
斎藤涼子って誰？

104:名もない探索者
なんかこないだ突然有名監督の映画のヒロインに抜擢された新人女優。
オーディションだったらしいんだが、売り出す準備が全然できてないから大々的に売り出すための出来レースでもなさそうだし、そもそも事前にこんなやつがいたことを誰も知らなかった。

105:名もない探索者
ヒドっｗ＞104
だけど、なんでそれが話題になってんのさ？

106:名もない探索者
それは分からん。オーディションで何かあったのかもな。

107:名もない探索者
番宣のインタビューで、師匠がどうとか言ってた件じゃないか？

108:名もない探索者
師匠？

109:名もない探索者
最近の演技力の向上について訊かれた時、「ダンジョンで師匠に教えを受けていた」って答えたんだよ。
みんな爆笑。

110:名もない探索者
それにしたってなぁ……

111:名もない探索者
まあ、でも、ブートキャンプを受ければ、映画のヒロインになれるんなら、受講しようって女優の卵はいっぱいいるんじゃないの？

112:名もない探索者
スポーツもありそうだとか言ってるぞ。

§　§　§

812:名もない探索者
しかし盛りだくさんだったな。

813:名もない探索者
えーっとブートキャンプに、探索者支援、それからステータス計測デバイスに、鑑定だっけ？

814:名もない探索者
海外のサイトじゃ、すっかりワイズマンが定着してるみたいだぞ。

815:名もない探索者
まあ、世界唯一の鑑定持ちじゃなぁ。もっとも、異界言語理解みたいに重要な情報に直結しないから、あんな騒ぎにはならないだろうけど。

816:名もない探索者
鑑定の機能によっちゃ、誘拐されてもおかしくないだろ？

817:名もない探索者
未知のオーブやアイテムや、モンスターの内容が分かるくらいならともかく、美術品の真贋判定まででできたりしたら、世界中の美術館から出禁を喰らいそうだw

818:名もない探索者
料亭の海原雄山よろしく、美術品を指差して、「館長を呼べ！」ってやるわけか。

819:名もない探索者
ぶはははは >818

820:名もない探索者
食品擬装も恐々とするだろ。

821:名もない探索者
料亭の海原雄山よろしく、スーパーで棚を指差して、「店長を呼べ！」って以下（Ry

822:名もない探索者
それで、お前ら、Dパワーズのブートキャンプに申し込むのか？

823:名もない探索者
スキルオーブやポーションの支援は魅力的だけどな。

824:名もない探索者
直接攻略に関われるようなレベルじゃないしなぁ……

825:名もない探索者
スキルオーブなんか貰ったら、死ぬまで奴隷扱いじゃないの？

826:名もない探索者
殺気も出てたが、１～２年らしいぞ。

827:名もない探索者
マジで?
殺す気かw >826

828:名もない探索者
つまり20億の水魔法なら、年収10億と同じってことか?

829:名もない探索者
すまソ >827

830:名もない探索者
ダメ元で応募してみよ。

831:名もない探索者
俺も！

832:名もない探索者
スカウター欲しいなぁ……

833:名もない探索者
面白そうだけどさ……けど、お高いんでしょ?

834:名もない探索者
まあ、安くはないだろうけど……それでも各国のDAや企業は購入するだろ。

835:名もない探索者
目安ができるわけだしなぁ。いずれ、各層のステータスによる入場制限とかができるかもな。

836:名もない探索者
　各層は無理じゃない?　各層毎に受付なんか置けっこないよ。

837:名もない探索者
　８層には屋台があるけどな。

838:名もない探索者
　ああ、豚串1000円の。

839:名もない探索者
　うむ。ちょっとボリすぎな気もするが。

840:名もない探索者
　観光地価格でしょ。

841:名もない探索者
　誰が８層に観光に来るんだよw

SECTION：

四ツ谷　外濠（そとぼり）公園

「あ、芳村さん。ちょっといいですか？」

日曜日だというのに、会見のために出勤していた鳴瀬さんにＪＤＡのロビーでそう切り出された俺は、彼女に導かれるまま、ＪＤＡを出て川沿いの道を歩いていた。

その日は全国的に高気圧に覆われた、とても良い天気の一日だったが、それでも気温は一〇度を下回り、ＪＤＡの建物を出ると吐く息が白かった。

市谷八幡町の横断歩道を渡った俺たちは、いつものように市ヶ谷駅方面に進まず、右へ折れて四谷方面に足を進めた。

「そうそう、例の宝石ですけど、ベニトアイトだそうです」

「ベニトアイト？」

「そうです。アクアマリンではないかということでしたが、屈折率がまるで違うそうです」

鳴瀬さんは、調査結果の表示されたタブレットを見ながらそう言った。

「屈折率や分散度、それに比重、紫外線下での蛍光から、おそらく、ブリオレットカットの、ベニトアイトだろうとのことでした」

「なんで『おそらく』なんです？」

「宝石品質のベニトアイトは、カリフォルニアから産出していたのだそうですが、大きな石が珍しく、一カラットで充分大きいと言えるんだそうです。で、芳村さんのペンダントトップですけど、大体十カラットあるそうです」

「はぁ」

　十カラットと言われてもぴんと来なかった。それはグラムに換算すれば、たったの二グラムにすぎないのだ。

　気のなさそうな俺の返事に、鳴瀬さんが説明を追加した。

「いいですか、芳村さん。ベニトアイトでファセットカットされた世界最大のものはスミソニアンにあるんですが、それが、七・七カラットなんですよ」

　要するに、世界最大のあり得ないと言ってもいいサイズの石で、しかも透明度が高いためその価値は非常に高い。それを簡易鑑定で断定するのはさすがに憚られたらしく、『おそらく』という表現になったそうだ。

「先方から、詳細な鑑定をさせてほしいとの要望がありましたが……」

「いや、面倒だからいいですよ。石がはっきりすれば、正しい手入れの方法が分かるかなと思っただけですし」

　柔らかい石とか、日光に当てると色あせする石とか、色々とあるみたいだからな。

　面倒って……と、彼女は呟いていた。

「その話をしに、わざわざ外へ？」

「いいえ……」

正面に遠く、コモレ四谷の四谷タワーが伸び始めている。四ッ谷駅前再開発の目玉のビルで、来年度中には完成して二〇二〇年に開業するらしい。

しばらくの間黙って歩いていた鳴瀬さんだったが、充分にＪＤＡのビルから離れた頃、本題を切り出してきた。

「実は、例のクリンゴン語なんですが……」

「どうしました？」

「それが……」

そう言って、鳴瀬さんはその訳文をタブレットに表示した。

俺たちは、外濠公園の総合グラウンド脇の小径(こみち)に入ると、グラウンドの柵に寄り掛かりながら、それを読んだ。

「自動翻訳した内容があまりにあまりだったので、念のためにＫＬＩに紹介してもらった方に翻訳を依頼したんです。もちろん固有名詞は適当に修正しましたけど」

そこに書かれていた『地球の同胞諸君に告ぐ』で始まっている文章には、今までの碑文とは、まるで別のインパクトがあった。

「ヒブンリークスは翻訳を発表するだけで、その内容には関知しないという建前なのは分かっていますけど、それって、発表していいものでしょうか？」

そこには、ダンジョンの出現と三年前ネバダで行われていた実験の因果関係を仄(ほの)めかすような内容が書かれていた。そうして、これ以上のことが知りたければ——

「マナーハウスの書斎に来い？」

マナーハウスって、どこの？　まさか……

「さまよえる館は、どうも彼の母方のマナーハウスっぽいんです」

鳴瀬さんがアルバムを立ち上げながらそう言った。

「サンタクルーズの近郊で、モントレー湾を望む場所に立っていた一八世紀風の古い建物だったらしいんですが、八九年の地震で被害を受けて、現在では売却され失われているようです。彼の若い頃の写真に一部が写っていました」

差し出されたアルバムには、画質の良くない写真が何枚か、サムネールで表示されていた。

そのうちの一枚を開くと、どうやらタイラー博士が学生だった頃の写真のようで、友人と思われる人物と一緒に、彼が笑顔でフレームに納まっていた。

「この写真は？」

「一緒に写っている友人の方が、三年前事故が起こったことを悲しんでSNSにアップしていたものです」

その背景に写っている屋敷のエントランスには、確かに見覚えがあった。

「似てますよね？」

控えめに鳴瀬さんが聞いてくる。

「少なくとも写真に写っている部分は、とても」と、俺も控えめに答えた。

何の裏付けもなくこれを掲載してしまえば、アメリカの強い反発を買う可能性がある。

それが異界言語で書かれていたなら抗弁もできるだろうが、肝心な部分はクリンゴン語で書かれているのだ。後から誰かが書き足したのだろうと主張されれば、反論が難しかった。

もしかして、だからこんな言語で記したのか？

道の先からお爺さんが歩いてくるのが見える。

俺は、鳴瀬さんにタブレットを返すと、おそらくそれについて一番よく知っているだろうと思われる男に電話を入れた。

SECTION :
西新宿　パークタワー　四十一階

西新宿パークタワーの四十一階では、サイモンチームの四人とキャシーが、優雅にアフタヌーンティーを楽しんでいた。

Dパワーズの会見を見て、予想以上の内容にミーティングが白熱していたところへ、記者会見のせいでプレ・ブートキャンプを受講できなかったキャシーが、それまでの報告を兼ねて合流したため、休憩を兼ねてここへと上がってきたのだ。

ジョシュアはいかにも慣れた手つきで、カップを口元に運んでいる。

着慣れない襟や袖付きのシャツを着せられたメイソンは、窮屈そうにしながら、ティーフードをひたすら口に放り込んでいた。フィンガーフードやプティスイーツは凄い勢いで皿の上から消えていたが、すぐにトレイサービスがやってきて、それを補充していた。

ここのアフタヌーンティーセットは、ティーはおろか、トレイサービスのティーフードも好きなだけ食べていいのだ。さすがはパークハイアット。(注34)四十五ドルもするだけのことはある。

『それで、ヨシムラはどうだった?』

シングルエステートのオータムナルを置いて、サイモンが訊いた。

オータムナルは、通常秋に収穫されるダージリンだ。マスカットフレーバーはあまり感じられないが、その深い甘味と穏やかな渋みにファンも多い。

だがサイモンは、内心大人しくコーヒーにしておけば良かったと思っていた。彼はコーヒー党なのだ。

『ヨシムラ？　アズサではなくて？』

ナタリーがそれを聞いて、不思議そうに言った。

『ヨシムラだ』

キャシーは一瞬逡巡したが、背筋をぴんと伸ばすと、すぐに上官の質問に答えた。

『非常にジャンケンの強い男でした』

『は？』

『ジャンケンというのは、いわゆる、ロック－ペーパー－シザーズで――』

『あ、いや、それは知っている』

（注34）四十五ドル
パークハイアットにあるピークラウンジのシグネチャ・アフタヌーンティーは、二〇一九年六月に料金が改定されて、四千円から五千円になったが、ここではまだ四千円だ。当時は一ドル百九円くらい。なお、消費税八％は、サービス料十五％が掛かった上に掛かるので注意。

ところで、メニューには、トレイサービスのプティスイーツとフィンガーフードは好きなだけ食べていいよという説明があるのだが、それは日本語でだけ書かれていて英語の記述からは省略されている。英語圏ではそれが常識なのか、はたまた英語圏の人に遠慮がなさ過ぎるのが原因か、それは永遠の謎だ（聞けないから）。

『失礼しました！』

『面接の時、彼に勝負を挑んだんじゃなかったのか？　そのときの彼の実力を聞きたいんだが』

『それが……』

キャシーは、ダンジョンでの模擬戦を挑んだら、面倒くさいという理由でジャンケン勝負を持ち掛けられたことを説明した。

運だけの勝負では実力は測れないと言うと、ジャンケンが運だけだと思っているのかと、煽られたこと。嘘だと思うなら、試しにやってみようと言われて応じたこと。

そして、驚くべきことに――

『勝てなかった？　一度もか？　たまたまとかじゃなくてか？』

『確実に百回は挑みましたが、一度も勝てませんでした』

『一度も？　アイコもなしか？』

『アイコ？』

『お互いが同じものを出すことだ』

『……そういえば、ありませんでした。不思議ですね』

一度もアイコがない以上、初回でケリがつく確率は三分の一だ。それが百回連続で起こる？　もしも偶然だとしたら、その確率は――

『a five-hundred-quattuordecillionth くらいね』

ざっと概算して、ナタリーが言った。

『クワトゥーオデッセリオンスなんて単語、聞いたこともないぞ』

『10の45乗って意味よ。だから分母は、５Ｅ＋47くらい』

『桁が多すぎて、想像もできん』

『大体地球上にある水分子の総数のオーダーね』

『余計に意味不明だ』

とにかくあり得ない確率だってことはよく分かった。

『何か、トリックがありそうだったか？』

『私もそう考えて、相手の思考が読めるスキルでも持っているのかと尋ねてみました』

『それで？』

『それなら、別のことを考えたり、違う手を考えてれば勝てるんじゃないかと言われました』

『やってみたのか？』

『もちろんです』

しかし全敗だったそうだ。

こんなあり得ない確率を叩き出すことは通常なら不可能だ。そこには何らかのトリック――おそらくはスキル――があると思うが、それが何かは想像もできなかった。

『そうして、ジャンケンなら怪我もしそうにないし、いつでも挑んできていいと言われました。負けたら他の挑戦も受けるそうです』

絶対負けない自信があるんだろうが、それはそれで好都合だ。

『キャシーはしばらく、ヨシムラの能力の秘密も探ってくれ』

『分かりました』

言われなくても、負けず嫌いのキャシーは、芳村に挑む気で満々だった。

『それで、訓練プログラムは説明されたか？』

『体験しました。ですが、しばらくプログラムについてのご報告はできません』

『守秘義務契約か？』

『いえ、そうではありません。「お前の上司連中は最初の客なんだから、報告するんならそれが終わってからにしろ」と言われました』

『何かあるのか？』

『感動が薄れるだろ、と』

訓練に感動？　相変わらず面白いやつらだ。一体なにをやらされるのやら。

『守秘義務契約はしたか？』

『いえ。それが……』

『なんだ？』

『別に隠すことはないし、業務中に知り得たことは全部元の上司に話していいから、真面目に仕事をしろと言われました』

それを聞いてサイモンは思わず吹き出した。

『すでに何もかも織り込み済みかよ！』

声を押し殺してげらげら笑うという、器用な技を見せていたサイモンを華麗にスルーしながら、サービス・スタッフが、焼きたてのスコーンを運んできた。

それに添えられたジャムとクロテッドクリームを無造作にのせようとしたメイソンに、ジョシュアがどちらを先に塗るべきなのかを力説していた。

『他には何かあるか？』

『……あの、報酬の件ですが』

『ああ、建前上は非常勤扱いってことにしてあるが、俸給は以前のまま支払われる。キャシーの場合はE－6だったのが、出向で二階級上がっているからE－8だったな』

『あ、いえそうではなく……本当にDパワーズから給与を貰っていいんですか？』

『そりゃ、ボランティアじゃないんだから、貰わないわけにはいかないだろう』

『しかし……』

『なんだ？　何かあったのか？』

『……年二十五万ドルだと言われました』

ひゅうと思わず口笛を吹いたサイモンに、一瞬まわりから視線が集まった。

『太っ腹ね。それって、O－10よりも多いわよ』

ナタリーが感心したように言った。

O－10は、軍の大将に与えられる給与等級で、その上限は、大体月二万ドル弱だ。

『仕事は、訓練教官だよな？』

『はい』

『守秘に対するボーナスが付いてるとか？』

退職金なんかにはよくある仕組みだ。

『それに関しては、先ほど申し上げた通りです』

教官にそれほど支払うなんて、あいつら一体何を考えてるんだ？　受講費用が高額なのか？

『ま、ジェネラルよりも高給取りのスタッフサージェントがいてもいいだろ。ここはＵＳＭＣ(注35)じゃないんだ』

スタッフに紅茶のおかわりを頼みながら、ジョシュアが気楽に言った。

『くれると言うなら貰っておけ。ＤＡＤのフロントチームはアイテムやオーブのボーナスで、もっとたっぷり稼いでいるからな、気にしなくてもいい』

『分かりました』

実際、フロントチームが賭けているのは命だ。それくらいの役得は用意されているし、でなければオーブのオークションに参加することなど、できるはずがない。

サイモンは、目の前のマドレーヌをつつきながら、キャシーに聞いた。

『最後に、ヨシムラってやつの印象を聞かせてもらえるか』

その問いにキャシーは即答した。

『非常に不思議な男です』

『不思議？』

ただのGランクの探索者なのに、妙に物怖じしないところがあったり、かといって偉そうにするわけでもなく妙にへりくだっていたり。何か態度がちぐはぐで違和感があったそうだ。

『それは、日本人の特徴だな』

『そういうものですか？　あ、それに、ボス――アズサが忠誠を誓っているのも不思議でした』

『忠誠？』

『はい、彼女がヨシムラに、〝Semper Fi!〟(注36)と呼び掛けていました。まさか海兵隊のモットーをここで聞くとは思いませんでした』

『キャシー。それって、「せんぱーい」じゃなくて？』

それを聞いたナタリーが、面白そうに尋ねた。彼女は十二歳まで横須賀で育っているので、日本語にも堪能なのだ。

『ああ、確かにそのような感じでした』

『それは、「先輩」ね』

（注35）USMC
『United States Marine Corps』アメリカ海兵隊のこと。

キャサリンは、USMCからDADに出向している。

（注36）Semper Fi!
アメリカ海兵隊のラテン語のモットーを発音するとこうなる。センパファーイ！
意味は「常に忠誠を」

先輩はとても説明しにくい言葉だ。

英語圏では年齢の差が日本ほど重視されないこともあって、これにぴったりはまる言葉がなかった。senior では年齢のことしか伝わらないし、mentor だと少し遠い。実に厄介な単語で、多少日本語ができる程度のキャシーでは誤解しても仕方がない。

『SEMPAI?』

『SENPAIね。なんていうか……比較的身近で、自分より長くそのキャリアを積んでいる人に対する呼称よ』

『はぁ』

『ヨシムラは、前職でアズサのチューターだったのさ』

『なあに、妙に詳しく調べてるのね?』

ナタリーが不思議そうに聞いた。

『あいつら、現代のエニグマ(注37)だからな』

『確かにアズサにはそういうところがあると思うけど……』

オーブのオークションを始めたのも彼女だし、〈鑑定〉の所有者も彼女だ。それを利用して、ステータス計測デバイスまで制作しているらしい。発表されたのはついさっきだというのに、国の研究者からはすぐに一つ買って送れと連絡が来ていた。

『いいや。本当にヤバいのはヨシムラさ。賭けてもいいいぜ』

サイモンは、サービス・スタッフに今度はコーヒーをオーダーすると、身を乗り出した。

『いいか。アズサが最初にダンジョンに潜ったのは、ダンジョンができた最初の年の終わりで、彼女はユニ(注38)の学生だった。そこでDカードを取得した後、記録じゃヨシムラがライセンスを取得するまで一度も潜っちゃいないんだ』

どうやって調べたのか分からないような内容に、ナタリーは顔をしかめた。

『そしてヨシムラが初めてダンジョンに潜ったのは、たった三ヶ月前だ。それは前の会社を辞めた時期と一致している』

『突然会社を辞めて、ダンジョンに潜り始めたわけ?』

ナタリーが目を見開いて言った。日本人にしては珍しい行動だったからだ。

『そうだ。何年も勤めていた会社を辞めてからやることがダンジョンに潜る? ずっと趣味で潜っていたってのならともかく、ライセンスも持っていなかったのに?』

『すこし異常ね』

『ハイスクールの生徒ならともかく、滅茶苦茶異常だろ』

サイモンは肩をすくめてそう言った。ジョシュアは興味深そうに話に耳を傾け始めたが、メイソ

(注37) エニグマ
ここでは、得体のしれない謎、くらいの意味。

(注38) ユニ
university の略。大学。

ンは、われ関せずと小さなチーズケーキを口に放り込んでいた。

『そして、ヨシムラが会社を辞めるのと前後して、アズサはJDAで商業ライセンスの講習を受けている』

『それが?』

『二年前に潜って以来、一度もダンジョンに興味を示さなかった女が、ダンジョンに入りもせずに、いきなり商業ライセンスを取りにいくか?』

『会社のコネで、独立して商売を始めようと考えたのかもよ?』

『その可能性は考えた。だがあいつらのいた会社は、ダンジョン素材に関してはまるっきり後発で、有力なコネと言えるようなものはなさそうだったし、実際ヤツラはそんなコネを使っていない。関係している会社らしい会社は、デバイスの開発をしている医療機器のベンチャーだけだ』

『随分念入りに調べたのね』

ナタリーは呆れたように言った。

『ともかくアズサは、ヨシムラが会社を辞めるのに合わせて、商業ライセンスの取得講習を申し込んでいるんだ。どう考えても主体はヨシムラだろ?』

『結婚の約束をして、一緒に事業を立ち上げようとしたのかもよ?』

『見通しゼロで、そんなバカをやるカップルがいないとは言わないが——』

注文したコーヒーはまだ来ていない。サイモンは水で喉を潤して、一息ついた。

『——あいつらがそんなタマか?』

　そもそも代々木の四層まではアイテムがドロップしない。初心者同士でそんなことをやれば、あっという間に破産するだろう。無理筋にも程があった。

『で、肝心のヨシムラはと言えば、最初の一ヶ月は一層にしか潜っていなかったらしい。代々木の探索者連中に聞いたら、自殺野郎って一時期有名だったらしいぜ』

『自殺野郎？』

『何の防具も身につけず、ダンジョンに出たり入ったりを頻繁に繰り返して、入り口付近でウロウロしてたんだとさ』

『ああ、自殺を決意したけど思い切れず、みたいな感じだったわけね』

『そうだ。そのときＪＤＡの鳴瀬と出会っている』

　丁度そのとき、注文していたコーヒーが届いた。

　サイモンはそれを一口飲んで、やはりティーよりこちらだがアズサのところの豆の方が美味いな、あいつらどんな豆を使ってるんだ、などと思いつつ、右手の人差し指を立てた。

『いいか。ヨシムラは突然会社を辞めたかと思うとダンジョンに潜り始め、意味不明な行動を一ヶ月ほど繰り返す」

　次に中指を立てて、二つ目を強調した。

『そしてアズサは、いきなり商業ライセンスを取得したかと思うと、ほとんどダンジョンに潜らないまま会社を辞める』

　最後に薬指を立てて、三つ目を示した。

『そうしてアズサが会社を辞めた後、十日も経たないうちに、突然例のオークションが開催されるわけだ』

『ふーむ』

ジョシュアが何かを考えるように呻いた。

『結局その間、ヨシムラは一層で奇妙な行動を繰り返していただけだったし、アズサに至っては、初めてヨシムラがダンジョンに潜ったとき一緒に潜ったっきり、パーティが組まれるまでほとんど入ダンすらしていない』

『しかも、去年、二人で二層以降に下りたと思われる回数は、わずかに四回だ』

『あなたその情報どっから……』

『ＪＤＡのセキュリティは、ちょっと甘いらしいぜ？』

『あのね……』

『だけどよー、その話を聞いているだけじゃ、あいつらがどこからオーブを都合したのか全然分からない……というより不可能だとしか思えないぞ』

それまでひたすら食べていたメイソンが、オレンジジュースを片手に言った。

『そう、俺もそう思う。しかも今日、アズサは〈鑑定〉持ちだってことが明らかにされた。ほとんどの連中は、それで何ができるのかに興味を集中させているが、それより問題なのは、どうやって手に入れたのかってことなんだよ』

『モンスターを倒したんだろ？』

サイモンはＪＤＡのスキルデータベースを確認していた。それによるとドロップしたモンスターは十層のアイボールとされていた。だが、代々木の十層にいるのはモノアイで、アイボールではない。アイボールが確認されているのは、さまよえる館と呼ばれる特殊な場所なのだ。

『それはそうだが――考えてもみろよ、お前ら一日に三百七十三体ものモンスターを倒す自信があるか？』

『まあ二十四時間使っていいなら……いや、きついな』

『だろ？　オーブの出現は偶然だとしても、一体どうやって三百七十三体も倒したんだ？　発表はゾンビだって話だが、たとえそれがゴブリンだとしても、なかなか難しい事に変わりはない。つまり、あいつらに、それを可能にする何かがあるのは確実だってことだ』

キャシーを除いた三人は一斉に頷いた。

『そしてここに、それを説明できるかもしれない仮説があるのさ』

『彼女たちが探索者の巨大な組織を作り上げてるとか？』

『それで情報が漏れないなら、ＣＩＡはやつらに教えを請いに行かなきゃな。人間は群れるほど管理が難しくなる。だから情報がないってことは、関わっている人間がごく少数だってことだ』

何かを考えていたジョシュアが、腕をほどいて口を開いた。

『仮説……だよな？』

『もちろん』

午後の透明な光が、ハワイ産の竹の葉を通過してジョシュアの顔に落としていた影が、空調の風を受けて微かに揺らいだ。

『ヨシムラが、突然現れた世界ナンバーワンの探索者。それもおそらくぶっちぎりの』

サイモンは我が意を得たりと、手で銃の形を作って、それを祝砲よろしくジョシュアに向けて撃ち出した。

『その通り！』

だが、ナタリーはそれでも懐疑的だった。

『だけど、今のヨシムラに関する説明の、どこに一位になれる要素があるっていうの？』

『誰でもそう考えるだろう。だからいつまでもザ・ファントムのままでいられるのさ。方法は分からん。だがそう仮定すると、あらゆる事がスムーズに説明できる。ただそれだけだ』

彼女は、両手でエアクオーツ(注39)を作りながら、『面白い推測ね』と言った。

『当然根拠はあるんでしょうね？』

『例えば、ヨシムラが会社を辞めたのはファントムが登場した直後だ。一位になったから辞めてダンジョンに潜り始めた可能性は高い』

サイモンは、手元のコーヒーで喉を湿らせてから続けた。

『そうした状況証拠なら、他にも山ほどあるが、俺が確信したのは代々木の探索者連中に聞いた答えかな』

『なんて？』

『エリア12のランク一位は、本当に突然、彗星（すいせい）のように現れただろう？』

『ええ』

『どんなヤツだろうと、それまで一緒に冒険をしていた仲間がいれば気付かれるだろうし、気付かれないまでもおかしく思われるはずだ』

『まあ、そうね』

圏外から一位。戦闘一つを取ったとしても、あらゆることが変化するだろう。

『ってことは、そいつはソロか新人だ。しかも素材の供給市場に変動がなかった』

既存の探索者が、いきなりランクを上げた場合、彼らの売る素材に変動が起こる。

少しずつ上がっていくならともかく、突然ランクが激変したら、必ず目立つ変動になることは想像に難くない。仮に売るのをやめたとしても、それは提供素材の減少という形で現れる。

『だから対象は新人だ。しかも手に入れたであろう素材を売っていない。一体こいつはどうやって稼いでいる？』

『それがオーブか？』

（注39）エアクオーツ
air quotes.
両手の人差し指と中指でかぎ爪みたいな形を作って、それをピクピク動かす行為。
手で表現したダブルコーテーションで、喋っている台詞を囲むジェスチャー。
発言が、引用や強調や皮肉っぽいニュアンスであることを表している。

『かもな。とにかく何をやったにしろ目立たないはずがない。なのに探索者連中はおろか、ＪＤＡ関係者に尋ねても、誰も一位の予想を立てられなかった。まるでそいつが見えていないかのように、誰にも心当たりすらなかったんだ』

『だから、ザ・ファントムなんて呼ばれてるんでしょ？』

『そうだ。だが透明な人間なんているはずがない。つまり見えてはいたが、誰もそうだと認識しなかっただけなのさ』

『どういうこと？』

『ここ最近、代々木の誰もが知っているくらい一番目立ってたのはヨシムラだったんだよ』

　ＤｏＤの斥候チームだって、彼らにはダンジョン内で撒かれている。いくら無能だと言っても、素人に撒かれるような連中じゃないはずだ。それに〈異界言語理解〉の際の九層の騒動を考えれば、他国の連中も似たり寄ったりの目に遭っているはずだ。

『それでサイモン。あなた、一体何をどうしたいわけ？』

『俺たちの仕事は、ダンジョンの、おそらく最終的にはザ・リングの調査と攻略だ』

『そうね』

『だが三年――もうすぐ四年か、やってもエバンスの三十層前後で苦労している』

『そうだな』

　三十一層のボスにボコボコにされたメイソンが、そのときのことを思い出したのか、苦々しい顔で答えた。

『俺は、やつらが極々短い期間で、俺たちの三年の経験を軽く飛び越えてランク一位になった秘密が知りたいのさ』

それが自分たちにもできることなら、是非教えを乞いたかった。

このまま攻略を継続したとしても行き詰まりはすぐにやってくる。新しいスキルオーブのおかげで、さらに十層かそこらは延ばせるだろうが、今までの状況を考えるとその先は分からない。

『このままじゃ、爺さんになるまでやっても終わりが見えてきそうにない』

サイモンの疲れたような顔は珍しい。一気に老け込んだように見えるその顔に、しばしの沈黙が訪れた。

『それで、例のプログラムに、私たちの訓練をねじ込んだわけ？』

『まあな』

そろそろアフタヌーンティーの時間は終わりだろう。遥か遠くで、楽しげにさざめいているような人々の声が、聞き取れない音となって空間を満たしていた。

『というわけで、キャシー』

『あ、はい』

それまで黙って話を聞いているしかなかったキャシーが、突然呼ばれてかしこまった。

『うまいことヨシムラを見極めろよ』

サイモンはにやりと笑って、そう言った。

キャシーは、黙って頷くのが精一杯だった。

二〇一九年　一月七日（月）

SECTION：

代々木八幡　事務所

　ソファに腰掛けていた鳴瀬さんが、少し身を乗り出しながら、ＴＶ画面の右と下に放送中の番組のサムネールを表示させた。

「どの局も、Ｄパワーズの話ばかりですね」

　いくつかのチャンネルを切り替えながら見てみたが、地上波は大抵、うちの社とオーブのオークションとを絡めて、面白おかしく妄想を発信していた。中でも、〈異界言語理解〉については、センセーショナルな価格になったため、大々的に取り上げられていた。

「三好さん、会見でオークションの話なんかまったくしていませんでしたけど」

「分かりやすいところですからね」

　素材を適当に編集して、自分たちが言いたいことを再構成するというのは、今更言うまでもなく常とう手段のようなものだ。

「しかし、結局、念話にも飛び火しましたね」

「ネットであれだけ話題になってますから」

　一部の局は大学入試センターに問い合わせしたらしく、今年の入試の問題にも言及していた。

「ああ、これでまた講習の受講者が……」

　鳴瀬さんが遠い目をして、そう呻いた。ＷＤＡライセンスカードを取得するための講習は、回数を増やしたにもかかわらず、未だに満席が続いているらしい。

「すでにそれなりに広まってますし、そんなに変わらないのでは？」

「情報番組を視聴する層は、積極的にネットで情報を探さない層と一定数被っているようですから。そういう親御さんが、積極的に子供に受講させ始めるかもしれません」

なるほど。未成年のカード取得には保護者の許可がいる。今まで耳を貸さなかった保護者が、それを許可し始める可能性があるのか。

「探索者五億人による食料ドロップや、現在沸いている十八層の〈マイニング〉取得による鉱物ドロップも取り上げられてましたし、ヒブンリークスのアクセス数も急激に――」

それをチェックしていたはずの三好に確認を取ろうとした俺は、疲れた顔でこちらにやってくるゾンビ三好に気が付いた。

「先輩。聞いてくださいよ」

やたらと疲れた顔をした三好は、俺の隣で、ソファの上に体育座りした。

「設立会見が報道されたとたんに、実家から電話が掛かってきまして……」

「なんだって？」

「まあ、要約すると、TVを見たんだけど大丈夫か？　みたいな内容でした」

さすがは両親。あれで三好だってちゃんと分かるんだな。

「『あなた、どうするつもりなの』圧力は？」

「それがなかったのは良かったんですが……」

「会社を辞めて心配してたら、いきなり会社の設立がニュースになってちゃ心配もするか」

「まあそうですね」

「それに、ほら、オーブの落札価格が、会社に絡めて報道されちゃいましたから……」

「オークションフィーの類推とか、大きなお世話だよな」

「世間的には関心を持たれやすい情報ですからね」

「それで?」

「場所を貸しただけだから、そんなに大儲けしたわけじゃないし、こっちは大丈夫、とは言っておきましたけど……まあ、それはいいんです」

体育座りから腰をずらして体を伸ばすと、俺の太ももに足の裏をくっつけて、じたじたと蹴(け)るように動かしながら面倒くさそうに言った。

「その後が問題なんですよ。会ったこともない親戚だと名乗る人たちからやたらと連絡が入ってくるんです」

どうやって電話番号を調べたのか、とも思ったが、親戚なら知っていてもおかしくないか。田舎(いなか)なら特に。

「金でも無心されたか?」

「いえ、いくら親戚でもいきなりそんなことはしませんよ。というか、された方がマシですね。遠回しに沢山儲けたのかどうか聞いてくる感じで」

「ワイズマンも、知らない親戚相手じゃ、かたなしだな」

「そう言えばオーブハンターにワイズマン。二つ名が二つもある人は珍しいですね」

　鳴瀬さんが笑いながらそう言うと、三好はごろんと寝返りを打ってうつぶせになり、鳴瀬さんを睨（にら）んで言い返した。

「そういう鳴瀬さんだって、ネットじゃ、ジ・インタープリターとか呼ばれてますからね」

「え？　ほんとに？」

「ヒブンリークスについて、アメリカもロシアも公式に自分の所とは関係ないことを表明しましたから、あれを翻訳したのは謎の碑文翻訳家ですよ」

「ヘルハウンドのことが知られたら、三好にはもう一つくらい二つ名が増えそうだよな」

「もう勘弁してほしいです……」

　頭を抱えた三好が、こっそりと念話を飛ばしてきた。

（先輩だって、ザ・ファントムですよ）

（収納が知られたら、さらに一つくらい増えるか？）

（それはお互い様ですね）

　思えば遠くへ来たもんだ。この事務所はさしずめ、二つ名持ちの秘密基地だな。

「こんな騒ぎになったら、しばらくは変装が必要ですよね」

「ええ？　俺は平気だろ？」

「先輩、意外とＴＶ関係者に顔が売れてませんか？　斎藤さん関連で」

「そんなバカな……」

それを聞いた鳴瀬さんが、笑いをこらえるように言った。

「芳村さんは意外と有名人ですよよ。変な人枠ですけど」

「ええ？　変な人枠？」

「だって、しばらくの間、街中みたいな軽装でダンジョンに入ってたじゃないですか。一時期話題になってたんですよ。あれなんだって」

「そんなことに……」

本当は、それで悪目立ちしていたところに、サイモンや伊織に絡まれているところを目撃されたおかげでブレイク（？）したのだが、そんなことは知る由もなかった。

「変装なんて面倒だよ。背景に溶け込む感じで普通の格好してりゃバレないだろ？」

初心者防具セットもちゃんと買ったしな。

「私は、ばりばり化粧で別人になって出演しましたから。このままでも絶対にばれませんよ！」

三好が自信ありげに胸を張った。

「彼らが探すのは、腰まである日本人形ヘアのメガネ女ですからね」

「なんだかんだ言って楽しんでますよね」

「まあ、それがモットーですから。ところで鳴瀬さんはこの後どうするんです？」

ヒブンリークスは、新しい碑文が見つかるまで特にやることはない。

「芳村さん。私は一応、ＪＤＡの職員なんですけど……」

「いや、それは知ってますけど」

「色々ありますよ？　試験対策のお手伝いとか、オーブやアイテム情報の整理とか……そうだ。謎のジ・インタープリターの正体を確認するミッションも追加されていました」

それを聞いた俺たちは、思わず顔を見合わせて吹き出した。

「そう言えば、たった一日で、ＪＤＡに鑑定依頼だの紹介依頼だのが積み上がってましたよ」

それを聞いて嫌そうな顔をした三好は、ばたりとソファに倒れ込んだ。

「未知スキルやアイテムのうち危険そうなやつは協力しますけど、それ以外は基本パスです」

「そう仰ると思ってました。なら、しばらくはＪＤＡに近づかない方がいいですよ」

「どうしてです？」

「瑞穂常務が、三好さんは知り合いだからみたいな態度で、色々と安請け合いをしているという噂が……」

ＪＤＡの主催はスルーしたとはいえ、結果として、記者会見が開かれたことで味を占めたなんてことになったら嫌だな。

「うわー……、先輩。しばらくどっかに身を隠しませんか？」

「どこへだよ。第一、今日は午後から客が来るだろ」

「客？」

俺は首を傾げた鳴瀬さんに、誰が来るのかを説明した。

「ほら、例の話に一番詳しそうな男ですよ」

§

　鳴瀬さんが市ヶ谷へ向かった後、食器を片付けていた三好が、ふと思い出したように言った。

「そういや先輩、榎木さんからも連絡がありましたよ。素材の鑑定をやってくれって話でした」

「ああ、TVを見たんだな。流石に知り合いにはバレるか」

「名前が同じですからね」

　連中は俺たちのプライベートな連絡先を知っているから面倒だ。

「君たちのせいで元同僚が苦しんでいるんだから、力を貸すのは当然だ、みたいなノリでした」

「あのオッサンは相変わらずだな。むしろ安心するくらいだ。しかし、素材の鑑定ってことになると、物性を調べる基礎研究のプロジェクトだろ?」

「先輩がやってたやつですね」

「金にならないからって、プロジェクト自体を打ち切ろうとしてたのに、何かあったのかな?」

「ダンジョン素材の利用は、物性研究なしにはなしえないと心を入れ替えたとか?」

「そんなタマかい」

　何が心変わりの原因になったのかは知らないが、珍しいこともあるもんだ。

「で、なんて言ったんだ?」

「要約すると、『知らんがな』と言っておきました」

「ぷっ。榎木怒ったろ？」

「先輩、私はもう部下じゃないんですから、さすがに罵倒はされませんよ」

静かな怒りは感じましたけどねと三好は肩をすくめて言った。

「しかし〈鑑定〉か。ＪＤＡにも依頼が積み上がってるって話だったし、なにか社会貢献っぽいこともやっておかないと、無駄に叩かれても面倒だな」

「なら、オーブやアイテムの鑑定結果を公開しますか？」

「ＪＤＡでの公開だと、俺たちが協力してるってことが周りに伝わらないから効果がないかもしれないぞ？　ダンジョン情報局に、『梓の今日のアイテム』みたいなコーナーでも作るのか？」

俺は笑いながら言った。

「知る人ぞ知るでもいい気がしますが……そうですね、今ならユーチューバーになって、『アイテム鑑定情報局！』なんてチャンネルを作れば、凄いアクセス数が稼げそうな気がしません？」

「で、それ、やりたいわけ？」

「七回くらい生まれ変わったら考えます」

「だよな」

「ただ日本人形の格好でやれば、さらにイメージが定着するかなという期待はあるんですよね」

「リアルバーチャルユーチューバーか」

「もはや意味が分かりませんね、その言葉」

掲示板 〈今度は〉Dパワーズ 170〈マイニング!?〉

1:名もなき探索者 ID:P12xx-xxxx-xxxx-2237
突然現れたダンジョンパワーズとかいうふざけた名前のパーティが、オーブのオークションを始めたもよう。
ついでに法人も立ち上げて、ダンジョン攻略の支援までするときたもんだ。
詐欺師か、はたまた世界の救世主か？
次スレ930あたりで。

2:名もなき探索者
2げと

3:名もなき探索者
マイニング、キターーーーー！！

4:名もなき探索者
つかさ、何の告知もなく、いきなり「新春オークション」って、なんなの？
頭おかしいの？

5:名もなき探索者
さすがアズサたん、そこにしびれる憧れる！

6:名もなき探索者
なんだ？

7:名もなき探索者
あれだろ、今朝から始まったオークション。

8:名もなき探索者
またやんのかよ！

9:名もなき探索者
それがな、今度の目玉は、なんとマイニングだ。しかも２個。

10:名もなき探索者
じゃ、連日18層に潜りまくっている連中に、オーブ提供者がいるってことか。

11:名もなき探索者

おお、かなり絞……るのは無理か。
今や18層って、国外のエクスプローラーの方が多そうなんて話も聞くし。

12:名もなき探索者

過疎層があっという間に大人気だよ。

13:名もなき探索者

受け渡し前日に、引き上げたエクスプローラーをチェックすればいいんじゃね？

14:名もなき探索者

誰がやるんだよ、そんな面倒なこと。

15:名もなき探索者

こんだけエクスプローラーが集まってくるとなると、あの山頂の謎もとけるのかね？

16:名もなき探索者

立ち入り禁止のやつか？

17:名もなき探索者

マップが立ち入り禁止になってるってことは、最初の調査の時に何かあったんだと思うけど……たぶん毒性の強い何かがあるか、ボス級の何かがいるんだろ。

18:名もなき探索者

むき出しのウラン鉱床があったとか。

19:名もなき探索者

それだ！>18

20:名もなき探索者

ゲノーモスは地下だからなぁ……どのみち山頂には近づかないし、関係ないだろ

21:名もなき探索者

それにしても、まだどこの国も手に入れていない、話題のマイニングが２個！
一体、こいつらどうなってんだ？

22:名もなき探索者

いや、バナジウムがハッキリ書かれてるんだから、持ってるやつが最低一人はいるだ

ろ。代々木に。

23:名もなき探索者
でもさ、それって続報が出ないよね。

24:名もなき探索者
だから？

25:名もなき探索者
いや、お前らがマイニングを世界で初めてゲットしたとして、代々木は21層まで既知なんだぜ？
何故21層へ行って次を確かめない？　お前ら、その誘惑に駆られないか？

26:名もなき探索者
そう言われれば確かに不思議だ。20層も21層も、モンスターの強さはほとんど同じなのにな。

27:名もなき探索者
20層は雪山で、21層は湖沼地帯だろ？　水アレルギーなんだよ、そいつ。

28:名もなき探索者
水アレルギーw

29:名もなき探索者
生まれて来られないな、それw
何か凄く重要な金属か宝石がドロップして、公開せずに拾いまくってるとか？

30:名もなき探索者
20層のバナジウムを公開した時点で意味ないだろ、それ。
黙ってたって、何の抑止力にもならん。

31:名もなき探索者
マイニングはともかく、促成も聞いたことがないんだが……

32:名もなき探索者
鑑定結果が書いてあるぞ。経験値２倍だそうだ。

33:名もなき探索者
２倍！　それは夢のチートアイテムでは！

34:名もなき探索者
ただし成長制限付き。

35:名もなき探索者
おう……

36:名もなき探索者
((((;ﾟДﾟ)))) 彡成長制限彡ﾋｭｰﾋｭｰ

37:名もなき探索者
だが、解説によると、そのキャップも、現在のトップエクスプローラーたちのステータスよりもずっと上みたいだぞ。

38:名もなき探索者
え？　じゃあ、今のドミトリーやサイモンくらいまでなら倍の速度で駆け上がれるアイテムってこと？

39:名もなき探索者
書いてあることを信じるならな。

40:名もなき探索者
いや、ワイズマンだぜ？　そこは大丈夫だろ。>39
しかしそれって、罠なのか？

41:名もなき探索者
心配するな、どっちにしろお前には絶対買えん。>40

42:名もなき探索者
おまえもなー

43:名もなき探索者
水魔法だって、チームＩのおかげで価値が急上昇中じゃないの？

44:名もなき探索者
なんだそれ？>43

45:名もなき探索者

チームＩが、代々木の攻略階層を４層増やして25層に到達したんだよ。
ニュースくらい見ろよ。 >44

46:名もなき探索者

へー。それと水魔法と何の関係が？

47:名もなき探索者

以前、Ｄパワーズが出品してた水魔法を、おそらくは防衛省が落札したんだろ。
新しく手に入れた水魔法のおかげで、一気に４層増やすことができたって、インタビューで君津２尉が言ってたんだよ。

48:名もなき探索者

コンバット・プルーフってやつか。

49:名もなき探索者

ローマ数字なしの魔法って、使うのが難しいとか言われてなかった？

50:名もなき探索者

使いこなすと数字付きより強くて便利らしいぞ。
数字付きは修得が簡単だが、効果が画一的だとかなんとか。

51:名もなき探索者

数字なしは、いろんなアレンジができるそうだ。ソースは、チームＩ。

52:名もなき探索者

水を持って行かなくて良くなったから、持って行ける荷物の幅がぐっと広がったらしいぞ。

53:名もなき探索者

水は必須だが重いからなぁ。
ってことは、水魔法の水って、飲めるのか。

54:名もなき探索者

クリエイトウォーターで作られるのは、純水らしい。

55:名もなき探索者

ＭＰがあれば、シャワーも浴び放題だな。

56:名もなき探索者
ダンジョンの中で、い、伊織タンが……（ごくり）

57:名もなき探索者
歯を食いしばれぇ！！o(メ｀皿´)○()△☆)/←56

58:名もなき探索者
で、25層までのルートって公開されたのか？

59:名もなき探索者
された。

60:名もなき探索者
なら、ますますマイニング持ってるやつの行動が謎だ。

61:名もなき探索者
自己承認欲求が、うっすーーーーい人なのかもよ？

62:名もなき探索者
そんなやつが探索者になって、20層まで下りるか？

63:名もなき探索者
一般で20層ったら、渋チーくらいだが。

64:名もなき探索者
あいつら、承認欲求の塊じゃん！

65:名もなき探索者
今頃、インゴットばらまきながら凱旋(がいせん)してるはず。

66:名もなき探索者
やめろ……想像して、腹が……

67:名もなき探索者
死淵一の話はスレチーだから。

SECTION：

代々木八幡　事務所

『それで？　改まって、話があるなんて電話をよこすから、気になってしょうがなかったぜ』

三好に、例のコーヒーを淹れてくれと頼むと、サイモンはソファの上で身を乗り出した。

『例のキャンプで何かあったのか？』

俺は首を横に振って、唐突に聞こえる話を切り出した。

『サイモンさん。タイラー博士はご存じですか？』

『タイラー？　セオドア＝ナナセ＝タイラー博士か？』

『そうです』

サイモンは、乗り出していた身を引いて、ソファに背を預けると、足を組んだ。

『セオドア＝ナナセ＝タイラー博士。享年四十七歳。素粒子物理学の専門家』

サイモンは、何かを思い出すかのように話し始めた。

『三年前は、ネバダのエリア51を中心に作られた、グルーム・レイク素粒子原子核研究機構の所長だった男だ。身長は五フィート八インチ弱だから、アメリカ人としては少し低いな』

そこで、三好が持ってきたコーヒーを受け取ると、そのかぐわしき香りを楽しむように嗅いで、それを口に含むと、満足そうな笑みを浮かべた。

『研究に関しては非常に粘り強く、人によっては偏執狂的だと評した奴もいた。全体的には穏やかな性格で、愛称はテッドだ』

彼はカップを皿に戻して、テーブルに置いた。

『彼は本当に亡くなったんですか？』

『どういう意味だ？　当時の事故のことは知ってるんだろ？』

『ええ、確かあの事故って、超大型加速器が稼働している真っ最中にダンジョンが出現して、施設が破壊され加速器用のトンネルが丸ごとダンジョン化したんですよね』

『そうだ。事故直後のレスキューの映像は見たが、あれで生き残っている奴がいたとしたら、そいつはクリプトン星の出身か、ダンジョンに属するモンスターの一味だな』

『それで、彼の遺体は確認されたんですか？』

『どうして、そんなことに興味を持つ？』

俺とサイモンはテーブル越しに、視線を戦わせた。

先に目をそらした俺は、軽くため息をつきながら、三好から最終ページの翻訳があるタブレットを受け取って、彼に差し出した。

『これはまだヒブンリークスにアップされていない碑文の訳文です』

彼は黙ってそれを受け取ると、内容に目を走らせた。

『これは間違いなくダンジョンから出たのか？』

『ここだけの話、さまよえる館産ですよ。もっともそこのサインが本物かどうかは、俺たちには確認できませんでしたけど』

『まさか、ナルセがモニカに聞いていたのは、これか？』

　やっぱり、監視されていたか。まあ、モニカは特別なＶＩＰだから、仕方がないか。

『確認しろって言われましたか？』

『まあ、通常の業務連絡みたいなものさ』

　サイモンは事もなげにそう言った。

『我々はとても悩んでいます、これをサイトに掲載するべきかどうかを。そこでご相談を』

『アズサ。もう一杯貰えるかな』

『いいですよ。先輩は？』

『あ、じゃあ俺も』

『了解です』

　三好がカップを持ってダイニングへと向かうのを見送ったサイモンは、一段と声を落とした。

『この部屋の盗聴対策は？』

『知ってるでしょ』

　何しろ田中さんによると世界中の諜報機関がうろついているらしい。その諜報結果が大統領に報告されていないはずはないし、彼らに伝わっていないはずもない。

『ま、うちがだめなら、他の国も推して知るべしか』

　サイモンは苦笑しながらそう漏らした。

『ここから先は、公開されていない情報になる。当然他言は無用だ』

『……分かりました』

『ヨシムラの疑問だが、タイラー博士の遺体は確認されていない。と言うより、コントロールルームにいたはずの人間の遺体はただの一つも確認されていないのさ』

『誰も確認に行っていないという意味ですか？』

サイモンは、軽く頭を振って話を続けた。

『事故が起こった直後、空軍の部隊が救助に突入した。エリア51は空軍基地だからな』

『管理施設へ向かうエレベータ類は完全に停止していて動かなかったため、最初はそこから最も近い、ボールド山の西側にある非常口から突入した。だが……』

『だが？』

『いきなりトロルめいたヤツに遭遇して、一瞬で蹴散らされたそうだ』

サイモンは肩をすくめて仕方なさそうに言った。

『そのせいで、しばらくは誰も救助に向かえなかったし、非常口へ入ることすら困難だった』

『ＤＡＤってその救助が目的で設立されたんですよね？』

『そうだ。だが、短期間で組織を用意できるはずがないし、相手が何なのかハッキリしない状態では、装備も適切に選定できないだろ』

『無理に突っ込ませても被害が増すだけだ。俺たちがそこに入ったのは、事件が起こってから二週間は経ってからだった』

『それで、コントロールルームには？』

『行ったぜ、一応な』

サイモンはそのときの様子を思い出すように目を閉じた。

『ザ・リングには、メインの加速器と並んで移動用の側道が造られていて、二十メートルおきに加速器用のトンネルと繋がってるんだ』

『側道は五メートルほどのトンネルだから、さすがにエイブラムスは持ち込めないが、M１１３５ストライカーNBCRVにM２のCROWをくっつけたやつが、非常口が設置されている垂直の巨大な通風口から搬入された』

M１１３５ストライカーNBCRVは、放射能・生物・化学汚染が考えられる場所で活動するために作られた、検知・観測用車両だ。

M２は一二・七ミリ弾をばらまく重機関銃の傑作で、CROWは、この場合、M２を遠隔で操作して発射するためのシステムのことだ。

『もちろんUターンは不可能だが、中がどうなっているか分からない以上、環境調査用にこいつが持ち込まれたわけだ。ま、俺たちにとっちゃ、M２の運搬用だな。どっかの大隊の虎の子のはずのこいつが、スムーズにぶんどって来られたってことが、事の重大さを物語ってた』

『そういや、他の装備も陸軍系だったな。牽引でM１４１BDMとAT－４が多数積まれたカーゴが用意されていた。最初に出合ったモンスターに、五・五六ミリは、への役にも立たなかったらしいからな』

M１４１BDMは、使い捨てのロケットランチャーで、AT－４はこちらも使い捨ての無反動砲だ。ダンジョンの深層探索にも有効な武器だが、いかんせん単発で七キロもある武器だから、こういう場合でなければ運用は難しいだろう。

『それで？』

『俺たちは側道をそれほどスピードを出さずに進んだ。崩落でもしてたら事だからな』

『幸い、ＮＢＣ関係の異常は検知されなかった。が、モンスターの密度は結構なもので、ハースタルの改良版とは言え、Ｍ２の銃身は結構ヤバかったぜ』(注40)

『今にして思えば、エンジン音に寄って来てたのかもしれないが、そのときは、全員必死で気が付かなかったな』

『不思議なことに、先へ進むほどモンスターが弱くなっていくようで、進行も楽になっていったんだが……ともかく俺たちは、そうして管理施設の入り口に到達したのさ』

『電源は落ちていて真っ暗だった。ドアの鍵は開いていたが、ライトで照らされた範囲には、特に荒らされた形跡はなかった』

『何しろ事件から二週間も経つんだ、どんな状態であれ、酷い腐臭を覚悟して室内に入ったんだが、

（注40）ハースタルの改良版
ＦＮハースタルはベルギーの銃器メーカー。

Ｍ２の銃身を簡単に交換できるようにした、M2HB-QCB (M2 Heavy Barrel-Quick Change Barrel) を開発した。

銃身温度が上がった後の、ヘッドスペースやタイミング調整も不要になっている。

少し埃臭いくらいで、異常な匂いは感じられなかった。ただ、微かに青臭い匂いがしたな』

『青臭い匂い？』

『ああ、激しい雷の後に感じられるオゾン臭に似ていたかもしれん』

『とにかく俺たちは注意深く各部屋を探索しながら、奥へと向かった』

サイモンの話によると、建物内では戦闘が発生しなかったそうだ。道中あれほど襲ってきていたモンスターが、どういうわけか室内にはいなかったらしい。それどころか、そこで働いていたはずの大勢のスタッフの姿や死体もまったく見掛けなかったそうだ。

『俺たちはスタッフがまとめてどこかの部屋に避難したんだろうと考えた』

彼はカップの縁をなぞるように、記憶を辿(たど)って言った。

『結局、どの部屋にも誰もいないことを確認した俺たちは、コントロールルームへと移動した』

『コントロールルームが最奥だったんですか？』

『いや、入り口に鍵が掛かってたんで、最後に回したんだ』

『鍵？』

『コントロールルームは作戦中の入室を行なわせないために内側から鍵が掛かる構造なのさ』

『外からは？』

『開けられない。普通はな』

『つまり、スタッフが中で籠城(ろうじょう)していた？』

『ま、素直に考えりゃそうだな。もちろん俺たちもそう考えた。残念ながらノックに返事はなかったけどな』

『それで？』

『そりゃ、ブリーチング用のライフルグレネードで吹き飛ばして開けたさ。スラッグなんかじゃ、どうにもならない扉だしな』

『俺たちは結構悲惨な状況を想像していた。何しろ、水も食料も満足にない状態で二週間、大勢が一つの部屋に閉じこもってたんだ……分かるだろ？』

『ああ』

　確かに、食人行為くらいは起こっていてもおかしくない状況だ。

『だが内部には……』

　サイモンは少し言い淀んだ後、俺と視線を合わせて言った。

『誰もいなかったんだ。まるで綺麗に空気に溶けてなくなったみたいだった。とにかくそこでは誰の遺体も見つからなかった』

『鍵は内部からしか掛けられない？』

『そうだ』

『だけど誰もいなかった』

『そうだ』

『通風口は？』

『調べたが、人が入れるようなサイズじゃないし、もちろん入り口は閉まってた』

『何かが……そう、スライムみたいなやつが通風口から入ってきて、遺体を綺麗に食べて出てったとか？』

『それでも多少は何らかの痕跡(こんせき)が残りそうなものだろ。何かが這った跡とかな。だが、薄く積もった埃の上には、本当に何の痕跡もなかったんだ』

『コントロールルームを出て、リングを歩いて出て行ったとか？』

内側から鍵が掛かっている状態で、そんなことは不可能だと思うが、と前置きしてからサイモンは言った。

『ザ・リングは、コントロールルーム周辺が、普通のダンジョンで言う一層にあたるんだ。そして、反対側に行くほど下層扱いになる。俺たちが下りた非常口は距離から考えればせいぜい数層ってレベルだな』

それはつまり、わずか数層でもM2やAT－4で、やっとなんとかなるレベルのモンスターがウロウロしているダンジョンだってことだ。代々木で言うなら、二十層より下層がスタート地点ってことだろう。

戦う訓練も受けていない科学者たちが、集団でそこを通過するなんてことは、考えるまでもなく不可能だ。

そこで俺は、ふと思い直した。

俺たちは、タイラー博士が本当に死んでいるのかどうかを確認したかっただけで、ザ・リングで何が起こったのかは、そもそも関係のない話だ。もちろん興味はあるが。

『つまり、タイラー博士の死は確認されていないってことですよね？』

『状況的には真っ黒だが……物理的な証拠はないな』

『じゃあ、この碑文は……』

『ヨシムラはタイラー博士が、ザ・リングのどこかにある、さまよえる館か、他のダンジョンか、はたまた我々のあずかり知らない場所に繋がる出口から出て行ったと、そう言いたいのか？』

『地上だってあるでしょう？』

『それはあり得ない』

事故の時点から、エリア51は厳戒態勢らしい。

地下からの出口も限られているし、それはダンジョンの入り口でもあるため、二十四時間見張られていて、一人で脱出することすら難しいのに、スタッフ全員で誰にも知られずに脱出することなど、絶対に不可能だそうだ。

『ともかく、俺には特に言いたいことなんかありませんよ。単にこの碑文を公開するにあたって、その信憑（しんぴょう）性を確認したかっただけですから』

サイモンはしばらく何かを考えていたが、唐突に口を開いた。

『これは俺の独り言だが……』

『なんです、いきなり？』

サイモンはその質問に直接答えず、あくまで独り言のように言葉を続けた。

『三年前の事故は、実験中の施設にダンジョンが発生したことになっているが——当時の記録を見る限り、実験の結果ダンジョンが発生したように見えるんだ』

『……ええ？』

なんだそれ⁈ もしもそれが本当だとしたら、ダンジョン災害を引き起こした原因はアメリカにあるってことか？

『ま、所詮は俺の雑感だし、ただの独り言だけどな』

サイモンは目の前に俺がいることに初めて気が付いたかのように、こちらを見た。

『つまり？』

『公開は控えた方がいいだろう。今までの話も、ここ限りってことで』

『なんでそんなことを俺たちに？』

『言わなきゃ公開しちゃうだろ、お前ら。それはステイツにとっても、お前らにとっても不幸な結果になりかねない』

『俺たちが義憤に駆られて、自らを顧みず、社会正義に身を投じる可能性は？』

『ゼロだな。そんな短絡的思考が何を招くか分からないほどのバカならこんな話は持ち掛けてこないだろうし、そもそも俺はそんな話なんかしていないからな。ヨシムラの妄想じゃないか？』

彼はニヤリと悪戯っぽく笑った。

『そりゃどうも』

『しかし、上が〈異界言語理解〉の取得に異常に躍起になってたり、その後は、ヒブンリークスをやたら気にしていた訳がなんとなく分かったぜ。ヤバい内容がダンジョン内にあるかもしれないと恐れてたのかもな』

『で、それを知ったサイモンさんは、これから？』

『そりゃ当面、お前らのプログラムを受けるさ。それが済んだら、〈マイニング〉を手に入れて、後は機会があったら、ちょっとタイラー博士に会いに行くことにするよ』

彼の行動原理は良くも悪くもシンプルで迷いがない。

翻って俺たちときたら、あっちにふらふらこっちにふらふらだからなぁ……いや、これは臨機応変で柔軟な対応って言うんだよな、そうに決まってる。

『さて。お話のケリはつきましたか？』

『たぶんな。アズサのコーヒーは最高だった。また楽しみに来ても？』

『構いませんよ』

『サンキュー。それじゃ、俺は帰るぜ。ブートキャンプの予定は早めに連絡してくれ』

そう言って立ち上がったサイモンは、俺たちと握手をすると、上機嫌で事務所を出て行った。

まさか、ここを喫茶店だと認識したんじゃないだろうな。

「いやー、思ったよりもヤバそうな話でしたね」

「ヤバそう、なんてもんじゃないだろ。とりあえず最終ページにはダンジョン攻略に重要な要素は書かれていないし、公開は中止だな」

「いきなり、ヒブンリークスのアイデンティティが危機を迎えそうですけど？」

「ヒブンリークスのアイデンティティは、世界に波風が立たないように手当てしちゃうことだからまったく問題ないよ」

誰かに何かの判断材料を与える場合は、良くも悪くも事実を全部オープンにした方がいいとは思う。だが、これは判断材料というよりも中傷材料だし、しかも反論の余地が大いにある。何しろクリンゴン語で書かれているのだ。

俺たちがそれを付け加えてアメリカを貶(おとし)めようとしているなんてストーリーが、容易に作られていくのが目に見えるようだ。

それなら、ザ・リングで詳細な調査を、となったところで、どうやら非常に強力なモンスターが徘徊(はいかい)しているらしいそこを、きちんと探索できる人間は人類の中にはいそうになかった。今のところは。

俺たちにできることと言えば、せいぜいが口をつぐんでいることくらいだ。

それで利益を得る者も、不利益を被る者も、どちらもほとんど存在しないだろうし、小市民に多くを求めるのはやめていただきたい。

三好は少し考えていたが、確かにと笑った。

「鳴瀬さんへの説明は任せましたよ」

「え？　俺？」

「だって、私、聞いてない部分がありますもん」

「くっ。そう来たか」

「じゃ、このページは、とりあえずオクラってことで」

鳴瀬さんへの説明か。

彼女自身も迷ってたようだから、公開しないことに問題はないだろうけど、問題はどこまで話すのか、だよな。もっとも全部話さないと、アメリカの葛藤が理解できないわけで……

そうして、俺はしばらく悩むことになるのだった。

エピローグ

It has been three years since the dungeon had been made.
I've decided to quit job and enjoy laid-back lifestyle
since I've ranked at number one in the world all of a sudden.

後日譚

SECTION： 市ケ谷 JDA本部

斎賀は、美晴を経由して送られて来た書類を読み終わると、課長室にある応接セットの向こう側に座る、小柄な女性にちらりと目をやった。

（どうしろってんだ、これ……）

それは彼の偽らざる気持ちだった。

書類は、ＧＩＪ（日本宝石学研究所）の所長からの一種の推薦文のようなものだったが、その内容は、推薦とは程遠く、言ってみれば懇願に近かった。しかもできるならば諦めさせてほしいという雰囲気まで感じられる。

「えーっと、六条小麦さん？」

「はい」

「お話は分かりましたが、いきなり〈マイニング〉を取得して二十層へ行くというのは……」

「私は、とにかく二十層より下へ行かなければならないんです」

「は？」

彼女が夢見る少女のごとく、滔々と語ったところによると、元々はうちからの依頼で宝石の鑑定をしたのが切っ掛けだったそうだ。

そのときに見た宝石が、あまりに信じられないもので、そんなものが産出するダンジョンになら、未だ見たこともない凄い石があるに違いないし、それを確認しなければならないそうだ。

常人には理解できない使命感だな……

「申し訳ありませんが、二十層というのは、ごく最近まで代々木のほぼ最高到達階層に当たります。民間だと数チームしか到達していませんし、すぐにお一人で向かうのは、いくらなんでも無理があると言いますか……」

「大丈夫です」

にっこりと笑って、彼女はそう言いきった。一体何が大丈夫なんだ？

「先日の記者会見は、私も拝見しました。強い攻略の意思があれば、〈マイニング〉も提供していただけるとか」

記者会見って、Dパワーズのか？　それでGIJの所長は紹介がどうとか言っていたのか。

しかし、連中が言ったのは、強い攻略の意思と実力を提供してくれるならば、だ。もしかしたら、これで、上位の探索者なのだろうか？　しかし六条なんて聞いたことがないが……

「では、六条さんの探索者歴は長いんですか？」

「いえ、これからDカードを取得するところです」

「はい？」

斎賀は目が点になった。

本当の初心者が〈マイニング〉を取得して二十層へ行く？

「でも大丈夫です！」

何が大丈夫なんだ？　俺の頭か？

「きっとなんとかしてくれるって、鳴瀬さんが仰ってました」

誰がだよ?!　くっ、鳴瀬のやつ、説得を諦めてこっちに丸投げしやがったな……

しかしＧＩＪはＪＤＡとも関係の深い組織だ。そこの所長直々の頼みとあらば無碍にすることも難しい。だが現実問題として、これからＤカードを取得する人間をすぐに二十層へ行けるようにするなんてことが――いや、連中ならもしかして……

考えてみれば、これはブートキャンプの実力を測るいい機会じゃないだろうか。

一般的には、中堅以上の冒険者用とされているが、もしも彼女がものになるというのなら、探索者の底上げに、大きな貢献ができる可能性がある。

それに、連中の底を探るいい機会と言えばその通りだ。

「分かりました。ＪＤＡとしてＤパワーズに紹介はしますが、実際に二十層へ行けるかどうかは保証できませんよ」

「ありがとうございます！」

彼女はぴょこんと立ち上がると、深く頭を下げた。

斎賀はその無邪気な様子を見て、少しだけ良心が痛んだ。

SECTION：

代々木八幡　事務所

その日突然やってきた斎藤さんは、いつになく落ち着きがなく、玄関から上がるや否や、開口一番、「師匠ー、どうしよー」と情けない顔を見せた。

「何だよ、いきなり」

「ピンチなんだよ、ピンチ！」

「誰が？」

「私が！　後、芳村さんも？」

「は？」

俺がピンチ？ってどういうことだ？

「とにかく、これ！　これを見てよ！」

斎藤さんが取り出した写真には、二人を小脇に抱えて、さまよえる館から逃げ出している俺が鮮明に写っていた。

「ええ!?　どうしたのこれ？」

「それがね……」

斎藤さんの説明によると、先日吉田陽生から、とあるパイロットフィルムへの出演依頼が来たのだそうだ。

「パイロットフィルム？」

「番組制作前に、こんな感じのものですよーってことを説明するために作る、プロモーション用のビデオっぽいやつ」

「ふーん、それで？」

ドラマでもないし、今更変なバラエティに出るのもどうかと思うし、しかもオンエアが決定された番組ですらないし、当然断ろうとしたらしい。そうしたら――

「これが出て来た」

彼女はしょんぼりとした様子で頷いた。

普通の写真ならダンジョンの中で撮られたところで問題にならないだろうが、こいつは例の館が写っている。ちょっとしたセンセーションを巻き起こすことは確実だ。だが、いくら鮮明とは言っても、これが斎藤さんや俺たちだと決めつけるのは難しいだろう。せいぜいがちょっと似てるかも程度にすぎない。

「それがさー、その直前に、この写真を撮ったと思われる人たちに会ってるんだよね、私たち。ほら、私って腹芸とか苦手だから」

「嘘つけ」

あまりに適当な言い草に、俺は笑いながらそう答えた。

「大体さ、ここに写ってるのが斎藤さんや俺たちだとバレたところで、別に悪いことをしているわけじゃないだろ？　そう下手に出ることはないんじゃないか？」

「ええ?!」

俺の言葉を聞いた斎藤さんが、大きく目を見開いた。

「芳村さんたちって、こういうの秘密にしてるんじゃなかったの?!」

「え？　もしかしてそれで引き受けたのか？」

「がーん！　それならそうと言ってくれなきゃ。私すんごい悩んだんだから！」

「だけど、映画がまだ撮影中でしょう？　怪我とか大丈夫なんですか？」

お茶を淹れてきた三好が、それをテーブルへと並べながら、心配そうに言った。

「それなんだよね」

一応彼女には、お守り代わりのポーション（1）を渡してあるが、それだけだと不安だろう。

「だったら、今からでも断れば――」

「ううう、一回は出ることを承諾しちゃった」

俺たちの秘密を守ろうとしたんだろう。

「それは、なんというか……スミマセン」

斎藤さんは、出された和菓子を一口食べると、日本茶を美味しそうにすすった。

珍しく日本茶が出て来た訳は、お茶請けが岬屋の菱花びらだからだ。

花びら餅は、元はと言えば宮中の儀式を模した菓子だ。明治時代から裏千家の初釜のお菓子として用いられたというだけあって、初春って感じがする。味噌餡にごぼうの蜜煮が不思議と餅に合う様子は、まるで、菓子で作った京風雑煮のようだ。

「ともかく、そのパイロットフィルムの撮影に十層へ行くって言うのよ」

「十層？」

　確かに代々木ダンジョンで、手軽に派手な画を撮ろうと思えば十層は向いている。だけど、危険すぎないか？

「私、そんなところへ行ったことなんかないし、調べてみたら、なんだかヤバそうな層だって言うじゃない」

「昼間に同化薬を使って通過するだけなら大したことはないけれど、戦闘はなぁ……」

　斎藤さんの主力武器は弓だ。そして弓には矢が必要なのだ。十層のモンスターに弓なんかで対抗したら、あっという間に矢が尽きて終了だろう。〈収納庫〉でもあれば別だろうが……

「先輩。心配なら、付いて行ってあげればいいじゃないですか」

「え？　撮影に参加するのは嫌だぞ。第一完全にお邪魔虫だろ」

「違いますよ。こっそり後ろから、探検隊見守り隊って感じですかね？」

「え？　ほんとに？　こっそり付いてきてくれるの？」

「そりゃまあ、そのくらいならいいけど」

「やったー！　お願い！　お願いします！　芳村さんたちがいれば無敵だよね！」

「いや、無敵って、そんな根拠のないことを……」

「だって、あの館に入っても平気だったんでしょ？　それに逃げながら、なんか凄い倒してたし。陰の実力者って感じ？」

「いいじゃないですか先輩。これはチャンスですよ」

「チャンス？　何の？」

「そりゃもう、先輩のデビューに決まってます」

「はぁ？」

三好の、もの凄く楽しそうな笑顔を見て、俺は猛烈に嫌な予感に襲われていた。

人物紹介

It has been three years since the dungeon had been made.
I've decided to quit job and enjoy laid-back lifestyle
since I've ranked at number one in the world all of a sudden.

CHARACTERS

¥0
つめた～い
NAME: 鳴瀬（なるせ） 翠（みどり）
DATA: woman / age 24 / 164cm
常磐医療機器研究所所長の彼女は、ベンチャーを立ち上げて成功しかけている才女で、親分肌だ。ＪＤＡの鳴瀬美晴の妹だがよく姉と間違われる。美晴が子供っぽいのか、翠が大人っぽいのかは謎だが。冷徹な経営者と、夢見がちな子供が同居しているのは、起業家の常だろうか。中島を憎からず思っているが、理系の男子は……とため息を吐くことも多い。蓼食う虫も好き好き、破れ鍋にとじ蓋を地で行く人。

NAME: 中島（なかじま） 治臣（はるおみ）
DATA: man / age 25 / 170cm
いい年をして一人称が「僕」の男はマザコンなどという不当なレッテルを貼られかねない時代だが、他人の評価などどこ吹く風で、一向に気にせず専門分野ヲタクの彼は、語り始めると長い。女性におだてられるとつい頑張っちゃうタイプで、総じて育ちがいいに違いない。常磐医療機器研究所のハードウェア開発を一手に引き受けている天才だが、手綱を握っておかないと、どこまでも無駄に高性能を追求してしまい、天災になりかねない、連続用紙LOVEな男だ。

さまよえる館 1階

2階は客間となっており、中央の玄関ホール付近にタイラー博士がいた書斎がある。

Parlor

Great hall

Entrance hall

Dining

Kitchen

Pantry

正面

裏庭

バロウワイト

世界一有名なファンタジーに「塚人」の訳語で登場するも、映画からはハブにされた哀しいやつ。巨大な剣を引きずって登場し、それを物理的に振り回す様子はまるで塚人っぽくなく、むしろスケルタル・エクスキューショナー然としている脳筋なスケルトンだ。

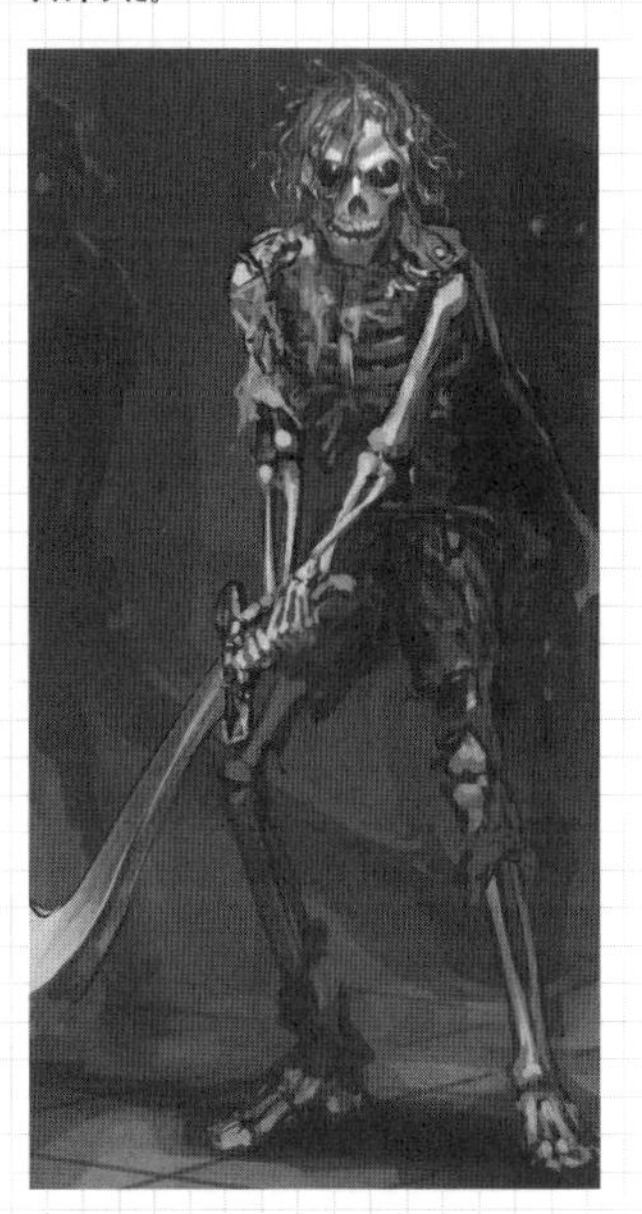

アイボール

製作者の間では婢妖(ひよう)くんと呼ばれていたが、耳はついていないのでセフセフ。初回は軒下にぎっしりと集まっているし、2回目はゴーストたちの眼窩(がんか)からずるりと滑り落ちて登場するという悍(おぞ)ましさで館のトラウマの原因に大きな役割を果たした。

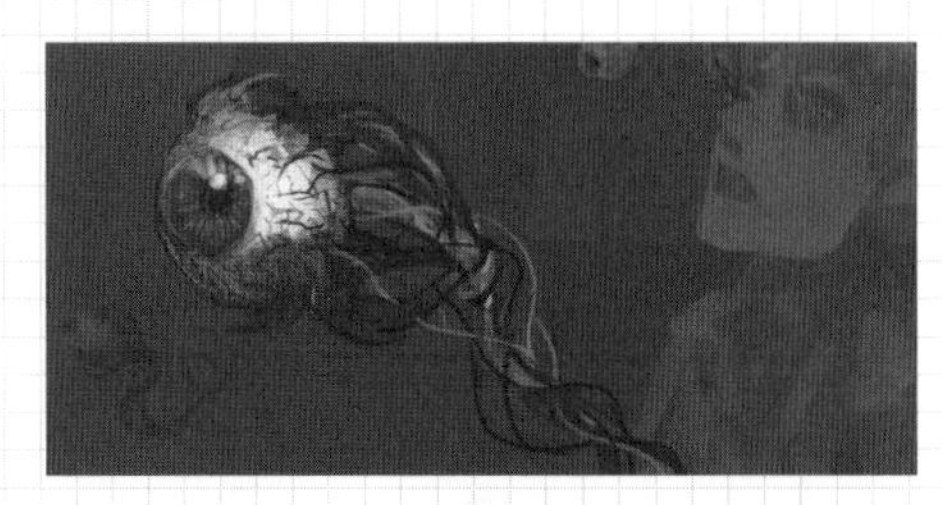

ガーゴイル

本来は雨樋の機能をもつ彫刻で、口からごぼごぼと水を吐き出す様子が罪を外部へ吐き出しているとされることもあるが、大抵はただの雰囲気で特段の意味はない。周囲を睥睨(へいげい)する悪魔然とした石像が動き出すのはもはやファンタジーの鉄板だ。

さまよえる館

サンタクルーズの近郊に建っていた18世紀風の古い建物。元はタイラー博士の母方のマナーハウス。

実物は、89年の地震で被害を受けた後売却されている。

また、この館については空間的にも混乱しており階や部屋、扉の大きさなどが見た状態と変わってしまうこともある。

あとがき

あにはからんや、WEB版と違う流れにすることが、こんなに大変だったとは……ひみての後の心にくらぶれば、昔はものを思はざりけりと言いますか、ヤってみて初めて分かるこの事実！（意味が違う）

めっきり春めいてきた今日この頃、皆様、いかがお過ごしでしょうか、之です。

いろんな作者の方が、違う流れにして苦悩している中、なーに、別のやりたかったことを書くだけでしょ？　人生なんてちょろいちょろい、楽して大儲けー（遠藤淑子先生のお気楽ヒロイン風）と世の中を舐め切っていた私は、現在その報いを嫌というほど受けている最中なのであります。

再構成でイベントを詰めた結果、書くことが多くなりすぎて、初稿では二十六万文字を軽く越えてしまうという、お前頭大丈夫かと言われそうな有様で、仕方なくなるべく次巻部分に追い出したら、盛り上がる場所がずれるという、書くも涙、削るも涙の物語。

つまり、泣いてるのは私だけなんですけどね。

ああ、誰か知ろう百尺下の水の心を、水のふかさを。

波に任せて躍り歌う雑魚の身としては、歴史に学ぶことなく思い付きでハンドルを切った挙句、山中で迷子になったついでに、路頭にまで迷いそうな有様です。

自業自得という言葉がこれほど似合う男は、この世界の中で俺だけだと、芳村くんばりに鏡の前でポーズをとってみたところで事態は全く好転せず（当たり前だ）、乾いた笑いが白みかけた夜明けの空に虚しくこだまするばかりなのであります。

ともあれ、今巻では、川口……じゃなくて、吉田陽生探検隊が結成され、テンコーの出番がぐっと増えました。

それはいい、それはいいんだ。だがこれが大いなる罠だったのです。

テンコーの似非関西弁ですが、これが意外と難しい。

どのくらい難しいかというと、一巻のうちなーぐちよりも難しい。

私が多少なりとも知っている沖縄方言は、八重山のものなのですが、これはいわゆる沖縄本島の言葉とはまるで違います。だから一巻で、宮城士長が話す本島の方言も苦労したのですが、それでもあれは呟きなので短かった！　テンコーは目一杯しゃべるからなぁ……

なお、現代の中学生（八重山には、石垣以外に高校はありません）は、伝統的な八重山方言とは違い、標準語に方言の活用が混じったような言葉を話しています。おばあさんが何を言っているのかは分かるそうですが、しゃべることはできないと彼女たちに聞きました。読み書きできるけれど会話はできないという話は外国語周辺ならよく耳にしますが、聞き取れるけどしゃべれないというのは、言語の学習過程に照らしても興味深い話です。きっとおばあさんたちは謎の発声器官を持っているに違いありません。

閑話休題。

吉本弁**と**は違う路線で微妙に京都と大阪と播磨を混ぜつつ、どっか変な気もするけどいそうな気もするところを狙ったら、何がなんだか分からないことに。しまいには——

「こないなことなら最初っからふつーの大阪弁で良かったんちゃう？」

「せやな」

——なんて会話が飛び交う有様です。

もっとも私の知っている関西弁話者は、大体全員が、自分のしゃべっている言葉が『普通』の関西弁だと考えているようで、しかもそれぞれが一家言をお持ちだったので、AさんとBさんで言っていることが違うのは日常茶飯事。未だにどれが標準的な『普通』なのか、さっぱり分からない始末です。いや、自分ら、あないに近くの生まれやのに、なんでそないにちゃうの?

しかし、今更変更するわけにもいかず、テンコーが登場するたびに、部屋から「うー、あー」なんてゾンビの群れがやって来たかのような呻き声聞こえてくる始末。しかも出番が増えたため、それに拍車がかかるわけで……

とある漫画のように、こいつの長い黒髪をベタにするのめっちゃ大変だから髪切っちゃえなんて、合理的な暴挙が会話に許されるはずもなく、彼を登場させたときには、こんな目に遭うとは夢にも思いませんでした。ただ、濃い人にしようとしただけなのに……

自業自得という言葉がこれほど似合う男は、この世界の中で俺だけだと、ニヒルを気取って芳村くんばりにマントを翻してみたところで事態は全く好転せず（当たり前だⅡ）、妻に「変態紳士」などと、不名誉な二つ名を付けられてしまう有様なのであります（丁度Tシャツにトランクスだった）

さて、次巻では、ついにファントム様が登場します。

WEB版では展開上、大きく活躍させてあげられなかったファントム様ですが、書籍版では不本意にも活躍してしまう予定です。

しかし秘密裡に活躍している間はいいのですが、もしもあの衣装のまま一般に知られてしまったら、しーやんあたりにはすぐに正体がバレそうな気がします。さて困ったぞ、どうしよう。

自業自得という言葉がこれほど似合う男は、この世界の中で俺だけだと、うちの弟が送ってくれた茸を、そろそろシーズンも終わりだよなぁと齧りつつ（うちの弟は茸を作っています。仕事なのか趣味なのかはよく分からない領域なのですが）、芳村くんばりに、まあいいかーとソファに寝そべり韜晦してみたところで事態は全く好転せず（当たり前だⅢ）、深々と更けゆく夜の静寂に、ごろごろと転がる音だけが不気味に響くのであります。

せっかく借りられた横浜で大問題が発生（予定）したり、ポーター開発秘話（予定）が挟まれたり、そして、ダンジョニングが世界に知られた結果、アルトゥム・フォラミニスでは不老不死を巡る戦いが――いや、あるかな？　そんなの？

風呂敷を大きく広げすぎると畳むのが難しくなるのは、物理法則からも明らかです。n回折り返すことができる風呂敷の長さLは、$L=pt(2^n+4)(2^n-1)/6$。pは円周率で、tは風呂敷の厚みです。そんな風呂敷の畳み方があるかいという至極ごもっともな意見は置いといて、折り畳める回数には制限があるのです。

だから畳み切れなくても仕方ないですよね！（そんなわけあるかい）

それでは、また次巻でお会いしましょう。。

二〇二一年　三月吉日　之 貫紀

著: 之 貫紀 / この つらのり

PROFILE:

局部銀河群天の川銀河オリオン渦状腕太陽系第 3 惑星生まれ。

東京付近在住。

椅子とベッドと台所に強いこだわりを見せる生き物。

趣味に人生をオールインした結果、いまから老後がちょっと

心配な永遠の 21 歳。

DUNGEON POWERS 紹介サイト

http://d-powers.com/dgen3_overview.html

イラスト: ttl / とたる

PROFILE:

九つ目の惑星で

喉の奥のコーラを燃やして

絵を描いています。

Dジェネシス ダンジョンが出来て3年 04

2021年 7月 5日 初版発行
2023年 4月 5日 第3刷発行

著 之貫紀
イラスト ttl

発行者 山下直久
編 集 ホビー書籍編集部
編集長 藤田明子
担 当 野浪由美恵
装 丁 騎馬啓人(BALCOLONY.)

発 行 株式会社KADOKAWA
〒102-8177 東京都千代田区富士見2-13-3
電話 0570-002-301(ナビダイヤル)

印刷・製本 図書印刷株式会社

●お問い合わせ
https://www.kadokawa.co.jp/(「お問い合わせ」へお進みください)
※内容によっては、お答えできない場合があります。
※サポートは日本国内のみとさせていただきます。
※Japanese text only

定価はカバーに表示してあります。

ISBN:978-4-04-736649-7 C0093

NEXT VOLUME

ふっふっふっふっ。

何だよ、三好。その不気味なほくそ笑みは。

だって先輩、ついにデビューの日が来たんですよ！
デビューの日が！

……おま、いったい俺に何をさせるつもりなの？

マントを翻したタキシード仮面様が颯爽と登場して
フランス語しゃべるんですよ！
カコイイですよ！ 薔薇も咥えますか？

カコイイってなんだよ……てか、ヤメて……

小麦さんの育成もしなきゃだし、
ダンジョニングが世界に周知されて、
あちこちから魔の手が伸びてきますよ！

ネイサン博士といい、アンブローズ博士といい、
偉い人達って、なんであんなに
個性的で話が通じないの……

MIYOSHI

鏡見てください、鏡。

YOSHIMURA

ああん？

MIYOSHI

そして、私たちが買収した横浜でも大事件が！

YOSHIMURA

ああああ、俺のスローライフを返せ！

MIYOSHI

返せったって、最初からありませんでしたよね？
それ。

YOSHIMURA

おまな、たとえ事実でも
言っていいことと悪いことがな！

MIYOSHI

というわけで、

Dジェネシス第5巻！
2021年冬、発売です！

YOSHIMURA

お楽しみに。

TO BE CONTINUED...

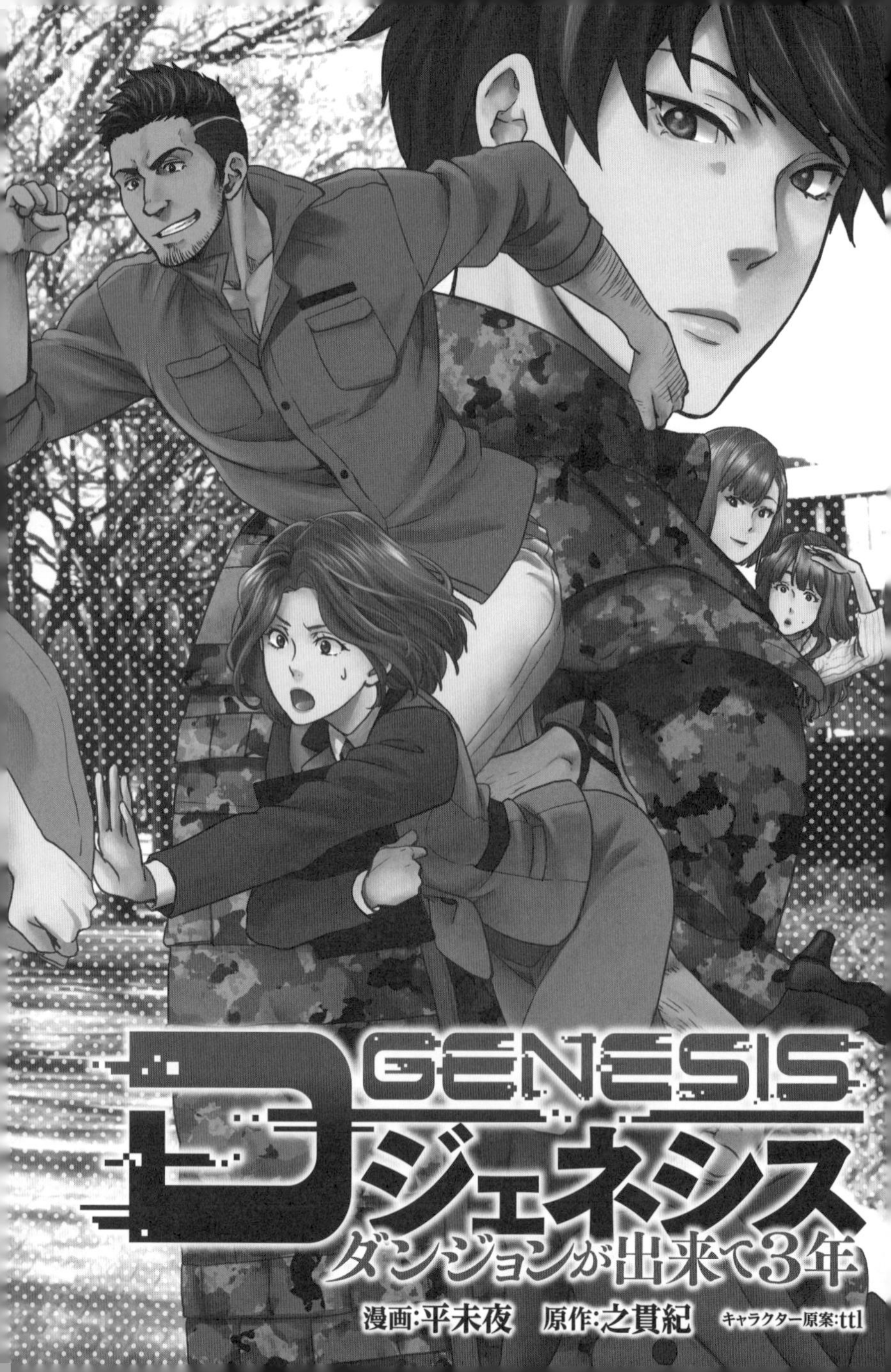
GENESIS
Dジェネシス
ダンジョンが出来て3年
漫画:平末夜　原作:之貫紀　キャラクター原案:ttl

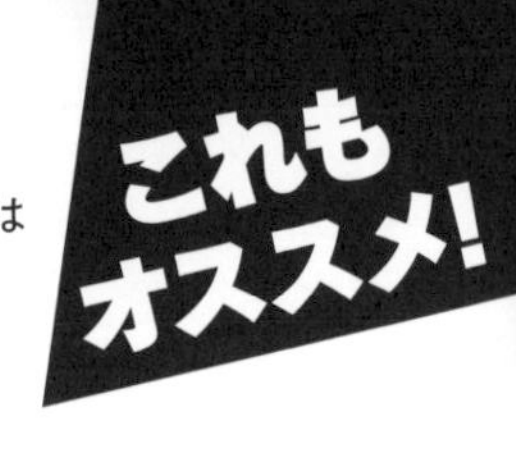
これも
オススメ!

KEEP OUT
著 gulu
画 toi8
KEEP OUT
1
現代でモンスター駆除業者をやってたら社長が赤字をなんとかするために無理をしたせいで社員のほとんどが死んだからずっと一人で仕事をしてたら凄いことになりました